아빠의
우주여행

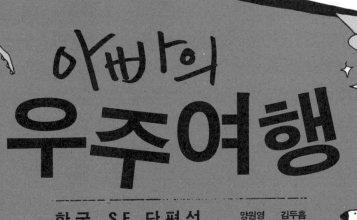

아빠의
우주여행

한국 SF 단편선

양원영	김두흡
김현중	정회자
류형석	정해복
정소연	임태운
정보라	곽재식

황금가지

목차

아빠의 우주여행

양원영

하이텔 환타지 동호회 내 소모임 '데카메론 프로젝트'에서 활동했으며 현재
웹진《거울》의 필진으로 활동중이다. 공동 단편집 『환상문학웹진 거울 단편
선』과 『한국 환상 문학 단편선2』를 출간하였다.

세영은 한 통의 이메일을 열어두고 한 시간 째 고민에 잠겨 있었다. 편지는 퍽 간결하지만 친절한 글귀로 다음처럼 적혀 있었다.

AK-P-H 지역 221번지 주민코드 8123-115PH 이세영 님께.

귀하께서 8세 때 '페어런츠 기프트' 기관을 통해 등록하셨던 보호자 안드로이드 '이호석'의 수거가 곧 이뤄질 계획입니다. 귀하께서 자립할 수 있는 성인이 되셨기 때문이며 상기 집행을 원치 않으실 경우 가까운 지역 구 사무소 페어런츠 기프트과를 방문하셔서 기간 연장 신청을 해주시기 바랍니다.

성인이 된 이후의 보호자 안드로이드 기간 연장에는 매 년 사용자 부담의 일정 유지 관리비가 청구됩니다. 자세한 사항은 담당자와 상담 바랍니다. 수거 집행 시일은 이 메일을 받으신 날짜로부터 한 달 뒤인 9월 30일 정오이므로, 연장 신청은 그 이전까지 완료해 주시기 바랍니다.

스무 번째 생일을 진심으로 축하드립니다.

AK지구 가정 지원부 드림

마치 독촉 당하는 빚쟁이 같지 않은가. '수거 집행'이라니. 세영은 허탈하게 웃었다.

'보호자 안드로이드'는 안드로이드 산업이 본격적으로 시작되면서 국가 복지의 일환으로 시작된 프로젝트였다. 피치 못하게 부모를 잃은 고아들을 중심으로 성인이 될 때까지 보육에 힘써 줄 부모를 제공하는 것이었다. 이는 단순한 보모 로봇이 아니었다. 아이의 기억과 성향, 주변 사람들, 유전자 패턴 등에서 부모의 데이터를 추출해 실제 부모와 98.8퍼센트 일치하게 만들었다. 아이들의 성장에 따라 반응을 수렴해 해당 아이에게 적합한 인공지능으로 변화하는 최첨단 안드로이드였다.

세영은 일곱 살 때 사고로 부모를 잃은 뒤, 고아원에서 지내다 프로젝트의 수혜자가 되었다. 죽은 부친과 똑같은 모습의 안드로이드가 세영의 부모 자리를 대신하게 됐다. 세영은 죽은 부친이 다시 돌아왔다는 기적 같은 사실에 놀라기도 전에 가정부 상담사로부터 안드로이드에 대해 들었다.

부모를 잃고 낙담한 아이들에게 보호자 안드로이드에 대한 반응은 대체로 두 가지 중 하나였다. 거부감을 느끼거나, 받아들이고 적응하든가. 다행히 세영은 바쁜 상담사의 짐을 덜어주는 아이였고, 12년 동안 보호자 안드로이드와 잘 지내왔다. 1년에 한 번 정기적인 점검 외에는 특별히 안드로이드라고 인지하지도 않았다. 세영의 낙천적인 성격과 적응력이 한 몫을 한 셈이지만, 지금의 경우는 아무리 세영이라도 고민을 하지 않을 수 없었다.

　"어떡하면 좋지?"

　다음 날, 세영은 절친한 친구 미주를 만나 일련의 일을 털어놓았다.

　"뭘 어떻게 해 이년아. 성인 되어서 보호자 안드로이드 끼고 사는 거 얼마나 궁상이야? 원래 성인이 되면 있는 부모도 내치고 독립하는 세상인데."

　"누가 끼고 산다고 결정했어?"

　"그런 고민을 하고 있는 것 자체가 문제잖아."

　"생각해 봐. 12년을 함께 살았어. 생판 모르는 남도 몇 년 같이 지내다 보면 가족처럼 여겨지기 마련인데."

　"사람하고 안드로이드가 같아? 아무리 정교해도 기계잖아."

　"사람이 아니더라도. 몇 년씩 써 온 물건에도 애정이 생기잖아. 왜 이름 붙여주고……"

　대답하면서 점점 어처구니없는 변명을 하고 있다는 사실을 깨달았다. 미주가 한심하다는 눈으로 세영을 바라보았다. 절친한 친구의 입에서 표독스런 독설이 튀어나오기 전에 세영은 항복 자세를 취했다.

　"실언, 실언. 방금 말은 취소."

"잘 생각해."

"알았어."

머릿속이 복잡했다. 기대했던 영화를 봐도, 맛있는 것을 먹어도 생각이 떠나지 않았다. 미주의 '정신차려 이년아'라는 핀잔을 마지막으로 집으로 돌아왔다. 언제나처럼 호석이 투박하고 무심한 목소리로 세영을 맞았다.

"어서 와라. 오늘은 많이 늦었네."

세영은 대꾸하지 않고 현관 앞에 서서 물끄러미 호석의 얼굴을 살폈다. 12년 전보다 늙었다. 기술력이 발전하기는 정말 많이 발전했다고 생각했다.

'사람에게 미련을 주지 않으려면 오죽 사람 같지 않아야지.'

"뭐해? 멍하니 서서."

"아냐. 다녀왔습니다. 밥 먹었어?"

"그래. 너는?"

"먹었어. 미주 만났어."

"뭐 했는데?"

"영화 보고 저녁 먹고 수다 떨었지 뭐."

"재미있었겠네."

"재미있긴. 정신없었어."

일상적이고 평온한 말을 주고받았다. 옷을 갈아입고 나오자 호석은 거실 소파에 늘어지듯 앉아 TV를 멍하니 보고 있었다. 옆 자리에 비슷한 자세로 앉아 TV를 본다. 지금으로부터 100년은 더 된 화성 탐사 역사 다큐멘터리가 방송되고 있었다. 한동안 말없이 TV만 보다 세영이 물었다. 심정이 복잡해 무슨 말을 해야 할지 몰라 생각나는 대로 말했다.

"아빠 나 학교 가면 주로 뭐 했어?"

"왜 물어?"

"그냥."

"청소하고 빨래하고 그랬지. 산책도 하고. TV도 보고."

"그래? 뭔가 하고 싶은 건 없었어?"

바로 답이 나오지 않았다. 말하기 꺼려하는 눈치였다. 호석은 말을 아끼는 사람이었다. 필요한 말이 아니면 먼저 떠들지 않았다. 평소라면 그러려니 넘어 갔을 테지만 이번에는 답을 부추겼다. 조금이라도 더 호석에 대해 알고 싶었다. 왜 진작 알려고 하지 않았을까 하고 후회가 들었다. 호석은 마지못해 입을 열었다.

"우주여행."

"뭐?"

"지구 밖으로 나가 보고 싶었어. 화성에도 가보고 우주 정거장에도 가보고. 우주의 끝이 어딘지도 알고 싶고."

뜻밖의 말이었다. 어안이 벙벙해진 세영을 보며 호석은 인상을 찌푸렸다.

"왜, 나는 꿈 가지면 안 되냐?"

"아니 그건 아니지만."

'안드로이드잖아.' 목구멍까지 차오른 말을 간신히 삼켰다. 혼란스러운 머리를 차근차근 정리했다. 분명 저것은 이미 죽고 없는 인간 이호석의 바람이었을 것이다. 프로그램 반응의 일환이지 그 이상은 아니었다. 데이터에 충실한 말이었을 뿐이다.

불편한 기분이 들어 세영은 자리를 박차고 방으로 돌아왔다. 필사적으로 안드로이드라 생각했더니 12년 동안 믿고 따랐던 것이 한순간에 거짓말처럼 느껴졌다. 낯설었다. 심하게는 끔찍하다고 생각했다. 인간도 아닌 기계를 진짜 아빠처럼 믿고 따라온 것이 믿겨지지 않았다. 안드로이드 도착증 환자처럼 여겨져 소름이 돋았다.

'그래. 처분하자. 그게 옳은 일이야. 난 혼자서도 잘 살 수 있어.'

마음의 결정을 내리고 눈을 감았지만, 결국 뜬 눈으로 밤을 새고 말았다. 졸린 눈을 비비며 아침 식사를 했다.

"잠 못 잤어?"

"생각할 게 있어서."

"간 나빠진다."

세영은 처분에 대해 말하기로 했다. 상대가 안드로이드니 양심의 가책은 전혀 느낄 필요 없다며 마음을 달랬다.

"아빠."

"왜."

다음 말이 나오지 않았다. 심호흡을 몇 번 한 뒤에야 평온한 척 말할 수 있었다.

"가정 지원부에서 메일 왔어. 아빠 데려간대."

"……"

"……"

"언제?"

"9월 30일에."

호석은 젓가락을 든 채로 굳어 있다 벽에 걸린 달력으로 눈을 돌렸다. 어제 한 장을 넘긴 밋밋한 9월 달력의 끝을 유심히 쳐다보았다.

"얼마 안 남았네."

"응."

"알았다. 준비하마. 벌써 시간이 그렇게 됐군."

호석은 평온하게 말하며 식사를 재개했다. 좀 더 격한 반응을 기대한 세영은 맥이 풀렸다. 호석의 원래 성격 때문인지, 안드로이드의 프로그램 덕인지 구분이 가지 않았다. 둘만 있는 것이 거북해 식사를 마치자마자 외출했다. 외롭고 허망했다. 즐겁게 웃으며 걸어가는 부녀가 눈에 띄었다. 쓸쓸하게 지켜보며 세영은 지난날을 떠올렸다.

다정하고 친절한 아빠는 아니었다. 사고로 세상을 뜨기 이전에도 일 때문에 집에 있는 시간보다 집을 비우는 시간이 더 많았다. 감정 표현에 서툴고 무뚝뚝했다. 안드로이드 호석은 보조금으로 인해 집안일에만 종사하게 된 점이 달랐다. 성격은 지금껏 크게 개선되지 않았지만 세영이 필요할 때는 꼭 의지가 됐었다.

야속한 마음이 가시지 않았다. 처분하겠다고 결정했지만, 그간 키워온 정이 있다면 최소한의 반대 의사는 보일 줄 알았다. 아니면, 정이란 것이 있을 수 없기 때문에 순순히 받아들인 것일까. 주체할 수 없이 복잡했다.

다이어리를 열어 9월 30일에 '아빠 가는 날'이라 적었다. 눈물이 핑 돌았다. 9월 30일 이후에는 정말로 죽은 사람이 된다고 생각하니 설움이 밀려왔다. 매 년 엄마의 기일을 챙겼는데 다음 해부터 아빠의 기일도 함께 챙겨야 했다. 외톨이처럼 느껴져 한참을 울었다.

세영은 어렵게 마음을 다잡고 긍정적으로 생각하려 애썼다. 기왕 보내는 거라면 의미 있는 선물을 해 주고 싶었다. 처분되면 다 쓸모없을 테지만 사람이든 기계든 12년 동안 세영을 길러준 것은 변하지 않았다. 감사해야 할 의무가 있다고 생각했다. 무엇을 해 줄까 사흘을 고민하다 호석의 꿈 이야기를 떠올렸다.

'세상이 얼마나 좋아졌어? 내가 아빠를 우주로 보내 드리면 아빠가 그토록 하고 싶었던 일도 하게 되는 거고, 꿈도 이루는 거고.'

세영은 우주 여행사 몇 군데의 연락처를 알아내 정확한 상품에 대해 문의했다. 그러나 현실은 참혹했다. 아무리 세상이 좋아져서 우주여행이 옛날보다 별스러운 일이 아니게 됐다지만, 이제 막 스무 살이 된 세영이 부담할 수 있는 금액이 아니었다. 가장 가까운 우주 정거장 1박 2일 코스에 세영이 지원받는 1년 치 학비가 들고도 더 들었다. 안일한 생각을 후회했다.

"포기해."

좌절하는 세영을 옆에서 지켜보던 미주가 혀를 찼다.

"어차피 자기 위로밖에 안 된다고. 기계는 기계, 사람은 사람. 네 아빠처럼 보여도 아빠처럼 생기고 행동하는 기계지 진짜 아빠가 아니야."

"알고 있어. 근데 어떻게 해야 할지 모르겠어. 너야 겪어보지 않아서 딱딱 구분이 되겠지. 그렇지만 나는 기계가 키운 사람이라고. 그것도 아빠랑 똑같이 생겼는데, 실제로는 그저 기계 하나가 처리되는 걸지 몰라도……"

"몰라도?"

"나한테는, 아빠가 두 번 죽는다는 생각이 자꾸 들어. 그러니까 보내 주는 것이 맞아도 그냥 보내고 싶진 않아. 죄책감 때문에라도."

"내가 못살아."

"정말 모르겠단 말이야. 기계니까 그래선 안 된다고 생각하면서도 왜 그래야 하는지도 모르겠고, 그게 왜 나쁜 건지도 모르겠고, 기계에 의존해서 사는 게 부끄럽기도 하고 그래. 아빠라 믿으면 기계라는 사실이 튀어나오고, 기계라고 믿으려면 아빠의 모습이 보이잖아. 날 더러 어쩌라는 거야?"

목소리가 젖어 들었다. 안타까움에 발을 동동 굴렀다.

"보낼 거야. 네 말대로 기계 끌어안고 사는 궁상떨기 싫으니까. 어차피 보낼 거면 처음이자 마지막으로 효도한다는 셈 치고 해볼래."

세영은 의지를 굽히지 않았다. 말은 밉게 했지만 결국 미주도 거들어 주었다. 인터넷으로 우주여행 최저가 상품부터 공동구매 패키지까지 닥치는 대로 검색했지만 마땅치 않았다. 반나절 동안 꼬박 찾아봤지만 대책이 없자 우주여행 같은 걸 말한 호석이 원망스러워졌다. 수족관이나 놀이공원이나 못해도 국내 여행이었다면 얼마나 좋았을까! 지쳐 나가떨어진 미주가 손을 휘휘 저어댔다.

"안 돼, 그냥 로또를 긁자."

"이미 샀어. 두 장."

"행동도 빠르다. 아. 잠시만. 기왕 로또를 긁을 거면 그거보다 나은 확률에 걸어보는 건 어때?"

"무슨 말이야?"

미주는 깨달음을 얻은 아르키메데스마냥 흥분했다.

"왜 경품 행사 같은 거 찾아보면 우주여행 패키지 주는 데 있잖아."

"아!"

유레카를 외치고 세영과 미주는 당장 실행에 착수했다. 각지의 경품 정보를 제공하는 인터넷 사이트에 가입하고 우주여행 상품을 제공하는 행사를 모두 찾아냈다. 퀴즈 이벤트, 쿠폰 응모, 라디오 사연, 보험 가입, 예금 청탁…… 그 중 가능한 것을 또 추려내자 열 개 남짓 됐다. 발표 일을 체크하고 전략을 세웠다.

"응모 이벤트는 나랑 가족이랑 친척이랑 친구들 동원해서 응모할 테니까, 넌 사연으로 승부해."

"알았어. 여기 마켓 쿠폰은 주변에 필요 없는 사람들한테 받으면 금방 모일 거야."

써야 할 리포트도 미루고 세영은 라디오에 보낼 사연을 쓰기 시작했다. 작문에는 재주가 없었기 때문에 일주일을 씨름했다. 최대한 감정을 담고 과장을 담아 썼다. '제 사랑하는 아빠는 안드로이드입니다.'로 시작되는 문장은 낯부끄럽고 촌스러웠지만 경품을 위해서 꾹 참았다. 부모의 죽음, 보호자 안드로이드와의 만남과 지금까지의 삶에 대해 종이를 꽉 채울 만큼 썼다. '아빠의 바람은 우주여행이었습니다. 그래서 아빠를 다시 떠나보내기 전, 그 바람을 들어주고 싶습니다.' 첫 문장과 비교해도 지지 않을 만큼 낯부끄럽고 촌스러운 문장으로 마무리 지었다. 사연 게시판에 등록하고 기도했다. 세영의 글 따위 10분도 안 돼 첫 페이지에서 사라질 만큼 많은 사연들이 투고되고 있었다.

세영이 희박한 가능성에 투신하는 동안 호석은 조금씩 주변을 정리했다. 이불 빨래를 전부 하고 옷도 정리했다. 관리하고 있던 통장도 모두 세영의 이름으로 명의를 변경했다. 세영을 위해 요리 레시피를 정리하고 어디에 무엇이 있는지 꼼꼼하게 적었다. 쓰레기 버리는 날과 공과금 내는 날도 표시해 냉장고 앞에 붙여두었다. 조금씩 떠나갈 준비를 하는 호석의 모습에 초조해졌다.

　미주의 열성적인 지원에도 불구하고 기적은 없었다. 로또는 5등만 두 번 걸렸고 응모했던 것들도 나름 선방했으나 원하는 결과는 나오지 않았다. 대신 콩고물은 잔뜩 얻었다. 고주파 안마기, 자연스러운 컬을 만드는 고대기, 만년필 세트, 고급 레스토랑 2인 시식권. 운이 없다고 할 수도 없었기에 더 억울했다. 고주파 안마기는 미주의 부모님께 드렸고 자연스러운 컬을 만드는 고대기는 미주의 여동생에게 줬다. 만년필 세트는 세영이 가졌다. 세영과 미주는 절망과 분노를 담아 시식권으로 먹게 된 스테이크를 썰었다. 이제 남은 것은 세영이 보낸 라디오 사연뿐이었다.

　정말 시간이 머지않았음을 깨달았다. 열흘밖에 남지 않았다. 어느새 거실 선반에 놓여 있던 가족사진도 정리됐다. 식사를 마치고 돌아오자 이번에도 호석은 우주 다큐멘터리를 보고 있었다. 울컥 울분이 치밀었다.

"요즘 뭐 해? 많이 바쁜 것 같다."

"내가 바쁘든 말든 무슨 상관이야!"

"왜 화를 내?"

"됐어! 아빤 그거나 봐! 궁상맞게 우주여행은 무슨."

통명스럽게 대꾸하고 방문을 세게 닫았다.

'뭐야, 시위하는 것도 아니고. 나도 얼마나 열심히 노력하는데!'

"세영아. 기분 안 좋은 일 있었어?"

문 밖에서 걱정스러운 호석의 목소리가 들렸다. 세영은 문을 등지고 주저앉아 훌쩍였다. 원하는 일 하나 해주지 못하는 원망은 미주에게, 세영 자신에게, 그리고 호석에게 돌아갔다. 마음에도 없는 짜증을 부렸다.

'차라리 시식권을 미주랑 쓰지 말고 아빠랑 쓸걸 그랬어. 그런 데 가본 적 없었을 텐데. 미주 그년은 왜 먹으러 가자고 말을 꺼내서.'

"힘든 일 있으면 아빠한테 말해."

"필요 없어! 아빠 아니잖아!"

뒤늦게 해선 안 될 말을 했다는 것을 깨닫고 손으로 입을 틀어막았지만 이미 늦었다. 호석은 아무 대꾸가 없었다. 한참 반응이 없자 세영은 결국 소리 내어 엉엉 울다 지쳐 잠들었다.

펑펑 울고 일어나자 마음은 편해졌다. 아침 준비를 하는 호석에게 사과했다.

"미안해."

"아냐. 밥 먹자."

평소와 다름없는 어조와 표정이었다. 심통이 났지만 꾹 참았다. 오늘은 라디오 사연이 방송되는 날이었다. 일찌감치 미주의 집으로 달려가 라디오 앞에 자리했다. 좋아하는 아이돌 가수의 노래가 나와도 듣는 둥 마는 둥 했다. 미주도 드물게 긴장해 아무 말도 하지 않았다.

"*초 특급 우주 여행 패키지를 선사하는 미러클 스테이션, 애청자 사연 시간입니다.*"

"시작한다, 시작한다. 너 잘 써서 보낸 거 맞지?"

"몰라. 노력했어."

"첫 사연은 AK-S-Y 지역에서 김지영 님께서 보내주신 사연입니다."

"아……"

"이제 첫 사연이야! 실망하지 말고 기다려봐. 오빠 빨리 읽어요!"

헤어진 연인과의 추억과 운명적인 재회에 대한 내용의 첫 사연은 세영의 용기를 꺾었다. 눈물 나도록 아름답고 영화보다 더 영화 같은 사연이었다. 두 번째 사연은 배가 아플 만큼 재미나고 신나는 내용이었다. 깔깔대며 웃었지만 속은 까맣게 타 들어 갔다.

"오늘의 마지막 사연은……"

"제발, 하느님 부처님 조상님!"

"AK-P-H 지역에서……"

"엄마! 도와주세요!"

서로 손을 꼭 붙잡고 기도했다.

"강백수 님께서 보내주신 사연입니다."

누가 먼저랄 것 없이 탄식이 터져 나왔다. 마지막까지 기적은 없었다. 세영은 바닥에 엎어졌고 미주는 침대에 쓰러졌다. 강백수의 사연은 통속적이기 짝이 없었다. 취업난 때문에 고생시킨 부모님께 보내는 편지였다. 혹시나 하는 일말의 기대를 가졌지만 추가 사연 소개는 없었다. 우주여행 패키지는 효도하라는 의미로 강백수에게 돌아갔다.

"불공평해. 뭐야, 진짜 부모만 소중하고 가짜 부모는 언급할 가치도 없다는 거야 뭐야!"

"진정해."

"기계면 뭐가 어때서! 우리 아빠란 말이야, 우리 아빠 아니게 되기 전에 그깟 우주여행 한번 시켜주고 싶다는데! 왜 알아주지 않는데!"

세영은 땅을 치고 통곡했다. 그간 마음 쓰고 노력한 것이 하나 보답받지 못했다는 사실에 대한 분노와 호석에 대한 미안함이 겹쳐 괴로웠다. 미주가 세영을 끌어안고 다독였다. 그렇게 그들의 우주여행 당첨 도전기는 실패로 끝났다.

30일을 이틀 남겨두고 세영의 제안으로 두 사람은 함께 외출했다. 도착한 곳은 로켓 발사장이었다. 우주 탐사선 발사식이 한창 준비 중이었다. 사람들이 많이 모여 있었다. 세영과 호석은 좀 멀리 떨어진 풀밭에서 지켜보았다.

"아빠. 저거 태양계 바깥으로 나간대."

"그래. 알고 있다."

"안 돌아온다나 봐."

"보통 탐사선은 안 돌아와. 쏘고 나서 수명이 다 되면 어디론가 흘러가지."

"잘 아네. 난 몰랐는데."

"이거 보여주려고 오자고 했어?"

"응."

"그래."

부녀는 잠깐 정적을 마주했다. 호석은 감격한 얼굴로 로켓을 바라보고 있었다. 그 옆모습을 힐끔 보고 세영은 발끝으로 시선을 내렸다.

"아빠."

"왜?"

"우주 못 가봐서 슬퍼?"

"아니. 아쉽기는 하지만 하고 싶은 거 다 하고 사는 사람이 어디 있어."

"그건 그래. 그래도 가봤으면 좋겠지?"

순순히 고개를 끄덕인다. 발사 카운트다운이 시작됐다. 모인 사람들이 한 목소리로 10부터 거꾸로 셌다. 호석도 우렁찬 목소리로 따라 했다. 3, 2, 1, 0! 로켓은 엄청난 연기와 굉음을 내며 하늘로 솟아올랐다. 박수와 환호가 터져 나왔다. 호석은 아이처럼 좋아하며 펄쩍 뛰었다. 로켓이 하늘 너머로 사라지는 건 순식간이었다. 허공에 남은 잔상이 사라지고 사람들이 하나 둘 떠나갈 무렵, 세영은 주머니 속에서 뭔가를 꺼냈다.

"나 무지 노력했어."

"뭘?"

"사실 지금도 확신이 안 서. 이제껏 아빠라고 생각하고 잘 지내왔는데, 갑자기 사람이다 기계다 아빠다 아빠 아니다 이런 걸 구분해야 돼."

"……"

"근데 그렇다고 12년 간 나 키운다고 고생한 게 사라지는 건 아니잖아. 그래서 뭔가 아빠한테 해주고 싶었어. 아빠가 우주여행 같은 소릴 하니까, 어떻게든 그거 해보려고 했는데 안 되더라."

"돈이 없잖아."

호석의 말에 무겁게 수긍하고 쥔 것을 내밀었다. 티타늄으로 만든 네임태그였다. 받아서 살펴보니 앞면에는 '우주 손님 48321번째, 이호석', 뒷면에는 세계적으로 유명한 우주 항공사의 마크가 새겨져 있었다. 세영은 호석이 뭐라고 말하기 전, 가로막듯이 말했다.

"맞아. 우리 처지에, 내 처지에 돈이 어디 있어. 그래서 아빠한테 우주여행은 못 시켜주지만, 아빠 이름은 갈 수 있게 했어. 이거도 늦을 뻔했다고. 딱 5만 명 이름만 실어서 보낸대. 방금 날아간 저기에 아빠 이름 넣었어. 하는 김에 내 이름도 넣었고."

세영은 호석의 얼굴을 보지 못했다. 민망해서 고개를 들 수 없었다.

"그래? 그럼 외계인이 너랑 내 이름을 알게 되겠네."

예상치 못한 반응에 반사적으로 고개를 들었다. 호석은 네임태그를 보며 기뻐했다. 적어도 세영의 눈에는 억지가 아니라 진정 기뻐서 웃는 걸로 보였다.

"딸을 잘 둬서 호강한다. 고맙다."

세영은 호석의 옷자락을 붙들고 아이처럼 울었다. 기쁘고 서럽고 미안했다. 호석은 세영의 머리를 쓰다듬으며 다정하게 안아주었다. 부녀는 그날 무리해서 비싼 음식점에서 마음껏 먹었다. 덕분에 택시비가 부족해 한참을 걸어서 돌아가야 했다. 세영이 발이 아프다고 투정 부리자 호석이 웃으며 업어주었다.

"벌써부터 우주 저편 어느 별에 온 기분인데."

"아빠 그건 너무 오버다!"

"아니. 정말로. 여기가 지구가 아닌 것 같다."

"그럼 여기 지나다니는 사람들 다 외계인들이야?"

"인간이랑 똑같이 생긴 외계인."

그게 뭐냐고 깔깔대며 호석의 등을 퍽퍽 쳤다. 마음껏 웃었다. 집으로 돌아와 세영은 미주에게 전화를 걸었다.

"미주야. 안 될 것 같아. 기계든 프로그램이든 뭐든 저 사람 우리 아빠야. 마음이 아파서 못 보낼 것 같아. 생각해 보면 진짜 우리 아빠였대도, 내가 좋아하는 일만 해주려고 했을 거야. 사람하고 사람이 마주하는 거도 별로 다르지 않잖아. 난 그렇게 생각할래."

솔직한 마음을 털어놓자, 절친한 친구는 그럴 줄 알았다며 혀를 찼다. 핀잔 아닌 핀잔을 들으며 29일 세영은 주민 구청으로 갔다. 가정지원부의 직원이 반갑게 맞아주었다.

"무엇을 도와드릴까요?"

"보호자 안드로이드 연장 신청을 하려고요."

"신청서는 여기 있고요. 연장에 따른 주의사항을 말씀 드리겠습니다."

매년 내야 하는 관리비는 식은땀을 흐르게 했지만, 아르바이트를 하고 용돈을 아끼면 어찌 충당할 수 있는 금액이었다. 또 원칙적으로 보호자 안드로이드와 함께 할 때는 일정 기간 이상 떨어져 사는 것은 허가되지 않았다. 연장 기간은 한번 정하면 만료까지 해지할 수 없었고, 고의적인 방치나 학대, 파손은 법 처벌까지 받았다. 신중하게 신청서를 작성했다. 기간은 '신청자 사망 시' 항목에 체크했다. 서명까지 마무리 하고 떠나기 전 직원에게 물었다.

"이런 경우가 흔한가요?"

직원은 빙긋 웃었다. 질문을 예상한 듯한 반응이었다.

"흔하진 않지만 그렇다고 새삼스러운 일도 아니죠."

"그래요?"

"좋은 부녀관계 이어가시기 바랍니다."

"고맙습니다."

세영은 홀가분하게 돌아갔다. 아무것도 바뀐 것은 없었다. 일상 그대로였다. 아빠 안드로이드는 세영이 죽을 때 까지 함께 했다. 그 사이 세영과 호석은 다섯 번의 우주여행을 했으며, 지구에는 사회 문제로 인해 지나치게 인간과 닮은 안드로이드는 금지한다는 법적 규제가 생겼다. 철통 같은 규제 속에서도 세영과 호석은 화목한 부녀로 지냈다. 세영의 자식들은 세영이 죽고 나서야 조부가 사람이 아닌 안드로이드라는 사실을 알았다.

세영의 유언에 따라, 세영과 호석은 돌아오지 않는 마지막 우주여행을 떠났다. 궤도는 그들의 이름이 여행을 떠난 그대로였다.

우리는 더 영리해지고 있는가?

김현중

영화 시나리오 작가이자 번역가이다. 네이버 오늘의 문학에 단편소설 「그의
지구 정복은 어떻게 시작됐나」를 발표하였다.

경유지에서 갑자기 24시간의 여유가 생겨버린 건, 어떤 사람들에게는 무척 화가 나는 일인가보다. 넥타이를 맨 유태인계 중년 남자 셋이 치프 스튜어드에게 소송을 걸겠다고 윽박지르는 걸 듣고 있던 나는, 신고할 짐이 없는 걸 핑계 삼아 비즈니스석 승객 대열에서 슬쩍 벗어났다. 항공사에서는 하얏트리젠시 호텔 예약권과 현금 얼마가 든 봉투를 급히 챙겨줬는데, 재킷 안쪽에서 두툼하게 흔들리는 느낌이 은근히 든든했다.

입국장으로 향하는 긴 걸음에 흥분은 없었다. 그저 14년 만이라는 사실이 다소 낯설 뿐이었다. 별로 그립지 않다는 것도 새삼스러운 일은 아니었다. 다만 이곳을 다시 찾는 것은 이런 식이어야 한다고 언젠가 생각했던 것이 어렴풋하게 떠올랐다. 이렇게 예기치 않게, 전혀 기대되지도 설레지도 당황하지도 않도록. 마침내 소원을 이뤘는데 그걸 소원했던 기억이 가물가물하다니 뭔가 손해 보는 느낌이었다.

자동문이 열렸다. 많은 수의 아시안계 사람들이 있는 광경에 어색함을 느끼며, 나는 인천공항의 거대한 천장 아래로 발을 내딛었다.

택시 기사에게 기억에도 희미한 동네 이름 하나를 댔다. 다행히 동네가 사라지거나 행정명칭이 바뀌진 않았나보다. 기사는 그 동네 어디를 가는 거냐고 다시 물었고 나는 아무 데나 라고 대답했다. 기사는 고개를 한 번 갸우뚱하더니 곧바로 출발했다.

달리는 내내 주변 풍경은 내가 기억하고 있는 모습과 많이 다르지 않았다. 눈에 띄게 달라진 점이라면 택시 차창의 일부분이 투과식 LED로 되어 있어 광고 문구와 뉴스가 흐른다는 것이었다. 뉴욕의 옐로캡은 갖출 엄두를 못 낼 자랑스러운 첨단 장치? 나는 오랜만의 고국에 대해 어떤 기분을 느껴야 하는 건지 갈피를 잡을 수 없었다.

헤드라인 하나가 내 시선을 사로잡았다. '아인시술 관련법 4차 개정안 국회통과 - 내년부터 10퍼센트 비용 상승'. 한글로 쓰인 '아인시술'이란 말이 낯설었다. 문득 대시보드에 붙은 기사의 증명서 사본이 눈에 들어왔다. 1992년생. 아직 시술을 받지 않은 아이라도 있다면 모를까, 그렇지 않다면 본인과는 아무 상관없는 뉴스일 것이다. 다행스럽게도.

택시는 나를 십 수 층짜리 건물이 즐비한 어느 아파트 단지 입구에 내려주려 했다. 나는 당황해서 예전에 이곳에 있었던 교회와 시장 이름을 대봤지만 기사는 얼굴을 찌푸리며 고개를 저었다. 순간 그냥 호텔로 바로 갈까 하고 망설였는데, 기사가 귀찮은 표정을 감추지도 않고 물었다.

"찾으려는 게 뭐예요? 집이예요, 사람이에요?"

나도 모르게 퉁명스런 목소리가 나왔다.

"친구요."

"친구? 여기서 학교 다녔어요?"

나는 보일락 말락 고개를 끄덕이며 호텔까지는 반드시 다른 택시로 가겠다고 마음먹었다.

"혹시 진명여고 출신이면 저기 가서 물어봐요."

나는 기사의 손끝이 가리키는 곳을 향해 천천히 고개를 돌렸다.

진명여고는 그녀가 다녔던 학교의 이름이다.

나는 갑자기 긴긴 사연을 간직한 남자가 되어 진명여고 교무실에 서 있는 중이었다.

"혹시 이분이 결혼하셨으면 어쩌죠? 이거 큰일 날 짓 하는 거 아닌지 모르겠네."

요즘은 망막질환자나 예술가, 아니면 복고풍에 미친 애들이나 끼고 다닐 법한 안경을 쓴 선생 하나가 데이터베이스를 살피며 말했다.

"그래도 미국에서 오신 분을 그냥 가랄 수도 없고…… 아, 빙고."

나는 그가 메모지에 전화번호를 적는 사이에 번호를 외웠고, 받은 메모지는 주머니 안에서 구겨버렸다.

"모쪼록 건전한 만남 되십쇼."

그는 뭐가 재밌는지 계속 싱글벙글이었다. 학생들에게 역겨운 선생일 것이 분명했다. 세상만사를 천박하다고 믿어야 받아들일 수 있는 사람.

나는 학교 건물에서 멀어지자마자 전화를 걸었다.

"누구요? 아, 감이 참 머네."

그녀는 약간 잠긴 목소리로 전화를 받았고, 내가 누군지 쉽게 알아 낼 수 없자 금방 초조해했다.

"나 상현이야. 박상현."

그녀는 한참 있다가, 내가 전화가 끊어졌나 하고 액정화면을 확인 한 다음에야 입을 열었다.

"박상현? 정말 너니?"

"그래."

"미국 갔다는 얘기는 들었었는데. 너무 반갑다."

나는 하루 동안 한국에 머물게 됐고, 그래서 널 만날 생각을 떠올렸 다고 솔직하게 말했다. 그녀는 당황하지도, 지나치게 놀라지도 않고 잘했다고 하며, 하지만 낮에는 직장에 있어야 하고 저녁에는 빠지기 곤란한 모임이 있다고 말했다. 나는 웃음 섞인 가벼운 목소리로 바쁘 게 잘 사는 것 같다고 했다. 그녀는 나만 괜찮다면 저녁 모임에서 같 이 보는 게 어떠냐고 물어왔다. 아는 사람이 주최하는 경제 관련 세미 나인데 빠지는 건 곤란하지만 누굴 데려가는 건 상관없는 자리라는 것이었다. 나는 조금 혼란스러웠지만 잠시 생각하다가 그러자고 말했 다. 그녀는 무척 좋아하며 저녁 때 만날 곳과 시간을 정하고는 '그런 데……' 하며 운을 뗐다.

"너 미국에서 무슨 일 하니?"

"의사일 해."

그녀는 아, 하면서 "대단하다……" 나지막이 덧붙였다.

전화를 끊은 뒤 나는 아주 크게 한숨을 쉬고 동네 놀이터의 벤치에 앉아 그때까지 참았던 담배를 꺼내 물었다.

오늘 저녁 압구정에서 수진을 만나기로 했다.

우리는 일 년 반 동안 친한 친구였다. 그리고 또 반년 동안 친구 이상이었다. 열여섯에서 열일곱 살 때까지의 일이다. 수진이는 고급 공무원의 딸이고 나는 건설 노동자의 아들이었지만, 그때 그런 게 문제될 리 없었다. 나는 반에서 항상 1등을 했고 그녀는 5등에서 10등 사이를 오락가락했던 게 문제될 리 없었듯이. 나는 그녀가 유독 약한 수학을 가르쳐주었고, 그녀는 내게 삶은 기쁨이며 인간은 따뜻한 피가 흐르는 존재라는 걸 가르쳐주었다. 우리는 그 나이답게 변덕스럽고 고집스러웠지만, 건강하고 순수한 보호막이 우리를 감싸고 있었다. 그런 것을 갖지 못한 친구들은 앞날에 대한 불안을 암세포처럼 키웠고, 학원과 인터넷의 거미줄 속에서 스스로를 더러워하며 살았다.

수진과 첫 키스를 하던 날, 하나로 섞인 그녀와 나의 날숨이 다시 우리의 들숨이 되는 걸 느끼면서, 그게 우리의 영혼 같다고 생각했다.

그리고 잠깐 눈을 감았다 떴을 때는, 외계 문명이 보낸 직사각형의 바위덩어리만큼이나 낯선 것이 우리 앞에 있었다.

대뇌반구간 보조신경연결체 삽입술. 일명 아인시술(Auxiliary Inter-cerebral hemisphere Neuro-connector Insertion Surgery; AIN).

지금은 전 세계의 학교 교과서에도 나오는 내용이지만, 그것은 내가 열두 살 되던 해 독일의 생물학자 한스 크뢰벨에 의해 처음 발명

되었다.

　예전부터 좌뇌와 우뇌의 원활한 소통이 높은 지능과 관계있다는 설이 제기되어 왔었는데, 한스 크뢰벨 박사는 포유류의 뇌량(좌, 우뇌를 연결하는 신경섬유다발)에 은과 지르코늄 합금으로 된 미세한 바늘을 삽입하면 신호전달 흐름이 좀 더 활성화 된다는 사실을 발견했다. 수차례의 침팬지 실험을 통해 그는 이 수술이 지능 활동을 최대 15퍼센트까지 개선시키며, 아무런 생리적 거부 반응도 일으키지 않는다는 것을 입증했다. 또 다른 실험들은 수술을 받은 침팬지들에게서 그어떤 성격적, 육체적, 심리적 변화도 나타나지 않음을 보여주었다. 이지극히 안전한 수술은 그저 약간 더 똑똑하게 해줄 뿐이라는 게 차차정설이 되었다. 얼마 후 엄격한 기준에 의해 선발된 인간 지원자들을통해서도, 아인시술의 효과와 안전성은 증명되었다. 다만 완전히 다자란 성인에게는 거의 효과가 없다는 것이 추가로 밝혀졌다.

　이 시점이 되자 온 지구가 아인시술에 관한 이야기로 떠들썩해졌다. 이것을 산업혁명 이후 인류가 다시 한 번 도약하게 될 기회라며환영하는 사람들과, 작위적이고 반인륜적인 월권행위로 규정짓는 사람들 사이의 논쟁이 매일 TV 화면을 두들겼다. 그리고 전 세계에서최초로 네덜란드 정부가 자국의 청소년들에게 지원자에 한해 아인수술을 제공하는 법안을 심의하기 시작했다.

　아인시술의 의학적 안전성은 이미 여러 나라에서 수없이 증명되었기 때문에, 남은 것은 정서적이고 산업적이고 국제관계적인 문제들뿐이었다. 앞서가느냐 뒤따라가느냐의 차원에서 논의가 진행되자 결론이 나는 것은 시간 문제였다. 결국 미국을 비롯한 선진국들이 여기에 대해 강제성을 띤 전 세계 표준안을 마련하기로 했다. 아인시술을 각 나라가 마치 군사무기처럼 경쟁적으로, 또 비공식적으로 도입할 경우 초래될 수많은 문제들로부터 벗어나자는 취지였다. 얼마 후 수술 대상, 행정절차, 수술비용, 바늘의 재료와 제작 공정, 구체적인 수술 프로세스에 이르기까지 모든 것이 하나로 통일된 표준안이 유엔을 통해 전 세계 정부와 공유되었다. '아인'이라는 명칭도 이때 단일 발음으로 확정되었다. 아인은 독일어 ein으로 '하나'라는 뜻이며, 한스 크뢰벨 박사에 의해 최초로 이 수술을 받은 침팬지의 이름이기도 했다.

우리나라 정부는 내가 열여섯이 되던 2014년부터, 열네 살에서 열여덟 살까지의 청소년에 한해 전국 서른여덟 개 공식 지정병원에서 이 수술을 받을 수 있도록 허용했다. 개인이 부담할 비용은 일인당 2000만 원. 상당히 큰돈이었지만 대한민국에서 자식들에게 이 수술을 받게 하지 않을 부모란 거의 없었다. 학교 외에 학원을 하나라도 다닐 수 있었던 아이들은 대부분 수술자 명단에 이름을 올렸다.

수진은 열일곱 살에 수술을 받았고 보통 그렇듯이 약 2주간 학교를 결석했다. 수술자들은 신경계의 복구 과정을 위해, 수술 후 약 열흘간을 진통제 없이 꽤 심한 고통에 시달려야 했다. 나는 그 기간이 지나고 통기가 잘 되는 모자로 해쓱한 얼굴을 가린 수진을 집 근처 놀이터에서 만났다. 그녀를 보고 싶었던 내가 엄청나게 고집을 피워 만든 약속이었다. 수진은 별로 머리가 좋아진 것 같지 않다며 힘없이 투정을 부렸고, 나는 이런저런 얘기를 해주다가 갑자기 그녀의 입술에 입을 맞췄다. 수진은 잠시 후 고개를 돌리더니 집에 들어가서 쉬고 싶다고 했다.

수진이 다시 학교를 다니면서 우리가 만나는 횟수는 전보다 뜸해졌다. 우리는 곧 졸업반이었고 그녀는 갑자기 입시 공부에 굉장한 열의를 보였다. 자주 못 보게 된 건 섭섭했지만 한편 기특하게도 생각되었다. 그러다 어느 날 수진이 이렇게 물었다.

"그런데 넌 수술 언제 받아?"

그 무렵 수진은 머리를 잔뜩 뒤로 넘겨 앞이마를 드러내고 다녔다. 수술을 받은 아이들은 대부분 헤어스타일을 그런 식으로 연출했다. 아인시술을 받으면 이마 한가운데부터 정수리를 지나 뒷머리 중앙까지 긴 절개선 자국이 남았는데, 이마의 피부로 내려오는 약 2센티미터 정도의 가는 선으로 수술을 받았는지 여부를 쉽게 알 수 있었다.

"난…… 아마 안 할 것 같은데."

그 순간 수진이 잠깐 내 눈을 보다가 고개를 돌렸다. 나는 그 때 수진의 얼굴에 떠오른 복잡한 표정을 지금도 잊지 못한다.

"엄마도 그럴 것 같다고 하더라."

수진이 나직이 중얼거렸다.

그 뒤 우리는 조금씩 멀어졌다. 마치 플라스크 안에서 브라운 운동을 하는 두 개의 입자처럼 각자의 예측 불가능한 경로를 따라 움직였다. 수진은 이마를 까고 다니는 애들 사이에서 가끔 보였고, 나는 이마를 덮은 애들과도 어울리지 않고 항상 혼자 다녔다. 그런 애들은 어차피 점점 줄어들었다. 나는 그로부터 열 달 뒤에 수술을 받았고, 아버지가 어디서부터 시작됐는지도 모를 암으로 돌아가셨고, 지독히 떨어진 성적 때문에 그해 대학 입시를 포기했다. 그 후 아버지가 돌아가시기 전 잠깐 다녔던 교회 목사님의 주선으로 미국의 어느 한인 가정에 위탁되었다.

수진과는 이별 따윈 하지도 못한 채 어느새 헤어져 있었다.

담배를 다 피운 뒤, 나는 가죽 수트케이스를 들고 일어섰다. 가져온 옷은 전부 캐주얼해서 세미나 같은 데 어울리지 않을 것 같았다. 일단 먼저 백화점을 찾아서 정장을 한 벌 사고 어디서 식사를 한 뒤에 커피숍 같은 데서 쉴 수 있을 만큼 충분한 시간이 있었다. 수진은 상당한 전문 직종에서 일하고 있는 것 같았다. 수진의 친구들에게 꿀리고 싶은 마음은 조금도 없었다.

약속 장소에 20분 먼저 도착했다. 나는 파울 클레의 「뉴하모니」가 수놓인 실크 넥타이를 매고, 다크 그레이톤 바지에 송아지를 연상케 하는 옅은 밤색 셔츠를 입고 있었다. 뉴욕에서 즐겨 찾던 아이작 미즈라히를 취급하는 곳이 없어서 그나마 무난한 아르마니였다.

수진이 얼마나 변해 있을지, 어떤 식으로 내 앞에 등장할지 전혀 예상할 수가 없어서 약간은 초조했다. 수진이는 동그란 얼굴에 귀여운 눈매를 가졌고 풋사과처럼 웃는 아이였다. 그때처럼 지금도 통통하면서 뽀얀 피부를 간직하고 있을지, 말하거나 움직일 때 건강한 활기가 넘칠지 궁금했다. 나는 쇼윈도로 몸을 돌리고 내 모습을 봤다. 아무리 매정하게 평가해도 열일곱의 나보다는 나은 것 같았다. 나는 요즘 유행대로 이마 반쪽만 드러내고 흘러내린 머리카락 몇 개를 손으로 밀어, 아인시술 자국이 조금 더 드러나도록 했다. 그때 누군가 내 팔꿈치를 톡톡 두들겼다.

수진은 얼굴 가득 미소를 지으며, 약간 흥분한 듯 팔짱 낀 상체를 가볍게 떨고 있었다. 얼굴 살이 조금 빠졌고 눈가에 살짝 주름이 잡혔지만, 몰라볼 정도로 날씬했다. 허벅지가 꽤 드러나는 짧은 미니스커트가 너무나 잘 어울렸다. 우리가 사귄다고 생각할 때도 수진의 다리를 거기까지 본 적은 없었다.

"박상현, 너 너무 멋있는 거 아냐?"

"남 말하지 마. 눈부셔서 못 보겠다."

"아메리칸 조크냐? 듣기는 좋다야. 솔직히 나 많이 늙었어."

"지금 굉장히 멋져. 한국식 진심."

수진은 쾌활하게 웃더니 내 팔을 이끌고 좀 걷자고 했다. 우리는 도산 공원 쪽으로 천천히 걸어가며 가벼운 얘기부터 시작했다. 오랜만에 본 한국의 인상, 지금 뉴욕의 날씨, 수진의 연락처를 알아내려고 학교에 찾아간 일. 걱정했던 것과 달리 모르는 사람 같은 느낌은 전혀 없었고, 화제는 자연스럽고 막힘없이 흘러나왔다. 코끝을 스치는 은은한 향수 냄새, 세련된 헤어스타일, 몸매가 드러나는 옷차림, 화장으로 살짝 강조한 이목구비의 풍부한 표현. 열일곱 소녀가 서른넷의 숙녀가 되면서 얼마나 많은 매력을 더하게 되는지, 나는 그저 놀라울 따름이었다.

"14년 동안 한국에 한 번도 안 들어왔다고?"

"응."

"왜?"

나는 순간적으로 '너'로 시작하는 애매한 농담을 떠올렸다가 그냥 이렇게 말했다.

"글쎄, 그렇게 됐네."

"너 혹시……"

수진이 잠시 고민하는 눈초리로 나를 쳐다봤다. 나는 운 좋게 만들어진 이 자연스런 분위기가 망쳐지지 않았으면 하고 간절히 빌었다.

"너 그럼 혹시…… 지금 김치나 불고기 먹어야 되는 거 아냐?"

나는 큰 소리로 웃었다.

"거기서도 한인 식당에서 가끔 먹어. 한국 사람들도 자주 만나고."

"어쩐지 억양은 많이 안 변했더라."

우리는 도산 공원을 빙글빙글 돌며 이야기를 나눴다. 그리 중요하지도 않은 이야기 하나하나가 우리 둘 사이에 남겨져 있던 텅 빈 통로를 빠르게 채워나갔다.

그녀는 강남에서 친구와 함께 작은 에스테틱 살롱을 경영한다고 했다. 나는 뉴욕에도 아는 에스테틱이 몇 군데 있어서, 그것이 고수익이 보장되는 전문직임을 잘 알고 있었다. 상당히 다행스런 마음이 되어 나는 좀 더 자유롭게 또 약간은 자랑스럽게 내 주말 요트 취미나 집에서 기르는 순종 샤미즈 고양이에 대해 이야기해 주었다. 수진은 호기심은 넘치지만 어느 정도 자제하겠다는 태도로 뉴욕에서의 내 삶에 대해 이것저것 물어보았다. 그리고 어느 순간 별 맥락 없는 가벼운 질문처럼 이렇게 물었다.

"그런데 결혼은 했니?"

"아니."

그녀가 약간 쑥스러운 듯 웃으며 고개를 숙였다. 뒷말을 어떻게 이어가야 할지 생각하는 것 같았다. 내게 하고 싶은 말이 있다는 건 처음부터 눈치 채고 있었다. 지금쯤 그 말을 할 생각이었기 때문에 여기에 나올 수 있었고, 내 이야기를 기분 좋게 들어줄 수 있었으리라. 지난 연인들이 다시 보기 위해서는 이런 식의 매너가 필요한 것인지도 모른다. 상대를 두고 혼자 결혼한 것에 대한 포괄적 미안함. 남편 얘기가 끝나면 애들 얘기로 이어질 거라는 어색한 예고.

수진은 다시 고개를 들어 내 눈치를 슬쩍 살피다가 싱긋 웃으며 말했다.

"난 이혼했어. 2년 됐어 이제."

나는 짤막하게 "그래?" 했을 뿐, 다른 말을 더 할 수가 없었다. 수진이 눈을 가늘게 뜨며 날 쳐다봤다.

"고소해하는 거 아냐?"

"당연하지."

"어쭈."

"날 찼으니까."

수진은 눈을 휘둥그레 뜨더니 말했다.

"니가 날 찬 거 아니고?"

"끝난 일로 뭘 그러냐?"

난 속으로 너도 역시 여자구나 싶었고, 한순간 옛날로 돌아간 듯한 기분이 들었다. 열여섯, 열일곱의 나는 수진으로 인해 여자의 일부분, 몸의 일부와 마음의 일부에 대해 처음 알게 되었다. 그리고 여자, 특히 매력적인 여자에 관한 내 이미지 중 많은 것들이 놀랍게도 열일곱 이후 거의 변하지 않았다. 나와 함께 나란히 걷고, 즐겁게 말하고, 기쁘게 웃는 이 여자가 내게 얼마나 중요한 여자인가 하는 생각이 낯선 열기와 함께 가슴 속으로 들이닥쳤다.

"역시 그렇게 생각하고 있었구나."

수진이는 열일곱 살의 고집불통처럼 조금 입술을 내밀고 심각한 듯 중얼거렸다.

갑자기 진명여고의 그 안경 낀 선생이 떠올랐다.

건전한 만남이라.

내가 아인시술에 관심이 없었다면 그건 거짓말이다. 나는 열두 살 때, 한스 크뢰벨 박사가 침팬지의 머릿속에 작은 바늘을 집어넣는데 성공했던 그때부터, 관련된 모든 소식을 찾아 읽었다. 그게 전 세계적인 화두로 떠오르리란 것도, 어쩌면 우리 세대 모두에게 엄청난 충격을 주는 사건이 되리란 것도 학교의 그 누구보다 먼저 예견했다. 그러나 수진을 만나며 1년 이상 그것은 내 관심의 변방에 아무렇게 방치되어 있었다. 대한민국 아인시술 표준시행령이 집행되고 반 친구들 모두가 매일 그 얘기에 열을 올릴 때는, 이미 아인시술이란 것이 흐릿한 내 미래의 상당 부분에 굉장한 영향력을 갖고 있었다.

어느 날 아버지와 밥을 먹다가 아인시술에 대해 우회적으로 언급했다. 나는 아버지에게 2000원을 달라고 할 때도 당당했던 적은 없었다. 아버지는 이렇게 대꾸하셨다.

"그게 우유랑 비슷한가 보더라."

"예?"

"우유 급식. 내가 학교 다닐 때 서양 애들이 우유 먹고 키 큰다고 해서 다들 학교에서 우유 급식을 시켰어."

나는 막연히 고개를 끄덕였다. 아버지는 다시 한참 밥을 드시다가 말씀하셨다.

"다들 먹으면 너도 먹어야지. 봐라. 요즘 우리나라 사람들이 얼마나 커졌냐?"

아버지의 말씀은 거기까지였고 나는 그것을 수술을 시켜주겠다는 말로 해석했다. 법적 허용 한계 시한인 18세 생일까지는 열 달이 채 안 남았다는 것도 얘기하려다 입을 다물었다.

그로부터 아홉 달이 지났을 때 나는 상당히 초조한 상태가 되어 있었다. 몇 달 동안 수진을 만나지 못했고, 반 애들 중 수술을 받지 않은 건 나를 포함해 다섯뿐이었으며, 성적은 이상하게 계속 떨어지고 있었다. 처음에는 걱정도 하고 격려도 해주던 선생들은 이마를 머리카락으로 덮은 아이들보다 깐 아이들의 학업 성취에 훨씬 더 큰 관심을 보이기 시작했다. 그 무렵 아버지는 혈색이 무척 좋지 않았고 자주 피곤해했지만, 나는 아버지의 건강보다 주머니 걱정을 더 많이 했다.

어느 날 학교에서 돌아온 나는 일찍 퇴근해서 누워 있는 아버지에게 직접적으로 수술비 얘기를 꺼냈다. 아버지는 얼굴이 잔뜩 상기되더니, 일어나서 장롱 서랍을 열고 봉투 하나를 내밀었다.

"일을 좀 벌였다가…… 이렇게 됐다. 내가 못났다."

봉투 안에는 백만 원짜리 수표 다섯 장이 전부였다. 아버지는 벽을 향해 돌아누웠고, 나는 그것을 들고 내 방에 가서 울었다.

그리고 3주 후 그 돈으로도 수술을 받을 수 있는 곳을 인터넷에서 찾아냈다. 기술과 시설은 충분히 갖추고 있지만 정부의 인가를 받지 못한 어느 종교 단체 산하의 의료 기관이었다. 나는 인터넷에 올려진 수술자들의 체험담을 읽고 접수 담당과 통화도 한 뒤에 예약을 잡았다.

학교가 끝난 뒤 서둘러 접수 사무실이란 곳에 갔더니, 담당자가 대기하고 있던 봉고차에 나를 태웠다. 갑자기 단속령이 떨어져서 수술실을 옮겼다는 것이었다. 나는 내 수술이 무사히 끝날 수 있도록, 이들이 정말 안전하고 외딴 곳으로 옮겼기만을 기도했다. 차는 한 시간 남짓 가로등도 없는 길을 따라가서 오래된 건물 앞에 섰다. 나는 어두운 복도를 따라 어두운 방으로 들어갔고, 눈을 뜰 수 없을 만큼 강렬한 빛이 내리쬐는 수술대 위에 앉았다. 어둠 속에 서 있던 의사는 거꾸로 열을 세라고 했고, 나는 여덟에서 의식을 잃었다.

다음날 아침 깨어났을 때는 뜻밖에도 우리 집 현관 앞이었다. 친절한 봉고차 기사가 나를 집까지 데려다 준 것이었다. 마취가 풀리며 지독한 두통을 느꼈지만, 기쁨과 안도감에 비하면 그건 아무것도 아니었다. 이마 위로 길쭉한 꼬리를 내린 수술 자국은 아무리 다시 봐도 지겹지 않았다.

뭔가 이상하다는 예감을 느낀 건 다음 날 저녁부터였다. 머릿속의 두통은 깨끗이 가라앉았고, 오직 통증이라면 두피의 절개선을 따라 느껴지는 따끔거림뿐이었다. 3일이 지나자 피부의 통증도 가려움으로 바뀌었다. 나는 아무런 몸의 통증이 없는 대신 무시무시한 마음의 격통에 시달리기 시작했다. 눈을 뜬 채로 악몽을 꾸는 나날이었다. 그들은 내 머리의 피부만 절개했다 봉합했을 뿐, 머릿속에 바늘을 삽입하는 진짜 수술은 하지 않은 것 같았다. 미칠 듯한 기분이 되어 모의고사도 풀어보고 지능지수 테스트도 다시 했다. 결과는 전보다 조금 나아지기도 했고 아니기도 했다. 평균적으로는 대체로 더 떨어졌다. 아버지가 회복에 도움이 되라고 끓여준 미역국에는 손도 대지 않았다.

나는 학교에서 받은 2주간의 방학이 끝나기 전날, 접수 사무실에 다시 찾아갔다. 낡은 상가 건물 1층에는 사람 출입이 없었던 듯 자물 쇠 위에 뽀얗게 먼지가 쌓여 있었다. 도로 반대편에서 한나절 가까이 지켜보다가 마침내 이웃한 복덕방에서 나를 봉고차에 태웠던 키 큰 남자를 발견했다.

그는 내 얼굴을 전혀 알아보지 못했다. 내게 나타나야 할 이런저런 증상과 현상들이 없고, 그것은 곧 당신들이 사기 수술을 했기 때문이 다…… 그런 얘기를 열여덟 살짜리가 할 수 있는 최고의 표현과 논리 를 동원하여 주장했지만, 그는 미소까지 지어가면서 도대체 무슨 소 린지 모르겠다는 얘기만 반복했다. 경찰에 신고하겠다는 협박에는 마 침내 참고 있던 웃음을 터뜨리기도 했다. 나는 더러운 러닝셔츠 사이 로 드러난 그의 두터운 어깨와, 상박부터 손목까지 이어진 조잡한 문 신을 보았다. 내가 할 수 있는 일이란 그를 쏘아보며 울음을 참고 거 기서 나오는 것뿐이었다.

문을 나서기 직전에 그가 나를 불렀다. 그는 바늘이 없는 걸 나 혼 자 알아냈냐고 물었고 나는 그렇다고 대답했다. 그는 기지개를 켜며 말했다.

"그럼 입만 다물면 되잖아."

아버지는 내가 그 돈으로도 수술을 받을 수 있었다는 사실에 무척 이나 다행스러워했다. 학교 선생들과 친구들도 진심으로 축하해 주었 다. 나는 남들이 보는 자리에서는 약간은 더 똑똑해진 것처럼 굴었고,

혼자 있을 때는 아무것도 생각하지 않았다. 얼마 후 아버지가 돌아가셨고, 나는 짧고 격렬한 방황을 겪은 후 미국에 가게 됐다.

지금은 아니지만, 미국에서는 그때만 해도 내 연령대에서 아인시술을 받은 사람이 상당히 드물었다. 내 이마 꼭대기에서 2센티미터 내려온 아인시술의 흉터 자국은, 학교에 다시 입학할 때도, 클럽 활동을 할 때도, 보험에 가입할 때도, 일자리를 찾을 때도 내게 특권이 있음을 암시해 주었다. 미국 생활 내내 나는 여러 번 절망의 벽에 부딪혔지만, 그때마다 그 벽의 약한 부분을 찾아 긁어내며 벽 너머로 나아갈 수 있었다. 그동안 얼마나 자주 그 말을 떠올렸는지 모른다.

'그럼 입만 다물면 되잖아.'

입을 다물면 이를 악물 수 있었다.

도산 공원을 몇 바퀴나 돈 후에야, 우리가 세미나에 참석할 예정이었다는 사실이 떠올랐다.

"오랜만에 만나는데 다른 사람들하고 합석하는 게 그래서 아까 얘기해 뒀어. 좀 이따 뒤풀이에나 합류하자."

나는 우리가 꼭 거기 가야 하냐고 물으려다 그만뒀다. 수진은 정말 그 모임을 그토록 중요하게 생각하는 걸까? 아니면 둘만 오래 있는 걸 굳이 피하려는 이유가 있는 걸까? 나는 머리를 흔들어 생각을 털고 수진이 이끄는 대로, 한국에 있을 때도 한 번도 맛있다고 생각해 본 적 없는 떡볶이를 먹기 위해 길을 건넜다.

한 시간쯤 후, 우리는 어느 바의 뒤쪽에 따로 마련된 방으로 가기 위해 긴 복도를 걷고 있었다. 보이지 않는 스피커에서는 키스 자렛이 나직이 흘러나왔고, 나는 수진의 손을 잡고 싶어졌다. 수진은 이곳에 익숙한 듯 빠른 걸음으로 복도를 꺾어져서 은색 주렴을 젖혔다.

"뭘 하다 늦었는지 이실직고들 하렷다!"

팽팽하게 당겨진 검은 셔츠를 입은, 한 눈에도 다혈질로 보이는 남자가 버럭 소리를 지르자 모두들 와르르 웃음을 터뜨렸다. 나는 눈살을 살짝 찌푸리며 입가에 애매한 미소를 띤 채 안으로 들어섰다. 곱슬머리를 길게 기른 남자가 웃으며 일어서서 손을 내밀었다.

"저 친구 신경 쓰지 마세요."

"왜요?"

"네?"

"왜 신경을 안 씁니까? 멀쩡히 여기 계시는데."

곱슬머리는 재밌는 농담이나 들은 듯 소리 높여 웃었다.

"오늘 좀 많이 잃었어요. 크게 건 데가 제대로 환율 폭격을 맞아가지고…… 아까부터 많이 마셨거든요."

방 안에는 남자 넷과 여자 둘이 있었고, 그 중 하나는 도우미인지 아직 어린 티를 벗지 못한 여자애였다. 나는 다소 어정쩡한 상태에서 사람들과 인사를 나눴다. 수진이 한 마디 했는지 검은 셔츠도 머쓱하게 손을 내밀며 인사를 건네 왔다. 손님 중 하얀 원피스의 여자는 상당한 미인이었는데 여자애가 따라 주는 술잔을 받아서 내게 직접 건넸다.

"오랜만의 귀국을 축하드립니다."

"쑥스럽네요. 항공편이 잘못된 덕인데."

여자가 눈썹을 추켜세우며 말했다.

"수진 씨 만나러 오신 게 아니고요?"

나는 아차 싶어서 검은 셔츠 옆에 자리를 잡은 수진 쪽을 힐끔 쳐다봤다. 여자는 재빠르게 덧붙였다.

"오랜만의 귀국길에 제일 먼저 누군가를 찾는다는 건, 그만큼 의미가 크다는 거예요. 그죠?"

여자는 타인을 불편하게 만들어서 자신이 센스 있다는 걸 확인하는 타입 같았다.

"세미나는 잘 끝나셨나요?"

"뭐 그렇죠. 저희들끼리 그냥 세미나라고 하는 거지, 모여서 이것저것 정보 교환하고 그러는 거예요. 주식이나 채권, 펀드 같은 것들."

여자는 이어서 한국의 투자 시장에 대해 몇 가지 이야기를 늘어놓았다. 나는 관심 있게 듣는 척 고개를 끄덕였지만, 아까부터 마음속에 가라앉아 있던 불만이 스멀스멀 기어 나오는 걸 느꼈다. 수진은 왜 이곳에 날 데려온 걸까? 우리는 아까 그다지 불편하지 않았다. 시간이 갈수록 과거가 조금씩 되돌아오는 느낌은 따스하고 부드러웠다. 수진은 검은 셔츠의 옆에 앉아서 뭔가를 나직이 이야기했고, 그는 수진 쪽 등받이에 팔을 걸치고 호탕하게 웃어댔다. 수진의 하얀 다리는 정말 날씬하고 멋졌다. 다시 둘만 있게 되면 민망하지 않을 방식으로 꼭 칭찬해 주고 싶었다. 그런데 그 근처를 어슬렁거리는 검은 셔츠의 손 때문에 자꾸 신경이 곤두섰다.

"저기요, 저기요? ……아주 넋을 잃으셨네."

나는 흠칫 놀라며 정면의 남자를 쳐다봤다.

"무슨 생각을 그렇게 하세요?"

머리를 올백으로 넘겨 아인시술 자국을 한껏 드러낸 남자가 내 시선이 닿았던 곳을 보고는 히죽 웃으며 말했다. 나는 술잔을 들어 한번에 비웠다.

"죄송합니다. 뭐라고 하셨죠?"

"미국에서는 무슨 일 하시냐고요."

"아, 의사입니다."

언뜻 방 안의 시선 몇이 내게 향하는 걸 느꼈다.

"오, 그래요? 그럼 전공이……"

"뇌 과학을 전공했고요, 지금은 아인시술을 합니다."

"미국에서요? 대단하시네. 그럼 대학병원 같은데서 일하시나요?"

"아뇨. 뉴욕에 제 클리닉이 있어요."

나는 감탄의 표정들을 일부러 의식하며 수진 쪽을 봤다. 수진이 방 안에 들어와서 처음으로 큰 목소리를 냈다.

"고등학교 때도 만날 반에서 1등이었어요."

시트콤에나 나올 것 같은 키 작은 대머리가 검은 셔츠를 가리키며 웃었다.

"쟤도 고등학교 때 1등만 했어."

"시끄러 인마. 쓸데없는 소리 좀 하지 마."

검은 셔츠가 거칠게 내뱉었다. 올백이 멍청한 표정으로 내게 물었다.

"그럼 대학은 어디 나오셨어요?"

나는 그만할까 싶었지만, 유치하게도 마음 한 구석에서는 아예 깃발을 꽂고 싶은 마음도 있었다.

"의과대는 존스 홉킨스에서 다녔습니다."

올백이 눈을 끔벅거리며 주위를 둘러보았다.

"존스 홉킨스? 들어본 것도 같고……"

"저 병신. 하버드밖에 모르면서 그걸 왜 물어봐?"

검은 셔츠는 마치 자신이 모욕이나 당한 듯 성질을 부렸다. 올백은 "병신이 뭐냐, 병신이……" 하며 중얼거렸는데 제대로 항변할 생각은 없는 것 같았다. 하얀 원피스가 검은 셔츠에게 정색하며 말했다. '옐로카드 하나 나갔다.' 검은 셔츠는 피식 웃을 뿐 더는 대꾸하지 않았다.

그때부터 화제는 계속 나를 끼고 돌았다. 뉴욕 여행 경험이 있는 몇 사람이 있어서 관광 명소들과 브로드웨이 뮤지컬에 대한 이야기가 나왔고, 미국의 학교 제도나 교육 현실에 대한 이야기도 했다. 양재동에서 이탈리안 레스토랑을 하고 있다는 대머리가 묻기에, 스톤 로즈나 대니얼 같은 뉴욕의 고급 식당들에 대해 이야기하기도 했다. 미국의 병원, 의료 서비스, 보험, 그리고 아인시술에 대한 이야기가 나올 무렵에는 조금 피로가 느껴지기도 했지만, 수진이 눈을 반짝이며 듣고 있었기 때문에 빼지 않고 대화에 참여했다.

"난, 뭐 여기 의사 선생님한테 실례인지 모르지만……" 술이 꽤 오른 올백이 거창하게 운을 뗐다. "아인시술이란 거 안 믿어. 그거 전 세계 정부랑 병원들이 짜고 치는 고스톱이야."

"그런 얘기 안 지겨워? 언론에서 백만 번은 우려먹었겠다."

하얀 원피스가 오징어를 씹으며 말했다.

"그래. 그때마다 계속 통계자료 나오고 실험결과 나오고 하면서 효과 있다 그러는데…… 솔직히 말해 여기서 효과 봤다고 확신하는 사람 누가 있어? 없잖아. 손들어 봐."

곱슬머리가 말했다.

"사실 위약 효과란 말처럼 그것도 어떤 심리적 기제가 아닌가 싶어. 효과 있다고 하는 사람들도 많잖아? 특히 학생들 봐. 성적은 확실히 올라가잖아."

"기분 탓 아닌가? 근데 다들 하면 그게 누구한테 좋은 거냐고."

곱슬머리가 어깨를 으쓱했다.

"선생님, 그 바늘 하나 얼마에요? 원가가."

대머리가 눈을 비비며 물었다.

"영업 비밀인데요."

나는 슬쩍 웃으며 말했다.

"아니, 저도 진짜 궁금해요."

흰 원피스가 가세했다.

나는 별 수 없다는 듯 말했다.

"미국에서 공장 출고는 1400달러 정도라고 들었어요. 병원에 들어올 때는 세금이랑 물류비가 더 붙지만."

"거봐, 우리 돈 100만 원이야. 이럴 줄 알았다니까 이 사기꾼 같은 새끼들…… 아니 오해는 마시고요."

올백이 내 쪽으로 손사래를 치며 말했다.

곱슬머리가 조심스럽게 대화를 이었다.

"미국에서는 바늘 재료가 다르다는 얘기가 있던데…… 그건 뭔가요?"

나는 설레설레 고개를 저었다. 내 마음 속 깊이 담아두려 했던 소중한 시간들이 담배 연기와 술 냄새에 섞여 공중에서 분해되고 있었다. 나는 목을 가다듬고 모두에게 잘 들릴 만한 목소리로 말했다.

"우유 급식 같은 거죠."

방 안에 있던 충혈된 눈들이 단번에 나를 향했다.

"80년대에 우리도 서양 애들처럼 커야 된다고 학교에서 단체로 우유를 먹였잖아요. 그 뒤로 평균 신장이 많이 높아지긴 했는데, 그 원인이 정확히 우유인지는 확인할 수가 없는 거죠. 다들 고기도 먹고 멸치도 더 먹었으니. 또 우유를 열심히 마셨는데도 키가 안 큰 애들도 많고. 하지만 그 때는 그런 상징이 필요했어요. 다 같이 마시면 다 같이 클 거라는 믿음을 가질 수 있는 것."

"아인시술을 한다는 분이 꽤 부정적이네."

검은 셔츠의 말에 나는 고개를 저었다.

"그건 아니죠. 우유의 영양가를 부정할 필요는 없잖아요?"

"미적지근한 건 원래 성격인가?" 검은 셔츠가 도발적으로 주위를 둘러봤다. "여기 수술 다들 받았잖아. 그러니까 대학들 다 잘 나오고 나랑 얘는 대학원도 나오고, 삼십대 초반에 자기 가게들 있고, 저 새끼는 변호사고, 저건 벌써 부장이고. 집에 노는 돈도 좀 있으니까 투자도 하고 그러는 거 아냐? 아인시술이 사기라고? 우유 급식? 미국 가서 좋은 의대까지 나온 똑똑한 양반이 그렇게 말하면 도둑놈 심보지. 내가 진짜 증거 보여줘?"

갑자기 검은 셔츠는 벌떡 일어나더니, 아까부터 구석에 있는 듯 없는 듯 앉아 있던 접대원에게 성큼성큼 걸어가서 한손으로 턱을 꽉 붙들고 다른 한손으로는 눈썹까지 드리운 앞머리를 위로 들쳐 올렸다. 여자가 짧게 비명을 지르며 깨끗한 이마를 두 손으로 가렸다.

"뭐가 더 필요해?"

갓 스무 살쯤 되어 보이는 여자애의 얼굴이 수치심에 발갛게 달아올랐다. 내가 빈 잔을 내려놓고 손아귀에 힘을 주며 일어서는 순간, 수진이 바람처럼 날아와 검은 셔츠의 뺨을 후려쳤다.

"아프잖아!"

검은 셔츠가 어린애처럼 쉰 목소리로 소리 질렀다.

"내가 애 친구 같았으면, 당신 벌써 죽었어."

160센티미터의 수진은 검은 셔츠보다 몇 배는 더 커 보였다.

방에 있던 사람들 중 아무도, 아무 말도 하지 못했다. 여자애는 코를 훌쩍이더니 밖으로 나갔고, 모두들 다시 담뱃불을 붙이거나 술잔을 만지작거렸다. 검은 셔츠와 수진은 떨어진 곳에 앉아서 서로에게서 먼 방향으로 시선을 돌렸다. 데이비드 샌본으로 바뀐 음악을 잠시 듣고 있다가, 나는 약간 들뜬 목소리로 제안했다.

"게임 하나 해보실래요?"

흰 원피스가 호들갑을 떨었다.

"재밌겠다. 저 게임 좋아해요."

"야한 게임이라면 아주 사족을 못 쓰죠."

대머리가 웃으며 덧붙였다.

한 두 마디 농담이 더 오가는 동안, 나는 주머니에서 펜을 꺼내고 탁자 위에 냅킨 몇 장을 펼치며 말했다.

"아시다시피 아인수술이란 게 좌우뇌반구를 잇는 뇌량에 보조체를 삽입해서 신경전달을 활성화 시키는 겁니다. 그래서 구체적으로 뭐가 달라지는지는 간단히 알아볼 수 있는 게 아니지만, 약간의 트릭 같은 게 가능해져요."

수진도 어느새 내 말을 듣고 있었다. 조금 전의 소란은 금세 잊은 듯.

"이건 좌우뇌간의 소통 순발력을 알아보는 건데요, 일반적으로 언어 중추는 왼쪽 뇌에 있고 수리 계산 활동은 주로 오른쪽 뇌에서 이루어집니다. 왼쪽 감각기관들은 오른쪽 뇌와, 오른쪽 감각기관들은 왼쪽 뇌와 더 가깝다는 건 아시죠? 따라서 왼쪽 감각기관과 언어 중추, 오른쪽 감각기관과 수리 중추는 뇌신경적으로 보면 멀리 우회해서 연결돼 있는 거죠."

"복잡하면 난 못하는데."

올백이 주눅이 든 목소리로 중얼거렸다.

"재밌는 게임은 아니네요?"

흰 원피스도 실망한 듯 말했다.

"여러분이 궁금해 하던 걸 확인하는 테스트예요. 아인수술이 효과가 있는지 없는지."

"정말 그게 확인이 가능해요?"

대머리가 눈을 동그랗게 뜨고 물었다.

"공식적인 건 아닙니다. 근데 제 환자들한테 해보면 의외로 꽤 맞더라고요. 여러분은 왼쪽 눈과 오른쪽 귀를 가릴 거예요. 그리고 제가 여기 냅킨에 숫자 세 개를 써서 오른쪽 눈에 보여주면서, 왼쪽 귀에다 누구나 아는 문장을 앞부분만 말할 겁니다. 그러면 여러분은 숫자 세 개의 합과 문장의 나머지 부분을 순서대로 말해주시면 됩니다. 수술

받은 사람의 95퍼센트는 5초 안에 할 수 있어요."

"못 하면요?"

올백이 걱정스레 물었다.

"저 먼저 해주세요."

흰 원피스가 손으로 눈과 귀를 알아서 가리며 끼어들었다.

나는 곱슬머리에게 시간 측정을 부탁한 다음, 냅킨에 2, 3, 8을 써서 여자의 오른쪽 눈에 보여주며 왼쪽 귀에 속삭였다.

"태극기가 바람에."

"13. 펄럭입니다!"

원피스는 주위 사람들이 깜짝 놀라도록 큰 소리로 외쳤다. 곱슬머리가 감탄하며 손목시계를 가리켰다.

"2초."

"선생님 저 천재 아닌가요?"

원피스가 몸을 잔뜩 붙이며 웃는 통에 그녀의 가슴이 내 팔꿈치를 눌렀다.

"11, 사라지다!"

"17, 봄은 오는가."

검은 셔츠는 그 사이 담배를 사오겠다고 중얼거리며 나갔고, 모두의 차례가 지나 마침내 수진만 남았다.

"수진 씨 뭐해. 이리와."

"됐어요."

난 수진에게 어서 오라고 턱짓을 하다가 살짝 놀랐다. 그녀는 떨고 있었다. 마치 발각될 것을 두려워하는 범죄자처럼 탁자에 흩어진 냅킨 위의 숫자를 불안한 눈으로 훑고 있었다.

"난 원래 숫자에 약해요. 아까부터 두통도 있고."

"이게 사실 두통에도 좋은 게임이죠. 그죠 선생니임?"

향수와 안주 냄새와 술 냄새를 섞어 풍기며 원피스가 내 팔에 팔짱을 끼었다. 수진과 나의 시선이 서로 닿았다. 나는 수진의 표정과 내 기억 어딘가에 묻혀 있는 장면 하나가 비슷하다는 걸 깨달았다. 수진이 수술을 받고 처음 만났을 때, 이 말을 하면서 지었던 표정이었다.

'나 머리가 좋아진 것 같지가 않아. 농담 아냐, 진짜야.'

사람들에게 강제로 떠밀리다시피 해서 수진은 내 옆에 앉았다. 나는 수진이 보지 못하게 손으로 가리고 냅킨에 숫자를 썼다. 사람들은 합산을 할 때 보통 홀수에, 순서가 뒤바뀐 수에, 그리고 수의 합이 큰 것에 약하다. 나는 냅킨에 7, 5, 9를 썼다. 곱슬머리가 시계를 봤고 나는 냅킨을 수진의 오른쪽 눈에 보여주며 왼쪽 귀에 대고 말했다.

"난 아직 널 사랑해."

방 안이 갑자기 조용해졌다. 5초가 한참 지난 뒤에도 아무 말이 없던 수진은, 오른쪽 눈동자를 천천히 내게 향했다.

나는 바래다주겠다고 억지로 우겨서 수진과 같은 택시에 탔다. 휴대폰이 핸드백 안에서 한참을 울리는 동안 수진은 멍하니 창밖을 보다가, 흠칫 놀라며 휴대폰을 꺼내들었다. 곧 가겠다고, 별 일 없다고, 백 속에 있어서 못 들었다고 말하는 사이사이에 희미한 남자의 목소리가 들렸다.

"누구?"

"같이 일하는 사람."

"지금 새벽 3신데 일하는 곳에 간다고?"

수진은 창밖을 보며 잠시 말이 없다가 내 쪽으로 고개를 돌렸다.

"내가 일하는 데 같이 갈래?"

휴대폰은 또 울렸다. 다시 아무 일 없다, 가는 중이다, 걱정 말라는 대답을 수진이 반복했다.

수진은 개포동 어디쯤에서 내려 낡은 상가 건물이 많은 골목들 사이를 요리조리 꺾어 들어갔다.

"주변은 좀 이래도 장사는 나쁘지 않아."

나는 수진을 따라 '수&영 에스테틱 – 남성 전용'이라는 작은 네온 간판이 붙은 건물의 지하로 내려갔다. 카운터에 있던 창백한 인상의 남자가 우리를 보고 반쯤 일어섰다. 수진은 내게 문 하나를 가리키며 들어가 있으라고 말했다.

엎드리도록 만들어져 있는 침대에 걸터앉아서 진한 향내를 맡으며, 나는 갑자기 잠들고 싶을 만큼 지독한 피로를 느꼈다. 한참 시간이 지나서야 수진은 쟁반에 음료수와 그 외 몇 가지를 담아 두 손으로 받쳐 들고 들어왔다. 수진이 갈아입은 유니폼의 치맛단은 아까 입었던 미니스커트보다도 더 짧았다.

나는 수진이 가르쳐주는 대로 상의를 완전히 벗고 침대 위에 엎드렸다. 수진은 내 등에 오일을 바른 뒤 익숙한 손놀림으로 천천히 마사지하다가 띄엄띄엄 이야기를 시작했다. 이 가게는 카운터에 앉아 있던 그 남자와 함께 시작했으며 그와 동거를 한 지 1년이 조금 지났다는 것, 가게는 조금씩이나마 계속 흑자를 내고 있고 남자와의 관계도 안정적이어서 내년쯤 결혼을 생각하고 있다는 것, 그 모임은 단골인 검은 셔츠와 올백을 통해 알게 되었다는 것, 여러 차례 거절했어도 검은 셔츠는 꾸준히 구애를 해온다는 것, 그에게 약간의 빚이 있어 가끔 곤란하기도 하다는 이야기들이었다. 마사지를 받는 동안 내 시선은 수진의 허벅지 언저리에 계속 머물러 있었다. 이 침대의 머리 부분은 시선을 그쪽에 둘 수밖에 없도록 설계되어 있었다.

"빚이 얼마나 되는데?"

"많이 갚았어. 지금은 2000 정도."

"그거 내가 해줄게."

수진은 내 등을 세게 꼬집었다.

"너 되게 재미없어졌다."

마사지가 진행될수록 깜짝 놀랄 만큼 몸이 가벼워지고 있었다. 수진은 한참 조용하다가 이렇게 말했다.

"우유 먹고도 키 안 큰 애 있잖아, 아무래도 그거 난가 봐."

나는 잠시 입을 다물고 있다가 말했다.

"아까 그 게임 전부 사기야. 사람의 눈은 좌우 뇌와 동시에 연결돼 있어. 아인시술 효과는 지금까지 이 세상 어느 누구도 확실하게 입증하지 못했어."

그리고 나는 이렇게 덧붙이고 싶었지만, 결국 말하지 못했다.

네 다리는 너무 예뻐.

가게를 나올 때 카운터의 남자가 벌떡 일어서서 고개 숙여 인사했다. 그의 긴 앞머리가 이마 위에서 찰랑거렸다. 나는 수진과 간단히 악수 한 번으로 인사를 끝낸 뒤 택시를 타고 호텔로 향했다. 호텔 방에서 비서인 그레이스에게 전화해 오늘 아침 비행기로 돌아간다고 알린 뒤 침대에 누웠지만, 결국 비행기 시간이 다가올 때까지 한숨도 잘 수 없었다.

손을 소독하는 동안 발바닥에서 희미하게 진동이 느껴졌다. 어퍼이스트사이드의 렉싱턴 애비뉴와 104번가가 교차하는 이곳은 지하철역이 가깝다. 고객용 출입문을 나서면 어두운 복도를 지나야 하지만, 그 다음에는 인파에 섞여 지하철역과 맞닿아 있는 대형 쇼핑몰의 여덟 개 출구 중 하나로 나갈 수 있다. 이건 상당한 장점이다.

내 비서이자 수간호사이며 얼마 전 쉰 살이 된 그레이스 고타마가 가볍게 눈인사를 하며 수술실 밖으로 나갔다. 그레이스는 유능하고 말수가 적다. 그래서 나는 수익의 40%를 그녀 몫으로 주는데 아무런 불만이 없고, 물론 그건 그레이스도 마찬가지다. 그레이스가 고객의 머리 가운데를 따라 0.5 센티미터 폭으로 깨끗이 밀고 마취 크림을 바르고 나면, 나머지 일은 전부 내 몫이다.

어두운 수술실 한가운데 환자의 머리를 중심으로 지독히 밝은 빛이 내리꽂히고 있다. 나는 수술대로 다가가며 마스크 뒤의 얼굴을 찌푸렸다. 잔뜩 겁을 먹고 앉아 있는 건 기껏해야 열네 살이 될까 말까 한 라틴계 소년이다. 이 아이에게는 아직 아인시술을 합법적으로 받을 수 있는 기한이 4년이나 남아 있다. 내 클리닉에 오는 사람들은 대부분 법적 시기를 놓친 나이든 사람들이다. 대부분은 편견 때문에 벌어진 한두 개 이상의 아픈 추억을 갖고 있고, 때로 수술 도중 그것에 대해 말하고 싶어 하는 통에 가끔 애를 먹는다. 나는 손이 빠른 편이지만 하루에 대략 스무 건의 수술을 해야 하기 때문에 수술이 길어지면 곤란하다. 횟수로만 따지면 보통 아인시술 전문의들의 스무 배이다. 물론 내 수술비용은 그들의 이십분의 일도 안 된다.

소년에게 다가가 마취가 잘 됐는지 확인하다가 갑자기 소년의 부모에게 화가 치밀었다. 그들은 아인시술을 사기라고 생각하는 자들일까? 4년 안에 수술을 시켜줄 수 없을 만큼 지독하게 가난한 걸까? 아니면 인생에서 그 어떤 특권도 기대하지 말라고 아이에게 가르치려는 걸까?

나는 그들이 원하는 것을 해주기 위해 돈을 받고 여기 서 있다. 따라서 내가 아이를 위해 해줄 수 있는 것은 가능한 진짜 같은 자국을 남기는 것뿐이다.

소년의 이마로 메스를 가져갔다. 그 순간 소년이 입을 열어 작은 소리로 말했다.

"선생님."

"응?"

"선생님은 몇 살 때 수술 받으셨어요?"

"열여덟 살. 이제 시작할까?"

"선생님이 받은 건 진짜 아인시술이죠?"

"내가 그렇게 똑똑해 보이니?"

"네."

소년이 씩 웃었다. 나는 다시 절개를 시작하려다, 메스를 플레이트

위에 내려놓았다. 그리고 마스크를 벗고 무릎을 굽혀 소년의 얼굴을 봤다. 소년은 약간은 겁을 먹고 약간은 호기심이 어린 눈동자로 나를 마주 보았다. 영리해 보이는 눈이었다.

내가 수술자 앞에서 빛 아래로 얼굴을 내민 건 처음이었다.

"친구들한테 써먹을 수 있는 게임 하나 가르쳐 줄까? 내가 알려주는 대로 하면 넌 절대로 지지 않아. 일단 숫자 세 개를 종이 위에 쓴 다음에⋯⋯"

머리 사냥꾼

류형석

하이텔 환타지 동호회와 웹진 《워터가이드》에서 활동하였으며, 현재 《거울》
의 필진으로 활동하고 있다. 『앱솔루트 바디』, 『한국 환상 문학 단편선』을
출간하였다.

몸을 조립한다. 합성 신체, 무기 신체, 의사 신체라고도 하지만 보통은 마지막 것을 줄여서 의체라고 부른다. 내 앞에 놓여 있는 것은 회사에서 개발 중인 제5세대 의체의 프로토 타입이다. 다음 주에 테스터를 불러 착용감이나 편의성을 시험할 예정이라 오늘 중으로 전부 조립해 두어야 했다. 기본 프레임은 업체에서 가조립 해오기 때문에 내가 할 일은 많지 않다. 우선 양전자 두뇌를 두개골 내에 고정하고 더미 기억 장치를 연결한 후 양쪽이 모두 정상 작동하는지 확인한다. 그 다음에는 전자파에 민감한 양전자 두뇌가 오작동을 일으키지 않도록 차폐막을 설치하고 차폐 상태를 확인한다.

그러면 끝이다. 작업을 마친 의체를 해부대처럼 생긴 보관기에 고정한다. 팔, 다리, 몸통에 있는 배터리는 미리 제거해야 한다. 성인 남성, 성인 여성, 그리고 마지막으로 8~12세 유아용 모델을 안아서 올린다. 가벼웠다. 마그네슘 합금 프레임에 EAP를 짜맞춘 의체는 거의 또래 아이의 몸무게 정도로밖에 나가지 않았다. 그 무게가 누군가를 생각나게 해서 눈가가 뜨거워졌다. 당장이라도 눈을 뜨고 그 무표정한 얼굴에 귀여운 미소를 띠우면서 아빠라고 부를 것 같았다. 눈가를 훔치면서 서둘러 작업을 마무리했다. 작업실에 있는 게 나 혼자라서 다행이었다.

밖으로 나왔을 때는 8시에 가까웠다. 금요일이라 대부분의 사람들이 퇴근한 사무실은 텅 비어 있었다. 커피를 가지고 자리로 돌아와서 앉는다. 1년 전부터 습관이 되어 버린 대로 뉴스 사이트들을 돌아다니기 시작한다. 별 내용은 없었다. 오늘도 국회는 파행 운영되었고, 용산에서 불법으로 기억 복제를 하던 업자 몇 명이 체포되었고, 어디선가는 머리가 없는 변사체가 발견되었다. 이걸로 13건째다. 기자는 이번 연쇄살인범에게 '헤드 헌터'라는 별명을 붙여 줬다. 항상 시체에서 머리를 잘라가기 때문이다. 보존 장치가 있는 부분을 섬세하게 절단해 가는 걸로 봐서 의체 관련 업종에서 근무하고 있을 거라는 빤한 추측을 되풀이 하고 있었다.

의자에 한껏 기대앉는다. 머리 사냥꾼이라. 옛날 생각이 났다. 나는 어릴 적에 혼자서 잠도 못 잘 정도로 머리 사냥꾼을 무서워 했었다. 지금은 그렇지 않느냐고 하면, 글쎄. 모르겠다. 내가 어릴 적에 알던 헤드 헌터는 미치광이 연쇄살인마가 아니라 괴담 속의 괴물이었으니까.

그 이야기를 처음 들은 것은 8살 때였다. 방학이 끝나고 학교에 가니 옆 자리가 비어 있었다. 아침 조회에서 선생님이 침통한 얼굴로 그 아이가 방학 중에 사고를 당했다고 말해 주었다. 이제 영영 못 나온다고 했다.

학교에선 얼마 지나지 않아 학교에선 그 애가 사실은 귀신에게 잡혀 간 거라는 소문이 났다. 사람의 머리를 잘라가는 귀신이 있는데, 어른들은 머리가 잘려가도 재생할 수 있지만 아이들은 머리가 잘리면 그대로 죽어버린다는 것이었다. 어떤 아이는 센터에서 근무하는 형을 따라갔다가 실제로 머리가 잘린 시체를 봤다는 경험담을 과장 섞어 자랑하기도 했다. 그게 귀신에게 당한 사람들이라는 것이었다.

'보존'과 '재생', 그리고 죽음에 대한 개념이 없던 아이들이 만들어낼 법한 이야기였지만 그 때 내게는 너무나 무섭게, 그리고 사실처럼 들렸다. 그 날은 겁에 질려 울면서 집에 들어갔다. 어머니는 그런 나를 보고 깜짝 놀라셨지만 무슨 일인지 말하라며 참을성 있게 달래주셨고, 나는 학교에서 들은 무서운 이야기와 사라진 짝꿍에 대해 두서없이 털어 놓았다.

어머니는 웃음을 터뜨리는 대신 내가 이해할 수 있게 설명을 해주려고 하셨다. 사람의 기억을 읽어서 저장해 놓고 죽을 경우에는 저장한 기억을 다른 무기물(無機物) 신체에 이식하여 되살려 낸다던가, 보존을 위해서는 뇌수술을 통해 탐침을 심어야 하는데 어린 아이는 뇌의 발달 정도가 부족해서 그런 수술을 하지 못한다던가. 어머니께서는 최선을 다하셨지만 나는 그걸 다 이해하지는 못했다. 내게는 그냥 귀신 이야기가 더 이해하기 쉬웠던 것 같다.

한동안 밤에 혼자서 화장실도 가지 못하고, 골목길에서 낯선 사람만 봐도 바지를 적시고 돌아오는 날들이 계속되자 어머니는 결국 내게 진실을 설명하는 걸 포기하고 타협을 선언하셨다. 어머니는 내게 들려줄 이야기를 지어 냈다. 숨을 참고 있으면 머리 사냥꾼이 알아보지 못하고 지나간다거나, 전자파를 싫어해서 휴대폰을 가지고 다니면 안전하다거나.

해가 지나면서 이야기는 점점 살이 붙었다. 어머니의 그 날 기분에 따라서 매번 내용이 바뀌었지만 결말만은 언제나 같았다. 사악한 헤드 헌터는 자신이 잡고 있는 여동생을 미끼로 그 오빠를 불러낸다. 머리 사냥꾼의 은신처에 간 오빠는 꾀를 부려 머리 사냥꾼을 옷장 안에 가두고 귀신이 잡아 갔던 애들을 구해낸다.

해가 지나면서 이따금 찾아오는 악몽만 남기고 그 이야기도, 괴물에 대한 두려움도 점점 희미해져 갔다. 정말로 헤드 헌팅을 당해서 우리 부서로 온 동료 직원을 만났을 때 그 이야기로 농담을 할 수 있을 정도로. 한참을 웃던 그녀는 날 재미있는 사람이라고 했고, 첫사랑을 닮았던 그녀와 오랜 기간 연애한 끝에 결혼식을 올렸다. 아내를 닮은 딸이 태어났을 때는 고민 끝에 민경이라는 이름을 붙였다. 그 아이가 5살이 되었을 때 전부터 소문이 무성하던, 두개골 성장이 끝나지 않은 14세 전의 아이에게도 삽입 가능한 신형 보존 장치가 임상실험을 마치고 시중에 모습을 드러냈다. 아내를 설득할 필요는 없었다. 오히려 겁먹은 딸을 달래는 게 더 큰일이었다. 전부터 졸라대던 고양이를 사주기로 약속하고 간신히 병원에 데리고 갈 수 있었다. 그 날 이후는 다시 악몽조차 꾸는 일도 없었다. 나도, 아내도, 내 딸도 내가 어릴 적의 그 아이처럼 내 앞에서 사라지는 일은 없을 것이었다. 이제 안심해도 된다고 생각했다.

딱 1년 전, 집에서 머리가 사라진 딸의 시체를 발견하기 전까지는

말이다. 어머니도, 나도 틀렸다. 헤드 헌터는 정말 있었다. 그리고 내
곁으로 돌아왔던 것이다.

　눈을 떴다. 의자에 앉아 깜빡 잠이 들었던 모양이다. 게슴츠레한 눈
으로 날 깨운 물건을 찾아 두리번거린다. 책상 위에서 휴대폰이 울리
고 있다. 해외사업부의 선미 씨였다. 새벽 3시에 무슨 일일까. 눈을
비비면서 통화버튼을 눌렀다. 음성 모드로 연결 되며 전혀 뜻밖에도
남자의 굵직한 목소리가 들려왔다.
　"한동준 씨 되시죠?"
　"맞습니다만, 누구시죠?"
　"아, 다행입니다. 이 여자분이 길에 쓰러져 있어서 말이죠. 제가 이
분 휴대폰으로 연락을 해봤습니다. 술을 너무 드신 것 같은데요."
　무슨 일이라도 생긴 게 아닌가 하고 깜짝 놀랐던 가슴을 쓸어내린
다. 의자에서 일어나며 코트를 집었다. 딱히 친한 사이는 아니었지만
연락을 받고도 모른 척할 수는 없으니까.
　"그래요? 제가 가겠습니다. 어디시죠?"
　"여기 합정입니다. ……그나저나 지금 회사에 계십니까?"
　"네?"
　뜻밖의 질문에 반문한다. 수화기 너머의 목소리는 장난기가 어려
있었지만 전혀 재미있지 않았다.
　"회사신가 보네요. 집에는 일찍 일찍 들어가셔야죠."
　"무슨 상관입니까? 지금 장난하시는 건가요?"
　아는 번호로 걸려온 게 아니었다면 당장에 전화를 끊어버렸을 것이

다. 이번에는 확실하게 소름이 끼칠 정도로 기분 나쁜 웃음소리가 들려왔다. 불길한 예감이 든다.

"일찍 퇴근하셔야 따님이 헤드 헌터한테 안 잡혀가죠. 안 그렇습니까?"

커다란 돌을 삼킨 듯한 기분이었다. 숨이 턱 막혀왔다.

"아, 실례했습니다. 이미 잡혀갔던가요? 이름이 민경이었죠? 제가 요즘 기억이 좀 가물가물 해서."

"너 뭐야? 뭐 하는 놈이야? 이 따위 장난질을 할……"

"장난질이라…… 그렇게 생각하시면 내일 아침 뉴스에서 봅시다. 저는 지금부터 이 아가씨랑 재미있게 놀아 볼 테니까요. 아, 민경이처럼 다리에 데인 흉터가 있나 한번 확인해 볼까요? 궁금하시죠? 이따가 다시 전화 드리죠."

"그만해!"

소리를 지르고 만다. 듣고 싶지 않다. 그 놈이었다.

"그렇게 소리 지르지 말라고."

이제 주도권을 잡았다고 생각하는 건지 말투마저 깔보는 투로 바뀌어 있었다. 다시 소리를 지르지 않기 위해선 입술을 꽉 깨물어야 했다. 상대할 필요가 없다. 자신에게 세뇌하듯 속으로 중얼거렸다. 화를 낼 필요도 없다. 저 놈이 원하는 대로 손바닥 위에서 춤을 출 필요는 없다. 모니터로 눈을 옮긴다. 이 시간에도 메신저에 접속 중인 사람이 몇 명 있었다. 어떻게든 저 놈이 눈치 채지 못하게 다른 사람에게 알릴 수 있다면, 경찰에 알릴 수 있다면……

제발 대답하기를 바라며 한 명에게 말을 걸려고 했다. 그 자식의 다음 말을 듣지만 않았어도 그렇게 했을 것이다.

"말이 없네. 신고할 생각이면 관둬. 그러면 딸자식은 영영 다시 못 보게 될 거야."

"뭐?"

"당신 딸의 보존 장치. 지금 내가 가지고 있어. 머리에서 정성 들여서 예쁘게 파냈다고. 가지고 싶지 않아?"

손이 멈췄다. 온 몸에서 힘이 빠져나간다. 오만 가지 생각이 머릿속을 헤집고 지나간다. 기억, 보존, 재생, 딸…… 대답할 수밖에 없었다. 내가 할 수 있는 말은 한 가지밖에 없었다.

"원하는 게…… 원하는 게 뭐야?"

수화기 너머로 다시 기분 나쁜 웃음소리가 들려왔다. 그럴 줄 알았다는 듯, 득의양양한 웃음소리가.

놈의 요구 조건은 간단했다. 즉시 기억 이식 및 기동이 가능한 빈 합성 신체를 하나 가지고 자기가 지정한 장소로 올 것. 그 동안 계속 놈과 통화하고 있어야 했다.

"전화가 끊어지거나 내 말에 제대로 대답하지 않으면 엉뚱한 짓을 하고 있는 걸로 간주하겠어. 그렇게 되면 거래는 취소고, 이 아가씨 안전도 보장하지 않겠어."

"……알겠어."

통화상태인 휴대폰을 주머니에 넣고 무선 수신기를 귀에 꼈다. 그러는 동안에도 그 놈은 뭐가 그리 기분 좋은지 자꾸 말을 걸어왔다.

"추적 안 당하게 미등록인 거야 해. 시제품 같은 거 말이야. 제조 회사니까 그 정도는 있겠지?"

"어차피 내가 반출한 걸 알면 추적을 당할 텐데."

"그건 당신이 알아서 잘 처리해야지. 회사 물건 빼돌린 걸 들키면 큰일이잖아?"

"나는 협박을 당했을 뿐이야."

혀를 차는 소리가 들려왔다. 안됐다는 듯이, 마치 어리석은 짓을 꾸미다가 들킨 어린 아이를 꾸짖는 듯 했다.

"경찰이나 다른 유가족들도 그렇게 생각해 줬으면 좋겠군."

대답할 말이 없었다. 놈은 내가 가져가는 합성 신체로 바꿔 타서 경찰 추적을 따돌릴 생각인 것이다. 연쇄살인마의 도주를 돕다. 유가족들에 알려지면 어떤 일이 벌어질지 상상하고 싶지도 않다.

남성용 의체를 하나 운반용 캐리어 안에 접어 넣으면서 생각한다. 방법을 찾아야 한다. 어떻게든 저 놈 손에서 벗어나고 딸을 되찾을 방법을 찾아야 한다. 놈이 원하는 대로 하게 둘 수는 없다. 생각나는 대로 질문을 던져 본다.

"만일 내가 딸을 포기하고 이대로 경찰에 신고한다면 어떻게 할 셈이지?"

"그러고 싶어?"

"네 놈을 전기의자에 앉힐 수 있다면 더 바랄게 없지."

잠깐이지만 대답이 없었다. 제대로 먹힌 걸까? 동요하고 있는 걸까? 잠시 손을 멈췄다. 놈은 갑자기 엉뚱한 질문을 던져 왔다.

"내가 왜 머리를 자르는지 알아?"

대답하는 건, 정말 괴로웠다.

"언론에서는 기념품일 거라고 하더군."

"그걸로 끝이야? 뭘 기념한다는 건데? 말해 보라고."

집요하게 되물어 온다. 대답하지 않을 수도 있다는 생각이 들었지만 이를 악물고 말한다.

"……살인의 순간과 피해자를 기억하기 위해서라고 하지."

"잘 알고 있잖아. 맞아. 그리고 하나 알려주고 싶은 게 있는데, 내 아지트에 가면 입고 다니기는 무리지만 그냥 저냥 작동은 하는 구형 의체가 몇 기 있거든?"

섬뜩한 예감이 등골을 훑고 지나간다. 채 다물지 못한 입에서 기괴한 신음소리가 흘러 나왔다. 놈이 그 끔찍한 상상에 쐐기를 박는다.

"자, 빈 의체가 있어. 그리고 보존된 기억이 있지. 내가 그걸 가지고 뭘 할 것 같아?"

간신히, 정말 간신히 한 마디를 뱉을 수 있었다. 입 밖으로 나온 말은 내 심정을 표현하기에는 너무 부족했지만 그 말 밖에 생각나지 않았다.

"이 개새끼가……"

놈이 웃는다. 아주 즐겁다는 듯이 웃으면서 노래하듯 말한다.

"죽이고, 죽이고, 죽이고, 또 죽이는 거지. 백업 지점을 설정하면 망가져도 되살릴 수 있거든."

"닥쳐!"

"이제 다시 생각해 보라고. 당신이 신고했는데 내가 안 잡히고 도망쳐 버리면 말이야. 내가 그 다음에 민경이를 데리고 뭘 할 것 같아?"

대답할 수 없었다. 놈은 계속해서 수다를 떤다.

"그냥 내가 시키는 대로 하라고. 좋은 게 좋은 거잖아. 안 그래?"

주도면밀하게, 빈틈이 없이 준비했다는 사실을 과시한다. 나는 대답하지 않는다. 손을 바쁘게 놀려서 의체를 마저 포장한다. 그대로 캐리어를 닫으려다가…… 생각을 바꿔서 유아용 의체를 하나 추가로 집어넣었다.

트렁크에 합성 신체 두 개를 싣고 남부 순환로를 탔다. 오는 길에 사고라도 나지 않게 안전 운전을 하라는 그 놈의 조소를 귓가로 흘리며 엑셀을 밟아 댔다. 과속 카메라에라도 찍혀라. 어떻게든 경찰의 눈에 띄고 싶었지만 늦은 시간 탓인지 그 흔한 음주 단속조차 보이지 않았다. 선미 씨의 원룸 앞까지 도착한 다음 차를 세우고 트렁크에서 낑낑거리며 캐리어를 꺼냈다. 집 앞에 도착한 다음 문을 두드리는 대신 아직 연결 중인 전화기에 대고 말했다.

"도착했어."

"잠깐 기다려."

얇은 문 너머로 발자국 소리가 들려왔다. 이마 위를 흘러내린 땀이 눈에 스며들어 따끔거렸다. 한 시간이라도 지난 것 같은 긴 기다림 끝에 마침내 문이 열렸다.

"들어와."

수화기로 들었을 때와 별로 다르지 않은 목소리였다. 역광 탓에 얼굴은 잘 보이지 않는다. 그 놈이 손에 들고 있는 물건은 잘 보였지만. 그 놈은 휴대폰의 통화 종료 버튼을 누르며, 다른 손으로는 든 묵직한 소음기가 달린 권총을 쥐곤 들어오라는 듯 까딱였다. 예상 밖의 물건에 몸이 굳어졌다.

"들어오라니까."

재차 재촉을 받고 캐리어를 끌고 문으로 들어가며 얼굴을 곁눈질했다. 무표정하지만 평범한 인상의 젊은 남자. 낯이 익은 얼굴이었다. 어디서 봤었지? 익숙한 생김새인데 기억이 나지 않는다.

"침대 있는 대로 가."

놈이 총구를 앞세우며 지시한다. 생각을 포기하고 순순히 시키는 대로 했다. 놈은 총구를 나한테서 떼지 않은 채로 문을 잠그고 책상 쪽으로 가서 모서리에 걸터앉았다. 몸동작이 조금 어색한, 아니 부드럽지 않은 구석이 있었다. 그걸 보고서야 기억이 났다. 구동부에 인공 근육 대신 전기 모터를 사용한 구형 의체의 것이었다. 얼굴도 병원 등에서 임시로 사용하는 거의 커스터마이징을 하지 않은 표준형이었다. 흔하디흔하고, 그만큼 많이 부정 유출되어 있는 모델이기도 했다.

내 시선을 알아챈 그 놈이 마치 내가 무슨 생각을 하고 있지 안다는 것처럼 고개를 끄덕였다.

"이쪽이 편하거든. 지문도 없고 피도 안 흘리니까."

경찰이 아직 이 놈을 잡지 못하는 이유를 어렴풋이 짐작할 수 있었다. 머리 사냥꾼이라니, 얼마나 어울리는 이름인지 통감한다. 순수하게 사람을 죽이는 것을 즐기고 그러기 위해 자신의 몸까지 바꾼다면 그건 이미 괴물이 아닌가.

놈은 책상에 앉은 채로 내가 끌고 온 캐리어를 턱으로 가리켰다.

"가방을 열어 봐."

캐리어를 열고 안에 있는 합성 신체 두 구를 꺼내서 침대 위에 눕혔다.

"두 개? 뭐야, 원하는 대로 골라가지기라도 하라는 거야? 친절하신데."

"네 놈이 하는 말은 못 믿어. 내 딸이라는 걸 직접 확인 하겠어."

놈은 재미있는 농담이라도 들었다는 듯이 입가를 비틀어 올렸다.

"어느 쪽이야?"

"뭐?"

"어느 쪽이 민경이 용 육체냐고. 뭐 물어볼 것도 없이 여자애겠지만."

"내 딸 이름을 입에 담지 마!"

거의 달려들 뻔했다. 놈이 총구를 좌우로 까딱이며 손에 들고 있는 물건을 과시하지만 않았어도. 속이 보이지 않는 새카만 총구를 마주하자 몸이 굳어 버렸다. 그 놈은 그런 내 모습을 보며 한 손으로 주머니에서 뭔가를 꺼내 던졌다. 온몸을 날리다시피 해서 간신히 받아냈다.

"일련번호가 있으니까 확인해 봐. 그 정도는 외우고 있겠지?"

손에 쥐어 있는 것은 엄지손가락보다 조금 큰 차폐형 실린더였다. 겉면에는 HMK-350708-2209235라는 검은 글자가 선명하게 각인되어 있고 말단에는 양전자 두뇌와 연결하기 위한 색색의 광케이블들이 뻗어 나와 있다. 아직 핏자국이 거뭇하게 말라붙어 있었다.

떨리는 손으로 의체의 제어 패널을 연다. 케이블을 연결하는 손이 자꾸 땀에 젖어 미끄러졌다. 그 놈은 가만히 앉아 날 보고만 있었다.

74

"후회 할 텐데."

단지 그렇게 말했을 뿐이었다. 말과는 달리 기대된다는 듯 나를 보고 있다. 무시한다. 연결이 끝나고 전원을 스위치를 올렸다. 의체가 눈을 떴다.

인공 안구의 동공이 확대되며 몸 전체가 침대 위에서 튀어 올랐다. 가느다란 팔다리가 끊임없이 경련하며, 그리고 비명. 비명. 제대로 말이 되지 않는 비명과 애원소리가 인공 성대를 통해 새된 소리를 내며 퍼져 나왔다. 아파, 아파요, 하지 마요, 잘못했어요, 아빠, 아빠, 아빠…….

온몸으로 덮어 누르며 그 아이를 끌어안았다. 나 여기에 있다고. 악몽이라고, 그냥 나쁜 꿈을 꾼 거라고 말했던 것 같다. 나도 그 아이만큼이나 소리를 지르고 있었던 것 같다. 뭐라고 말을 했는지도 기억이 나지 않는다.

간신히 경련이 잦아들었다. 흔들리던 눈동자가 겨우 나를 찾아내고 멈췄다. 입을 움직였지만 소리가 나지 않았다. 희미하게 미소를 지은 것처럼 보이기도 했다. 아이의 머리를 끌어안고, 놈을 보지 못하게 하며 몇 번이고 귀에다가 속삭였다. '괜찮아, 아빠가 여기에 있어. 나쁜 아저씨는 없어. 무서운 귀신은 없어.'

아이의 눈이 안심한 빛을 띠고 천천히 눈꺼풀이 닫히기 시작했다. 기절. 전자뇌가 겨우 과도한 통각신호를 인지하고 강제로 의식을 차단한 것이다. 딱딱하게 굳어 있던 팔다리가 풀어지며 침대 위로 떨어져 내렸다. 등 뒤에서 그 놈의 비웃음이 들린다.

"후회할 거라고 했잖아."

그 한 마디에, 이성의 끈이 끊어지고 만다. 의미가 닿지 않는 괴성을 지르며 놈에게 덤벼들었다. 아니 덤벼들려고 했다. 두 번째로 걸음을 떼었을 때 그 놈이 방과 함께 그대로 한 바퀴 회전했다. 방바닥에 머리부터 거세게 처박으며 그게 아니라 내가 쓰러진 거라는 사실을 깨닫는다. 놈이 들고 있는 총구에서 희미하게 연기가 피어오르고 있었다. 오줌이라도 지린 것처럼 다리를 타고 뜨끈한 것이 흘러내리는 것이 느껴졌다. 베이지 색 바지 자락이 무참하게 피로 젖어간다.

통증은 거의 없었다. 처음에는. 일어나야 한다. 저 놈이 날 보고 웃고 있잖아. 자꾸 미끄러지는 손으로 바닥을 짚고 몸을 일으키려고 하는데 놈이 총구를 돌렸다. 내 시선이 그걸 따라가고, 그리고 그대로 멈췄다. 놈이 내 아이를 겨누고 있었다. 또!

"다음에는 저걸 쏘겠어. 알아들어? 부서지면 끝이라고. 내 용건은 아직 안 끝났으니 머리를 좀 식혀."

대답을 할 수가 없었다. 움직일 수도 없었다. 그 놈은 만족한 듯 고개를 끄덕이며 말했다.

"좋아. 그럼 저거 연결 해제해."

"뭐?"

"아저씨가 날 못 믿는 것처럼 나도 아저씨 못 믿어. 다른 폐품에 무슨 짓을 해 놨는지 어떻게 알고? 그러니까 저걸 쓰겠어. 빨리 해."

"교활한 새끼……"

"칭찬할 시간이 있으면 얼른 해."

어쩔 수 없다. 이를 악물고 자리에서 비틀거리며 일어나 합성신체와 딸의 연결을 해제했다. 놈은 기다렸다는 듯이 다른 기억장치를 하나 꺼냈다.

"이건 뭐야?"

"내 기억장치."

"뭐?"

"복제한 것 처음 보는 것도 아니고 왜 그래? 얼른 연결해."

놈의 기억장치를 합성 신체에 연결하고 전원을 올렸다. 반응은 빨랐다. 감겼던 눈이 다시 떠진다. 일그러진 미소를 짓는다. 똑같은 얼굴, 똑같은 웃음인데도 소름이 끼치도록 역겨웠다. 내가 딸의 기억장치를 주머니에 넣고 두어 걸음 물러나자, 그 놈은 몸 여기저기를 움직여보더니 만족스러운 듯이 침대에서 뛰어내렸다.

"어때?"

총을 들고 있는 놈이 자신에게 물어본다. 여자 아이의 몸을 입은 그 놈이 대답한다.

"무게 중심이 이상하군. 여자애 몸이라서 그런가?"

돌아 버릴 것 같은 대화였다. 다리의 상처를 움켜쥐고 무력감을 느끼며 그 광경을 보고 있었다. 그 놈, 아니 놈들이 내 쪽을 돌아본다. 왠지 다음에 일어날 일을 예상할 수 있을 것 같았다. 놈이 총구를 내 쪽으로 돌린다.

"그럼, 고마웠어요 아저씨."

여자애 쪽이 웃으면서 말한다. 남자도 맞춘 것처럼 웃음을 짓는다. 피를 너무 흘린 탓일까, 눈앞이 어두워지는 것 같았다. 이대로 끝나면 안 되는데, 이대로 쓰러지면 나는 물론이고 딸까지 영원히 저 괴물의 장난감이 되는데. 그럴 수는 없었다. 그러나 할 수 있는 일도 없었다.

어머니의 이야기에서는 동생을 구하러 간 오빠가 헤드 헌터를 벽장에 가둬버린다. 그러나 나는 오빠도 아니었고 이야기에서는 헤드 헌터가 둘이지도 않았으며 총을 들고 있지도 않았다.

공이치기가 젖혀진다. 멍하게 그 광경을 보고 있다. 놈의 뒤통수 너머로, 창문에 반사되는 여자애의 뒤통수 쪽에 미처 닫지 않은 패널이 열려 있는 것을 멍하니 보고 있다.

양전자 두뇌의 차폐막이 열려 있다.

더 생각을 할 겨를도 없이 주머니 속으로 손을 집어넣었다. 휴대폰이 잡히자마자 통화버튼을 눌렀다. 1초, 아니 2초 정도 걸렸던 것 같다.

남자가 책상 위에 올려놓은 선미 씨의 휴대폰이 요란스럽게 몸을 떨기 시작했다. 드르륵 하는 그 소리보다 갑작스레 경련을 시작한 여자애의 의체 쪽이 더 놈의 시선을 끌었던 것 같다. 그 짧은 시간 동안 젖 먹던 힘을 다해 아직 멀쩡한 한 쪽 다리로 바닥을 박찼다. 온 몸으로 책상 모서리에 앉아 있는 남자에게 몸을 날린다. 남자는 예상 밖의 습격에 균형을 잃고 나와 함께 책상 아래로 굴러 떨어졌다.

"이 새끼가!"

정신을 차리고 황급히 총구를 돌리려는 남자의 팔을 붙잡는다. 하지만 잠깐 주춤했을 뿐, 놈은 한 손으로도 믿을 수 없는 힘을 발휘해서 총구를 내 머리에 들이 밀었다. 놈의 얼굴에서 당황한 빛이 사라지고 다시 미소가 돌아왔다. 안전 리미터는 오래 전에 풀어놨다는 듯이. 모터가 타는 냄새가 희미하게 풍겨왔다.

버티는 것을 포기하고 놈의 팔을 잡았다. 이두근 부분을 더듬는다.

여기쯤이었을 텐데. 여기에 있어야 하는데. 땀에 젖어 미끈거리는 손끝에 간신히 손끝에 분리 핀의 감각이 느껴졌다. 힘껏 누른다. 착탈식 내장 배터리가 튀어 나오자 전력 공급이 차단된 팔이 힘을 잃고 굳어진다. 그 개자식의 눈이 경악으로 크게 떠지는 것이 보였다. 놈이 다른 손을 뻗는다. 그 보다 먼저 내가 총을 움켜쥐었다. 놈의 입 속에 총신을 우겨 넣고 방아쇠를 당긴다. 산산이 부서진 전자뇌의 파편들이 뒤통수로 튀어 나가며 놈의 몸이 축 늘어졌다.

비틀거리면서 자리에서 일어나서 아직 경련을 계속하고 있는 여자애의 의체에서 놈의 기억장치를 거칠게 뽑아냈다. 전원을 차단해서 완전히 작동을 멈추게 한다. 바닥에 쓰러져 있는 의체 두 구를 보며 침대에 힘없이 걸터앉았다. 끝났다. 믿을 수 없었지만, 끝났다. 휴대폰의 전자파로 양전자 두뇌가 오작동을 일으킬지는 확신할 수 없었지만, 성공했다.

양손으로 얼굴을 감싸며 침대에 걸터앉았다. 머릿속에는 이제 이 악몽 같은 밤을 끝내고 싶다는 생각만 가득했다. 경찰에 신고를 하자. 경찰이 도착하고 나면 쉴 수 있을 것이다. 그 다음에는 죽은 지 1년이 넘은 딸의 재생을 승인 받을 방법을 찾아야겠지. 벨트를 풀어 다리를 대충 지혈하고 난투 중에 바닥에 떨어진 휴대폰을 집어 든다.

그리고 그것을 봤다.

놈의 주머니에서 굴러 나온 실린더를.

하나를 집어 확인해 본다. 등록번호가 레이저 각인 되어 있다. 주머니를 뒤져 다른 것을 확인한다. 모두 다른 일련 번호. 개수는 꼭 12개였다.

들릴 리가 없는 비명 소리가 들렸다. 잠깐 연결했을 때 침대 위에서 미친 듯이 발작하던 딸의 모습이 생각났다. 눈을 감아 버린다. 목이 잘린 딸의 시체와 함께 눈꺼풀 안쪽에 그 모습이 끈적끈적하게 달라붙는다. 사라지지 않는다. 귓가에 놈의 비웃음 소리가 들린다.

'죽이고, 죽이고, 죽이고, 또 죽이는 거지.'

다시 눈을 뜨자, 손 안에 놈의 기억이 복제되어 있는 보존 장치가 보였다.

총을 주워 들고 쓰러져 있는 남자의 입 안에 총구를 밀어 넣었다. 한 발, 두 발, 세 발. 공이치기가 빈 약실을 때리며 철컥이는 소리가 날 때까지 방아쇠를 당긴다. 놈의 머리통과 보존 장치가 재생 불가능할 정도로 뭉개질 때까지 방아쇠를 당겼다. 빈총을 침대 위에 집어 던진다.

이제, 이 밤의 일은 내 머리와 이 손 안에 쥐여 있는 작은 실린더에만 기록되어 있다. 보존 장치를 주머니에 조심스럽게 집어넣었다. 경찰에 신고하는 것은 잠시 미루자. 이걸 어디에 숨겨 놓은 다음으로. 머릿속으로 경찰에 진술할 말을 꾸며본다. 놈의 복제를 가지고 있다는 사실만 말하지 않으면 된다. 조사가 끝난 다음에 빈 의체는 어디서 구할 수 있을 것이다. 그리고 나중에 이 놈과 다시 이야기할, 조용한 장소를 마련해야겠다. 그 때는 충분히 시간을 가지고 이 놈이 딸을, 다른 희생자들을 괴롭힌 방법을 그대로 다시 시험해 줄 수도 있을 것이다.

영원토록.

처음이 아니기를

정소연

서울대학교에서 사회복지학과 철학을 전공하고, 현재 소설가이자 번역가로
활동하고 있다. 제2회 과학기술창작문예에서 스토리를 맡은 만화 「우주류」
로 가작을 받았고, 제48회 서울대학교 대학문학상에서 가작을 수상했다. 『백
만 광년의 고독』, 『잃어버린 개념을 찾아서』, 『한국환상문학단편선』 등에 작
품을 실었으며, 옮긴 책으로 『다른 늑대도 있다』, 『어둠의 속도』, 『노래하던
새들도 지금은 사라지고』, 『망고가 있던 자리』 등이 있다.

쨍, 방울이 가볍게 울리며 카페의 문이 열렸다. 나는 책에서 문으로 시선을 옮겼다. 남희가 카페 안을 획 둘러보다 나와 눈이 마주치자 생 긋 웃었다.

"일찍 왔네."

"네가 늦은 거야."

나는 투덜거리면서도 남희 앞으로 물컵과 접시를 밀어 주었다.

"미안해. 짐을 싸느라 정신이 없어서…… 이 케이크 맛있네!"

나는 커피 잔을 들고 푹신한 소파에 몸을 기댔다.

"내일 몇 시 출발 이랬더라?"

"아침 8시 비행기. 못 일어날까봐 걱정이야. 혹시 모르니까 희정이 한테 아침에 전화 해달라고 부탁해 놨어. 어휴, 막상 내일 나가려고 보니까 아직 할 일이 산더미처럼 쌓여 있더라. 일어나서 지금까지 가방을 두 번이나 풀고, 약국에도 갔다 오느라 정신없었어."

"그러게 시간만 나면 아픈 애가 뜬금없이 웬 중국? 여기서 헬스장이나 다니지 그래?"

"누가 들으면 내가 다이어트 하러 가는 줄 알겠다. 중국 쪽에서 일하고 싶으니까 미리미리 준비해 둬야지. 그나저나 저번에 비가 오는 바람에 영 시원찮았던 외교부 견학 얘기 기억나지? 며칠 전에 다시 신청해서 가 봤거든. 진짜 부럽더라. 내가 하고 싶은 일을 하는 사람들을 보니까…… 그런데 그쪽에서 일하는 사람들은 거의 자기들끼리 결혼한대. 만약 들어가서 마음에 드는 사람이 없으면 어쩌지?"

남희가 장난스럽게 말하며 발랄하게 웃음을 터뜨렸다. 나는 손가락에 걸린 빈 커피 잔을 한 바퀴 돌렸다.

"어이구, 공부해서 합격할 생각부터 하시지 그래요, 예비외교관씨."

"또 그 소리. 네가 그렇게 고지식하니까 우리 엄마도 만날 현아 좀 닮아라, 현아는 요새 뭐하니, 하고 자꾸 너만 찾으시지. 도대체 누가 엄마 딸인지 모르겠다니까."

"여자 꽁무니나 쫓아다니는 년인 줄 알고도 그러실까."

남희가 반쯤 입으로 가져가던 포크를 탁 소리 나게 내렸다.

"왜 말을 그렇게 해. 무슨 일 있었어?"

나는 조용히 한숨을 쉬었다.

"별 일 없었어. 내일 나가는데 이상한 소리해서 미안해."

"무슨 일인데."

남희와 나는 중학교 동창, 햇수로 따지면 십년지기였다. 고등학교도 대학교도 달랐지만 십 몇 년이면 서로를 잘 알기에 부족하지 않은 시간이었던 데다, 남희가 재수 끝에 서울에 자리를 잡은 다음부터는 어린 시절의 솔직했던 우정에 기댈 곳이 필요한 객지 생활의 외로움이 눌러 붙어 우리는 그럭저럭 서로 비밀이 적은 사이(남희의 주장에 따르면 제일 친한 친구)가 되었다.

"어제 집에서 전화가 왔거든. 그냥 좀…… 아버지의 친구분이 아는 사람의 아들인지 뭔지, 여기 서울에 있으니까 한 번 만나라도 보는 게 어떻겠냐고 하시더라."

"아직 말씀 안 드렸어?"

"앞으로도 아무 말 안 할 거라니까. 아니, 솔직히 나도 어떻게든 정리하고야 싶지. 나이가 있는데. 그렇다고 없이 못살 사람이라도 만나서 데리고 간 다음 '이 사람을 너무 사랑해서 남자하고는 못 살겠어요.'라고 하면 몰라도, 당장 내놓을 사람도 없으면서 '저는 여자가 좋아요. 그런데 애는 갖고 싶거든요. 더 늦기 전에 인공수정을 할 생각이니까 할아버지 할머니가 되실 준비를 해 주세요.'라고 하리? 아서라, 아서. 우리 아버지 그 자리에서 넘어가신다. 내가 아무리 불효녀라도 그 정도로 강심장은 아냐."

남희는 머리를 흔들며 포크로 케이크를 들쑤셨다.

"애 낳겠다는 생각은 그대로인가 봐?"

"그렇지 뭐."

"괜찮은 사람은 아직 없고?"

나는 남희의 눈을 피해 커피 잔에 시선을 꽂았다.

"그렇지 뭐."

* * *

생애 첫 외국 여행이자 어학연수를 떠났던 남희에게서 갑자기 연락
이 온 것은 장마가 시작된 칠월 중순쯤이었다. 퇴근길에 갑자기 쏟아
진 비를 맞으며 주차장에서 아파트까지 뛰느라 숨이 차올랐던 저녁
이었다. 전화벨이 울렸을 때 나는 컵에 차가운 물을 막 따르고 있었
고, 남향인 거실은 저녁 6시 반인데도 비구름에 해가 가려 어두컴컴
했다. 지금까지도 선명히 떠오르는 것은 그런 사소한 부분들이다. 내
손에 들려 있던 유리컵의 빗금무늬, 탁자 한쪽에 쌓여 있던 잡지의 제
호와 좋아하지도 않았던 표지모델의 사진, 윗집의 빗물대에 고였던
물방울이 퉁 하고 떨어지던 묵직한 소리.

"현아? 현아야, 집에 있으면 전화 좀 받아. 아직 퇴근 안 했니?"

남희의 목소리였다. 몇 번 메일을 보내기는 했지만 지금껏 전화를
한 적은 없었는데. 나는 얼른 스크린을 켰다.

"지금 들어왔어. 웬일이야? 전화를 다 하고."

남희는 아랫입술을 깨물고 난감한 표정으로 나를 바라보다 입을 열
었다.

"그쪽에서는 아무 소식 없어? 뉴스라든가."

"무슨 말이야? 사고 났어?"

나는 손에 쥐고 있던 컵을 내려놓고 스크린 앞에 자리를 당겨 앉았
다. 자세히 들여다본 남희의 얼굴은 여름 여행자라고 보기에는 너무
누렇게 떴고, 입술도 새파랗게 질려 있었다.

"아무 소식도 못 들었어? 정말?"

"뭐야, 무슨 일인데. 괜찮아? 큰일이야?"

"나도…… 자세히 몰라. 여기, 그러니까 여기 병원이거든. 전염병 비슷한 게 돌고 있대. 면역계통 바이러스? 디엔에이? 설명을 듣기는 했지만 그러잖아도 어려운데 다 영어랑 중국어인 데다 사람들마다 말하는 것도 달라서 무슨 소린지 모르겠어. 일단 네 메일로 여기서 구할 수 있는 건 다 보냈으니까 한 번 읽어봐. 여하튼 심각한 것 같아. 사람들이,"

남희의 목소리가 부들부들 떨리기 시작했다.

"……사람들이 많이 죽었어. 시간이 좀 걸려서 지금까지 몰랐나봐. 위에서 내려왔대. 몽골독립국에서 생물학 테러를 했다고도 하고, 반대로 대륙이 몽골에 퍼뜨린 게 거꾸로 돌아왔다는 말도 있고, 여기 국제 유전자 연구소인지 병원인지 하나 있거든. 거기서 잘못되었다는 말도 듣긴 했어. 모르겠어. 나도. 공안들은 아무것도 모른다고만 해."

심장이 덜컹 하고 바닥으로 떨어져 내렸다. 병원. 전염병. 죽음. 나는 두 손으로 스크린을 꽉 움켜쥐고 얼굴을 들이밀었다.

"너는? 남희야, 너는?"

"이 병원도 연구소에 딸린 건데, 일단 이쪽에서 제일 큰 병원이래. 지금 칠십 명? 팔십 명?" 남희는 무엇인가를 확인하려는 듯 잠깐 등 뒤로 고개를 돌렸다. "팔십 명 조금 넘게 들어와 있거든. 그러니까……"

"그러니까 너는 어떻게 됐느냐고!"

남희가 또다시 입술을 깨물고 눈을 굴렸다. 난감하거나 미안할 때면 나오는 어릴 적 습관이었다.

"어머니께 말씀드리면 너무 놀라실 것 같아서 너한테 먼저 연락한 거야. 아직 그쪽에서는 뉴스에도 안 나왔다니 어떻게 된 건지 모르겠네. 우리 집에 연락해서 어머니께 내가 연락 않더라도 걱정하지 마시라고 좀 전해줘. 간에 문제가 생기는데, 여기서 이런 저런 연구를 하고 있다니까 아마 답이 나올 거야. 그냥 조금 아프다고 해. 가능성이 별로 없는 것 같기는 하지만 어쩌면 필요할지도 모르니까 어머니랑 동생한테, 간 검사, 그, 생체부분간이식 할 때 하는 검사가 있거든. 병원에 가서 말하면 알 거야. 그거 해서 보내달라고도 말씀드리고. 일단 (남희는 다시 등 뒤를 흘긋 보았다.) 끊을게. 메일 확인해 봐. 너무 걱정하지 마."

테러? 전염병? 공안? 생체이식? 나는 전화를 끊고 한참 동안 멍하니 앉아 있었다. 저릿함이 스크린을 쥔 손가락 끝에서 손으로, 팔로, 가슴으로, 다리로 퍼져나갔다. 거세어진 빗줄기가 사납게 창을 때렸다.

* * *

'중국 북부에서 창궐하는 전염병'이 국내 언론에 보도되기 시작했을 때, 나는 이미 남희의 어머니와 동생의 검사 기록을 중국으로 보낸 다음 휴가를 내고 중국행 비행기에 올랐다. 새로운 질병, 더욱이 위생 상태가 나쁘다는 중국 북부 지역에서 발발했다는 전염병은 별로 큰 뉴스거리가 아니었다. 국경을 넘어 들어오지만 않는다면 아무래도 좋을 남의 일일 뿐. 나는 별로 새로운 내용이 없는 신문을 덮고, 남희가 몇 번에 걸쳐 나누어 보내 왔던 자료를 다시 훑었다.

에이즈나 일부 간염처럼 혈액이나 체액의 직접 접촉을 통해 감염되는 이 새로운 바이러스는 면역 체계를 교란시켜 정상적인 장기를 외부에서 침입한 것으로 인식하게 한다. 신장이나 간이식 수술을 할 때 이식 받는 환자와 이식하는 장기가 안 맞으면 거부반응이 일어나고, 심한 경우 쇼크로 죽음에 이르기도 한다는 것은 널리 알려진 얘기다. 이 병에 걸리면 그런 거부 반응이 자신의 장기를 대상으로 일어나 버린단다. 생존에 필수적인 장기를 적으로 인식한 면역 체계는 맹렬히 공격을 퍼붓고, 공격을 받은 간은 마치 인간에게 이식되면 몇 분 만에 죽어버리는 동물 장기처럼 제 기능을 상실하고 새까맣게 죽어간다. 공격을 끝낸 면역 체계는 희한하게도 정상으로 돌아가지만, 이미 필수 장기를 잃은 몸은 시체나 다름없다. 보통 장기이식수술을 할 때는 거부 반응을 막기 위해 면역억제제를 투여하여 공격을 막는다. 하지만 이 경우에는 공격을 당하는 것이 원래 자기 기관이기 때문에 면역억제제만으로는 해결이 되지 않을 뿐더러 오히려 고통 받는 시간을 연장시키는 더 지독한 결과만 가져온다고 한다. 이미 남희가 있는 연구소에서 가능한 임상 조치는 다 취해 본 것 같았다. 남희는 아무 말 않았지만 솔직히 남희 가족의 검사 기록도 아무 쓸모가 없어 보였다.

기껏해야 일반인 대상의 공개 강연에 고개를 내밀고, 무료할 때면 텔레비전의 과학 관련 채널을 틀어 보는 정도밖에 하지 않는 내가 사정을 다 알 수야 없었지만, 남희가 보낸 자료 곳곳에서 묻어나는 절망적인 신호를 빤히 보면서도 '모르겠다'며 무작정 고개를 돌릴 수는 없었다. 다섯 살 아래 남동생에게 이리 저리 치이기만 하다 동생이 자원입대한 재작년 즈음에야 마음을 잡고 외무고시를 준비하기 시작한 남희와 달리, 나는 고등학생 때부터 내 한 몸 추스르며 눈에 띄지 않고 살 준비에 열중했다. 의사나 생물학자가 되고 싶다고 생각한 적이 있기는 했으나 천재적인 재능 같은 것은 없었기 때문에, 진로를 결정할 때가 되자 미련 없이 로스쿨에 입학했다. 한때는 평생의 업으로 고려했던 과학 분야에 대한 관심은 서서히 학부 교양과목, 박물관 세미나, 기획 다큐멘터리로 엷어졌다. 그리고 눈에 띄지 않는 데에는 흔한 직업이나 흔한 외모보다 스테레오타입에 잘 맞아 들어가는 것이 더 효과적임을 깨달은 다음부터는 '결혼이나 연애보다 일에 관심이 많은 쿨한 전문직 여성'이라는 누구나 납득할 만한 전형에 맞춰 나의 이미지를 조금씩 쌓아나갔다. 나는 똑똑하다기보다는 영리했다. 하지만 용기가 없을지언정 비겁했다고 말하고 싶지는 않았다. 나는 결국 경상도 소도시에서 '남희(男禧)' 같은 이름을 이상하게 생각하지 않고 '부잣집 맏며느릿감'이라는 덕담을 주고받는 이웃과 어울려 평범함을 미덕으로 삼으며 자라난 이십 대 아가씨일 뿐이었다.

　나는 공항을 나서자마자 남희가 있는 마을로 향했고, 남희의 말보다 훨씬 삼엄한 경비를 '환자의 변호사'라는 협박 아닌 협박을 몇 번이나 되풀이하며 뚫고 연구소까지 들어갔다. 국제적 차원의 연구를 내세우는 국적 불명의 연구소에는 중국인보다 미국인 직원이 훨씬 많았다. 말이 제대로 통하기 시작하자, 남희가 내게 연락한 것이 다행이다 싶었다. 하지만 실제로 남희의 얼굴을 본 것은 병원 건물을 코앞에 두고도 만 이틀을 꼬박 기다린 다음이었다. 복도를 걸어가며 문틈으로 훑어본 병실은 지저분하지도 음침하지도 않았지만, 병상 위에 앉거나 누운 사람들의 얼굴에는 하나같이 자포자기의 절망이 드리워져 있었다. 나는 두려움에 오그라드는 가슴을 힘들여 펴고 의사의 뒤를 따라 걸었다.

"환자들을 격리 수용하지는 않습니까?"

의사가 마스크 너머로 회갈색 눈을 반짝이며 나를 바라보았다.

"네. 일상생활에서 감염 위험이 높은 질병은 아니기 때문에, 지금 수준의 관리만으로도 위험하지는 않습니다. 게다가 이미 마을 전체가 사실상 격리된 상태이기도 하죠. 체액을 통해 직접 감염된다는 점을 고려하면 여기에서 한꺼번에 이렇게 많은 환자가 발생한 것이 지나친 겁니다. 만약 처음부터 주의했다면 괜찮았을 텐데, 여름이라 맨살이 맞부딪히거나 작은 상처가 나기 쉬웠고 잠복기와 일차 발현 사이에 마을 축제가 열리는 바람에 곤란해졌죠. 아, SDT(여기에서 임시로 붙여 놓은 병명이었다.)에 대해서는 들으셨습니까?"

나는 남희가 자료를 보냈다는 말을 해도 될지 잠시 고민하다 대충 얼버무렸다.

"글쎄요."

의사는 잰걸음으로 복도를 꺾어 들어가며 내가 이미 아는 부분을 좀 더 간단하게 설명한 다음 SDT의 진행 과정에 대해 말을 꺼냈다.

"잠복기간은 아직 정확히 나오지 않았습니다만, 사 개월에서 일 년 사이인 것으로 짐작하고 있습니다. 한꺼번에 나타난 환자들을 조사하여 잡은 최저 선으로, 타 지역, 특히 남부에서 환자가 발생하기 시작하면 평균치를 낼 수 있을 겁니다. 잠복기가 끝나면 한 달에서 세 달 사이의 1차 발현 시기가 나타나는데, 이때에는 면역 체계가 혼란을 겪으며 여러 장기를 무작위로 공격하다 중단하기를 반복합니다.

첫 환자들은 1차 발현이 끝날 즈음에야 병원을 찾았죠. 1차 발현기의 증세는 간염이나 신장염과 비슷합니다. 이 때 공격받는 장기가 결정되지요. 이곳에 있는 123명의 환자들 중 70퍼센트 가량이 간에 이상이 생겼습니다. 나머지 대부분은 신장이고 드물게 심장이나 폐로 가는 경우도 있습니다. 신장인 경우에는 면역체계가 진정된 다음에 죽은 신장을 들어내고 인공 신장을 연결한 다음 기증자를 찾아볼 수 있어 생존 가능성이 조금 높습니다. 북부에서는 실패했지만, 대가족이 많은 이곳에서는 이식 수술을 신청한 환자 다섯 명 중 두 명이 무사히 수술을 끝냈습니다. 경과는 두고 보아야 하지만요. 심장이나 폐 환자의 경우에는 즉시 사망하기 때문에 손을 쓸 겨를이 없습니다. 나머지 대부분은 이남희 환자처럼 간이 타깃이 된 환자들입니다. 1차 발현기가 끝나면 타깃이 된 장기가 면역 체계의 집중 공격을 받는데, 간의 경우 완전히 못 쓰게 될 때까지 짧게는 사흘에서 길게는 이 주가 걸립니다."

전화로 보았던 남희의 퍼렇게 질린 입술이 떠올랐다.

"남희는 지금 어떤 상태입니까?"

"1차 발현기에 들어선 지 두 달이 지났습니다. 이남희 환자는 지역 주민들 중 증상이 늦게 나타난 편이라, 이미 SDT에 대한 소문을 들어 첫 증세가 나타나자마자 병원을 찾았습니다. 그 덕분에 처음부터 증상을 자세히 추적할 수 있었지요. 여기입니다."

의사가 멈추어 서서 살짝 열린 병실의 문을 두드렸다. '李男禧'라는 명패가 걸려 있었다.

"독실입니까?"

의사가 문손잡이를 쥐다 말고 몰랐냐는 얼굴로 돌아섰다.

"수술을 신청한 환자니까요."

무슨 수술이냐고 물으려는 순간, 밀린 문틈으로 남희의 여윈 몸이 한 눈에 들어왔다. 나는 변호사 운운하던 것도 잊고 침대로 달려갔다.

"남희야."

남희가 퉁퉁 부은 눈을 뜨더니, 나를 알아보고 힘겹게 몸을 일으켰다. 나는 의사를 밀어내듯 문 밖으로 내보낸 다음 침대 옆 의자에 주저앉았다.

"못 올 줄 알았는데. 고마워."

* * *

나는 손에 서류를 구겨 쥔 채 언성을 높였다.

"안 돼. 너무 위험해. 난 반대야!"

"이러지 마, 현아야. 다른 방법이 없어. 너도 봤잖아."

"죽을지도 모르잖아!"

"어차피 죽어. 이대로 있으면 어차피 죽어! 지푸라기라도 붙잡고 싶어서 이러는 걸 왜 몰라!"

반쯤 머리를 들고 새된 소리를 지르던 남희는, 곧 지쳤는지 털썩 쓰러지듯 누웠다.

"현아야, 난 살고 싶어. 아직은 싫어. 이렇게 끝내는 건 너무, 너무…… 억울해."

나는 숨을 고르며 구겨진 서류를 찢듯이 펼쳤다. 간 환자가 사망하는 가장 큰 이유는 물론 간이 없으면 생존이 불가능하기 때문이었다. 연구소에서는 지금까지 타깃에 대한 공격을 끝내면 정상으로 돌아오는 SDT의 특성과 간만 있으면 살 수 있을지도 모른다는 가능성을 고려해서 여러 가지 방법을 시도해 보았다. 처음에는 죽은 간을 끄집어내고 타인의 간을 이식해 넣었다. 실패였다. 부분간이식수술과 달리 전체이식수술은 이제 정상으로 돌아온 면역 체계로부터 극심한 거부반응을 불러왔고, 이를 막기 위해 면역억제제 투여를 시도한 환자는 뇌사상태에 빠졌다. 타깃에 대한 공격이 시작되기 전에 간을 일부 떼었다가 재수술하는 방법, 인공 간을 이식하는 방법 등 여러 가지 시도가 계속되었지만, 매번 실패하기만 했다. 그나마 인공간 이식을 받은 환자는 투박한 인공 간을 단 채로 하루를 더 살았고, 여기에서 실낱같은 희망을 얻은 의료진들은 새로운 방안을 내놓았다. 그것이 바로 남희가 실험에 동의한 수술이었다.

나노기술과 체세포 복제를 활용한 대체장기 개발은 몇 십 년째 연구되고 있는 분야였다. 중학교 1학년 때, 과학 잡지 구석에서 나노봇으로 만든 간단한 주형틀 안에 세포를 넣어 틀의 형태대로 복제해 내는 실험이 성공했다는 기사를 읽은 적이 있다. 나노봇으로 이루어진 주형틀이 세포 복제가 완료된 후 저절로 분해되고 나면, 생생한 세포로 이루어진 주형만 남는다. 어린 마음에도 지금 내가 가진 것과 '뼛속까지' 똑같은 눈과 폐를 만들어 낼 수 있다는 말이 아인슈타인이나 히틀러를 100명쯤 만들 수 있다는 허무맹랑한 신문기사보다 훨씬 대단하게 느껴졌다. 이 연구의 최대 난점은 구조가 대단히 복잡한 인간의 장기 틀을 어떻게 만들어 내느냐 였고, 이 장기적인 문제에 앞서 당장 급한 환자를 살려야 하는 의사들은 완전한 복제 장기 대신 이미 사용되고 있는 인공 장기에 체세포를 복제해 붙여 거부반응을 막는 방법을 연구하기 시작했다. 전지로 돌아가는 인공 심장을 환자 본인의 복제 세포로 덮어씌워 이식하는 실험도 행해졌고, 남희에게 건네진 자료에 따르면 환자 중에는 석 달을 산 사람도 있다고 한다. 아직 다수의 일반 환자들을 상대로 행해진 적은 없는 시술이었다. 병원에서는 남희에게, 진짜 남희의 간이 죽고 면역 체계가 정상으로 돌아온 틈을 타 남희의 세포로 코팅한 인공 간을 이식하는 수술을 받아보겠느냐고 물었다. 남희는 별다른 병력도, 임신이나 유산 경험도 없는 이십 대 중반의 여자였고, 2차 발현 전까지 세포를 복제할 시간이 (아마도) 남아 있는 환자였다. 남희 외에도 신원을 알려줄 수 없는 이십 대 후반의 남자 한 명, 삼십 대 남녀 두 명이 이번 시도에 참여하겠다고 동의했다. 다른 환자들과의 접촉은 금지되었다.

남희가 서명해야 하는 서류에는 '수술에 대해 발설하지 않는다.'부터 '병원과 연구소 측의 책임을 묻지 않는다.'까지 온갖 불리한 단서 조항이 쓰여 있었다. 이런 상황이 아니라면, 당사자가 남희가 아니라면 절대 서명하지 않게 끝까지 막았을 서류였다. 병원 측에서는 변호사이자 보호자 운운하며 들어온 내게도 비슷한 서류를 내밀며 동의하라고 했다.

"현아야, 동의해 줘. 시간이 없어."

나는 남희가 거친 숨처럼 뱉어내는 소리를 들으며 손으로 관자놀이를 꾹 눌렀다. 남희는 노래를 잘 했다. 중학생 시절, 우리는 겁도 없이 교무실 바로 앞에서 팝가수의 유행가를 어설픈 영어로 함께 흥얼거리곤 했다. 이제는 아주 옛날이야기 같았다. 나는 힘들었고, 난감했고, 무서웠다. 병색이 완연한 남희의 얼굴을 보면, 예전의 생기를 찾아볼 수 없는 목소리를 들으면, 혼자 일어날 힘이 없는 몸을 몇 시간마다 옆으로 돌려 누이면 두려움이 머리꼭지에서 척추를 타고 삐죽삐죽 아프게 흘렀다. 두려움을 느끼는 것은 마음이 아니라 몸이었다. 나는 힘겹게 침대 옆 탁자에 놓인 스타일러스를 집어 들고 구겨진 종이 마지막장에 이름을 지익 그었다. 그리고 서류를 탁자에 탁 던졌다.

"알았어. 동의했으니까, 마음대로 해. 그렇게 하고 싶으면 한번 해보라고. 난 이제 네가 하자는 대로 할 테니까, 그럴 테니까, 살아봐."

나는 흔들리는 목소리를 애써 가다듬으며 색이 바랜 문으로 시선을 돌렸다.

* * *

남희는 힘이 없는 얼굴로 어머니를 마주하고 싶어 하지 않았다. 대신 공안이 배석한 자리에서 내가 남희 어머니에게 간단히 안부를 전할 수 있었다. 어머님은 기겁한 얼굴로 뉴스에 나온 그 얘기냐, 우리 남희 괜찮으냐는 말을 두서없이 늘어놓았고, 나는 비록 상황은 좋지 않지만 남희가 수술을 받기로 했으니 너무 걱정하시지 말고 마음 다잡으시라는, 내 귀에도 설득력이 없게 들리는 말을 늘어놓았다. 남희는 하루 종일 침대에 누워 소소한 이야기를 늘어놓았고, 나는 마치 맹장 수술한 친구에게 가벼운 문병이라도 온 것처럼 말을 받아주었다.

남희가 말할 기운도 없이 반쯤 약에 취해 잠들어 있을 때면 이번에는 내가 수다를 떨었다.

"나 이름 그대로인 것 봤어?"

"응. 대학 들어가고 바꾼다더니?"

"미루다 보니 그렇게 됐어. 아예 새로 이름을 지으면 몰라도, 음은 그대로 두고 한자만 바꾸려고 하니까 은근히 복잡하고 귀찮더라. 꼭 잘못 기입한 것처럼 보여서, 직장 들어간 다음에 하려고 했지. 한문 쓰는 이쪽에서 일하고 싶으니까 발령 받기 전까지는 꼭 바꿔야지. 여자애 이름이 남희(男禧)가 뭐야."

남희는 마른기침 같은 웃음을 터뜨렸다.

남희의 부모님은 삼십 대 초반에야 얻은 첫 아이가 딸인 것에 낙심하여 종손을 바라는 마음에서 남희의 이름에 '사내 남'자를 넣었다. 다섯 해 뒤에 남동생 정훈이가 태어났고, 이미 굳어진 남희의 이름은 그대로 남았다. 부모님의 간절한 마음을 전혀 이해하지 못하는 것은 아니었고 남희니 정남이니 하는 이름이 드문 동네도 아니었지만, 내게는 솔직히 정훈이도 남희의 부모님도 달갑지 않았다. 남희는 중학생 때부터 이름을 바꾸고 싶어 했다. 음은 그대로 두어도 한자만이라도 다른 '남'자로 바꿔 넣고 싶다며 교대에 들어간 다음에는 변경신청을 준비하기도 했다. 아마 "네가 어서 자리를 잡아 동생을 도와야지."라고 남희를 교대에 입학시켰던 어머니에 대한 반발심도 조금은 들었으리라.

"그러시구려, 예비외교관 씨. 이왕이면 거 ― 창한 걸로 바꾸세요."

나는 힘겹게 입꼬리를 들어올렸다.

남희는 고등학생 때 교회 청년부 오빠를 좋아했다고 했다. 다시 대입을 준비하던 시절 묵었던, 화장실도 없는 허름한 자취방을 돌이켜 보며 웃었다. 그 때 나는 로펌에서 잡일을 하여 모은 푼돈을 챙겨들고 유명한 레스토랑에 남희를 반 억지로 데려갔었다. 무리 아닌 무리를 한 남희는 다음 날 아침에 휴지를 들고 지하철 역사 안의 화장실로 뛰어갔었단다. 나는 이제 와서 그런 말을 하면 어쩌냐고 얼굴을 붉혔다. 가끔 남희는 눈을 뜨고 천장을 빤히 바라보며 돌아가신 아버지에 대해 무어라 중얼거렸다. 정훈이가 이제 다 커서 어머니를 모실 수 있으니 다행이랬다. 나는 그런 말 말라며 눈을 부릅뜨고 과장스럽게 호통을 쳤다.

남희의 상태는 나날이 나빠졌다. 울면서 내게 미안하다고 하고, 알아들을 수 없는 비명을 질렀다. 그리고 2차 발현기가 왔다.

나는 남희의 병실에서 쫓겨 나와 직원 숙소에서 기다렸다. 남희가 어떤 고통을 받고 있을지 상상하고 싶지 않았지만, 하나씩, 하나씩 시꺼멓게 죽어 들어가는 남희의 간이 떠올라 밤잠을 설쳤다. 나는 남희가 즐겁게 노래를 부르는 꿈을 꾸었다. 남희가 아이를 낳는 꿈을 꾸었다. 아기는 검게 쪼그라든 남희의 시체를 가르고 나와 내게 덤벼들었다. 나는, 남희에게 고백하는 꿈을 꾸었다.

내가 중국에 들어가고 이십삼 일이 지난 다음 남희는 수술대에 올랐다. 네 명중 세 번째였는데, 아무도 앞 두 명의 수술 결과를 알려주지 않았다. 나는 수술이 진행되는 사이에 스트레스와 피로로 쓰러지는 바람에, 수술이 끝나고도 삼사십 분이 지난 다음에야 일어나서 유리창 너머로 가만히 누운 남희를 볼 수 있었다. 남희는 산 것 같지 않은 상태로 사흘 하고도 대여섯 시간을 더 살았다. 나는 두 번을 더 쓰러졌고, 남희의 어머니에게 두서없는 연락을 했고, 면역 체계와 전쟁을 치른 남희의 몸이 연구실을 몇 번이나 들락거린 다음 담겨온 상자를 들고 내가 무엇을 하고 있는지도 모르며 국경을 넘었다. 이때의 기억은 젖어 쭈글쭈글하게 눌러 붙은 오래된 책장의 얼룩처럼 희미하다. 남희와 나의 친구, 남희의 친구, 남희를 가르친 사람, 남희를 알던 사람, 남희를 좋아했던 사람들이 빈소를 스쳐갔다.

"우리 딸, 우리 남희 아까워서 어떻게 보내니, 그깟 공부가 뭐라고 아무것도 못 해보고 가니, 아까워서 어떻게 보내."

남희의 어머니가 나와 정훈이를 부여잡고 울부짖었다. 나는 어머님의 어깨를 붙들고 기계적으로 토닥이며, 아무것도 하지 않은 것은 아니지만 무엇도 완성하지 못했던, 이름마저도 온전히 제 것이 아니었던 스물여덟 난 친구의 사진 앞에서 질끈 눈을 감았다.

정훈이는 남희가 간 강 앞에서 무너지듯 주저앉은 어머니를 몇 발짝 물러난 곳에서 바라보다 나를 돌아보았다. 누나의 독방을 차지했던 얄미운 어린애는 이제 단단한 눈빛을 한 어른이 되어 있었다.

"우리 어머니 어쩌죠."

"……네가 더 잘 해드려야지."

정훈이는 강으로 시선을 돌렸다.

"이제 진짜로 잘 할 거예요. 누나 몫까지…… 정말 다시는 우리 어머니 아프게 안 할 거예요."

나는 솔직해지는 대신 고개를 끄덕였다.

* * *

　나는 그 뒤로도 많은 사람들을 떠나보냈다. 친절한 직장 동료부터 평생 나를 사랑한 부모님까지. 이별은 익숙해질지언정 덜 슬프지 않고, 미완으로 남은 기억은 언제까지나 가슴 한 구석에서 나를 부른다. 남희와 내 삶이 겹쳤던 부분은 내 삶의 절반에서 삼분의 일, 사분의 일로 줄어들었다. 이제는 어느 중학교를 졸업했느냐는 질문을 받아도 더 이상 목이 메지 않고, 뉴스그룹에서 SDT가 미국과 중국의 합작품이라는 음모론을 듣거나 장기복제가 성공했다는 기사를 읽어도 눈을 감고 숨을 고르지 않는다. 하지만 가끔, 아주 가끔, 나는 고른 숨을 내쉬며 잠든 아이의 손을 잡고 눈을 감으며 남희를 떠올린다. 외교관이 된 남희, 결혼식을 올리는 남희, 주름진 얼굴로 활짝 웃는 남희를 상상한다. 그리고 그럴 때면 나는 조금은 이기적으로, 하지만 더없이 간절하게, 내가 이 아이에게 처음이 아니기를 기도한다. 이 아이가 언젠가 누군가를 잃어야 한다면, 비명 같은 기억으로 남아 잔상처럼 눈가를 떠도는 사랑에 고통스러워하는 때가 온다면, 그 사람이 내가 아니기를. 내가 누구에게도 처음이 아니길.

스위치, 오프

정보라

1998년 단편 「머리」로 연세대 문학상을 수상했으며, 중편 「호(狐)」로 제3회 디지털 문학상 모바일 부문 우수상을 수상했다. 현재 프리랜서 번역가이자 《거울》 필진으로 활동 중이다. 주요 역서로는 『똘레랑스』, 『구덩이』, 『창백한 말』, 『계피색 가게들』, 『모래시계 요양원』 등이 있다. 공동 단편집 『커피 잔을 들고 재채기』을 출간하였다.

……이 유전자는 비(非)성염색체에 속한다. 암컷 생쥐에게서 이 유전자를 인공적으로 무력화하여 '스위치를 끌' 경우 별도의 호르몬 요법이나 수술 없이도 수컷으로 변했으며, 건강에 다른 이상 없이 기대 수명대로 생존했다고 전한다. 이 유전자는 남성과 여성 모두 공유하며, 남성의 몸에서 상응하는 반대 유전자를 무력화시킬 경우 여성으로 변하게 된다고 한다.

《타임스》 2009.12.11

이 발견은 성별이 영구적으로 고정된 상태가 아니며 다만 성체에서 유전자들의 지속적인 상호작용을 통해 현 상태를 유지하려는 속성을 가질 뿐임을 시사한다.

《인디펜던트》 2009.12.11

I.

내가 태어나기 전에 아빠는 여자였다. 엄마도 여자였다. 엄마는 지금도 여자다. 그렇지만 엄마도 아빠처럼 남자였던 적이 잠깐 있었다고 한다. 그 때는 엄마 뱃속에 내가 막 생겨나서, 아주 작았다고 했다. (엄마가 손으로 모양을 만들어서 보여주었다. "요만했지!") 엄마 말로는 몸이 남자가 되면, 여자였을 때 할 수 있었던 여러 가지 일들을 못하게 된다고 한다. 그래서 엄마는, 내가 뱃속에서 아주 작았을 때 남자가 되었기 때문에, 내가 잘 자라지 못할까봐 무척 걱정했다고 했다. 내가 어렸을 때, 그러니까 지금보다 훨씬 작은 아기였을 때도, 엄마는 똑같이 막 걱정했다. 그건 아직도 기억한다. 그리고 엄마는 요즘에도 걱정한다. 그래도 그 때처럼은 아니다. 지금은 내가 야채를 안 먹으면 걱정한다.

그리고 엄마는 내가 화를 내면 걱정한다. 그러면 아빠도 같이 걱정한다. 엄마는 항상 걱정 투성이지만 아빠는 웬만하면 걱정 같은 건 안 한다. 그래서 아빠가 걱정하면 나는 겁이 난다. 아빠가 걱정할까봐 요즘에는 화를 잘 내지 않는다. 하긴 요즘에는 별로 화가 나지도 않는다. 어렸을 때는 왜 그렇게 자꾸만 화를 냈는지 모르겠다.

아빠는 그게 '영향' 때문일 거라고 한다. 아빠는 과학자다. 호르몬이라든가, 세포라든가, 염색체라든가, 그런 어려운 것도 전부 다 안다. 그래서 나는 아빠가 무척 멋지다고 생각한다. 그렇지만 아빠가 하는 말은 잘 알아들을 수가 없다. 똑같은 일도 엄마가 설명하면 잘 알 수 있는데, 아빠가 이야기하면 무척 어려워보인다. 그래도 아빠는 그냥 웃는다. 좀 더 크면 다 알게 돼, 하고 말한다. 더 크면 저절로 알게 되는 걸까? 그렇지만 초록색 언니는 나보다 나이도 네 살이나 많고 벌써 중학생인 데다 키도 나보다 훨씬 큰데 염색체가 뭔지 모르는 걸. 그렇게 말했더니 아빠는 하하, 하고 소리 내어 웃었다.

초록색 언니는 정말로 키가 무척 크다. 자기 반에서도 가장 크다고 한다. 그건 언니가 원래 남자애였기 때문이라고 한다. 언니가 그렇게 말했으니까 아마 진짜일 거다. 아빠랑 엄마랑 둘 다 일하러 나가서 집에 아무도 없을 때면 초록색 언니가 나를 봐주러 온다. 늘 초록색 잠바를 입고 커다란 초록색 배낭을 들고 오기 때문에 초록색 언니라고 부른다. 진짜 이름은 따로 있지만, 남자애 이름이라고 싫어한다. 그래서 그 이름은 부르지 않는다. 이제 조금만 기다려서 완전히 여자애가 되면 이름도 예쁘게 바꿀 거라고 한다. 지난 번에 우리 집에 와서 아빠가 냉장고에 넣어두고 간 저녁밥을 데워주면서 다 얘기해 줬으니까 아마 진짜일 거다. (아빠가 만든 밥이 제일 맛있다. 냉장고에 넣어두면 맛이 없지만, 그래도 데우면 괜찮다.) 언니 말로는 목에 뭐가 튀어나오고 목소리가 감기 걸린 사람처럼 이상한 것도 전에 남자애였기 때문이라고 한다. 남자애들은 언니 나이 정도 되면 몸이 그렇게 변하는데, 언니가 너무 늦게 여자가 되기로 결정했기 때문에 미처 피하지를 못했다고 한다. "그래도 시간이 지나면 다 없어질 거야, 너네 아빠가 그랬어." 하고 언니는 감기 걸린 사람 같은 목소리로 말하면서 웃었다. 언니가 말할 때마다 목소리에서 끽끽 하고 이상한 소리가 나는 게 웃겨서 나도 웃었다.

"목소리가 이상한 게 싫어서 여자애가 되기로 한 거야?" 하고 내가 물었다. 그렇지만 아빠도 남자지만 목소리는 그렇게 이상하지 않은데. 전에는 여자였기 때문에 목소리가 안 이상한 걸까? 그랬더니 초록색 언니는 그런 이유도 있지만 그것만은 아니라고 했다. 그냥 여자애가 되고 싶었다고 한다. 아주 어렸을 때부터 여자애가 되면 좋겠다고 생각했다고 한다. 하지만 그렇게 말할 때마다 언니의 아빠가 슬퍼하셔서 할 수 없이 그대로 지냈다. 그런데 얼마 전부터 몸이 변하기 시작했다고 한다. (어떻게 변하냐고 물어봤더니 얼굴이 빨개지면서 대답을 안 해 줬다.) 그대로 두면 진짜 남자가 돼서 영영 그대로 살아야만 할 것 같아서, 생각하면 할수록 너무너무 무서워졌다고 했다. 그래서 울면서 이야기했더니 부모님이 병원에 데려가 주었다고 한다. 그래서 언니는 바라던 대로 여자애가 되었다.

초록색 언니가 다니는 병원에는 우리 아빠가 있다. 아빠는 거기서 여자애가 되고 싶은 남자애나 남자애가 되고 싶은 여자애들을 마음에 들게 바꿔주는 일을 한다. 초록색 언니도 아빠한테서 치료를 받는데, 아빠 말로는 목소리는 조금 더 기다리면 달라져서 보통 여자 목소리가 될 거지만, 키는 이미 커 버려서 어쩔 수 없다고 한다. 그러면 초록색 언니는 조금 실망한다.

어떻게 남자애를 여자애로 바꾸느냐고, 아빠한테 물어본 적이 있다. 아빠는 웃으면서, 언제나 그렇듯이 '더 크면 다 알게 될 거야' 하고는 얘기를 안 해 줬다. 아빠가 나를 애기처럼 쳐다보면서 웃기만 하고 안 가르쳐주는 게 얄미워서 계속 졸랐다. 그랬더니 아빠는 한참이나 생각하다가 말했다. 사람 몸속에는 스위치가 있거든. 여자애한테서 그걸 끄면 남자애가 되고, 남자애 걸 끄면 여자애가 되는 거야.

"그럼 나도 그런 게 있어? 내가 물었다. 어디 있는데? 보여 줘, 아빠. 보고 싶어."

아빠는 웃었다.

"그 스위치는 아주아주 작아서, 눈으로는 볼 수가 없어."

그래서 내가 다시 물었다.

"눈에 안 보이면, 어떻게 꺼?"

아빠가 설명했다.

"현미경으로 보면 되지."

예전에 한 번 병원에 놀러갔을 때 아빠가 그 스위치를 보여준 적이 있다. 아빠는 그게 스위치라고 했지만, 아무리 봐도 스위치같이 안 보였다. 남자애를 여자애로 바꾸는 마법 스위치가 별로 재미없어서 실망했지만, 현미경은 무척 재미있었다. 굉장히 신기하다. 현미경으로 보면 뭐든지 눈으로 볼 때랑은 완전히 달라 보인다.

그리고 또 아빠한테 물어본 적이 있었다.

"아빠는 왜 여자애였다가 남자가 됐어? 아빠도 초록색 언니처럼 목소리가 이상해졌어?"

아빠는 곤란한 듯이 웃었다. 그렇지만 아무 말도 안 해줬다. 내가 계속 물어보니까 아빠는 어물어물 일어나더니 안방으로 도망가 버렸다. 그래서 나는 삐쳤다. 나 이제 어린애 아닌데, 아빠는 더 크면 알게 된다는 말만 하고, 대답도 안 해 주고…… 내가 계속 삐쳐 있으니 엄마가 옆에서 달랬다.

"그런 거 아냐. 아빠가 여자였을 때는 아주아주 힘들었기 때문에, 마음이 아파서 얘기해 줄 수가 없는 거야."

내가 다시 물었다.

"왜 힘들었는데? 무슨 일이 있었는데?"

엄마는 한숨을 쉬었다. 내 얼굴을 가만히 들여다보았다. 그리고 다시 한숨을 쉬었다.

"우리 딸도 열한 살이니까, 이젠 다 컸지. 이젠 애기가 아니지, 그렇지?"

나는 고개를 끄덕였다. 엄마가 뭔가 중요한 얘기를 해줄 것 같아서, 열심히 엄마 얼굴을 들여다보았다. 그런데 엄마는 뭐라고 말을 할 것 같더니 다시 한숨만 푹 쉬고는 아빠를 따라서 안방으로 들어가 버렸다.

그래서 나는 다시 삐쳤다.

"뭐야, 엄마 아빤. 자기들끼리만 비밀 얘기를 하고, 나한텐 말도 안 해 주고."

계속 삐쳐 있는데도, 엄마도 아빠도, 아무도 나와서 달래주지 않았다. 기다려도 나오지 않아서, 나는 방문 앞에 가서 귀를 대고 엿들었다. 이런 거 하면 안 된다고 엄마가 그랬지만, 그래도 방문에 귀를 대면 안에서 하는 얘기가 잘 들린다. 열쇠 구멍에 바짝 대면 더 잘 들린다.

그런데 이번에는 그렇게 잘 들리지가 않았다. 엄마하고 아빠는 아주 작은 목소리로 속삭속삭 이야기했다. 그래서 드문드문 들렸다 말았다 했다. "곧 사춘기…….", "늦기 전에…….", "혹시나 선택하게 되면…….", "여기서는 흔한 일이니까……."

나는 좀 더 잘 들으려고 귀를 더 가까이 갖다 댔다. 그런데 갑자기 엄마가 문가로 걸어오는 소리가 사삭사삭 들려서 깜짝 놀랐다. (엄마 발걸음 소리는 가볍다.) 엿들은 걸 들키지 않으려고 얼른 도망가려고 했는데 엄마가 그 때 문을 확 열어버렸다. 그래서 뒤로 확 넘어졌다. 하마터면 문에 얼굴을 부딪칠 뻔했다.

"어머, 너 거기 있었니?" 엄마 눈이 둥그레졌다. "넘어졌어? 다쳤어? 아파?" 말하면서 엄마는 얼른 나를 일으켜서 훑어보았다. 다친 데가 없는 걸 알고 엄마는 말했다. "너 혹시 여기서 엄마랑 아빠 얘기하는 거 엿들었니? 엄마가 그러지 말라고 했잖아, 모르고 문 열다가 부딪쳐서 어디 다치기라도 했으면 어쩌려고 그랬어? 그런데 정말로 다친 데 없니?"

엄마가 또 걱정을 해서 나는 미안해졌지만, 그래도 엄마가 걱정만 하고 달래주진 않아서 입이 삐죽 나왔다. 그랬더니 안에서 아빠가 불렀다. 저기, 데리고 들어와 봐. 말 나온 김에 얘기하지 뭐. 네 말대로 여기선 흔한 일이고, 언젠가 선택할 때가 올지도 모르니까.

엄마는 다시 한숨을 푹 쉬었다. 그러고는 나를 데리고 안방으로 들어갔다.

안방 침대 위에 아빠가 앉아 있었다. 나는 아빠 무릎 위로 기어 올라갔다. 엄마가 그 옆에 마주보고 앉았다. 그리고 다시 한숨을 푹 쉬었다.

그랬더니 엄마보다 아빠가 먼저 이야기하기 시작했다.

II.

아빠와 엄마가 예전에 살았던 곳은 먼 나라였다. 그곳에서 한 번 남자애로 태어난 사람은 죽을 때까지 남자였고, 한 번 여자애로 태어난 사람은 죽을 때까지 여자였다. 그리고 그곳에서는 모든 사람들이 언제나 화가 나 있었다.

그곳에서 사람들은 서로 만나면 화를 냈다. 모르는 사람끼리도 화를 냈고, 아는 사람끼리도 화를 냈다. 아는 사람끼리가 더 심해서, 소리를 지르고, 못되게 굴고, 때리는 일도 자주 있었다.

"때려? 어린 애들처럼?"

내가 물었다. 소리를 지르거나 때리는 건 아주 어린 애들이나 하는 일이다. 자기 생각을 아직 찬찬히 말로 이야기할 줄 모르기 때문이라고 했다. 그래서 어른이 소리를 지르거나 서로 때리는 건 한 번도 본 적이 없다. 그러나 엄마가 옆에서 고개를 끄덕였다.

"응, 거기서는 어른들도 서로 소리 지르고 때려. 자주 그래. 항상 그래."

어른들끼리만 그러는 게 아니고, 거기서는 누구나 다 그랬다. (라고 엄마가 이야기했다.) 아이들은 아이들끼리 때리고, 어른들도 어른들끼리 때리고, 어른이 아이를 때리고, 남자는 여자를 때리고, 힘센 사람이 약한 사람을 때리고, 그리고 모두가 모두에게 화를 냈다. 화를 잘 내지 못하거나, 남보다 더 크게 소리를 지르고 남보다 더 세게 더 아프게 때리지 못하는 사람은 모두가 비웃고 깔보면서 더 못살게 굴었다.

"왜 그래?" 하고 내가 물었다. "왜 그렇게 다들 화를 내는데? 왜 서로 못살게 굴어?"

엄마와 아빠는 서로 얼굴을 마주보았다. 한동안 마주보고 있다가 아빠가 먼저 천천히 고개를 저었다.

"글쎄, 그건 나도 모르겠다." 아빠가 말했다. "그냥, 거기서는 다들 그랬어."

"그럼, 아빠도 그랬어?" 내가 다시 물었다. "아빠도 막, 사람들 때리고 그랬어?"

아빠는 천천히 고개를 저었다.

"아니. 아빠는 그런 적 없어."

나는 안심했다. 아빠는 좋은 사람이다. 하지만 조금 생각해 봤더니 다른 일이 걱정되기 시작했다. 그래서 물었다.

"그럼, 다른 사람이 아빠 때리고 그랬어? 다른 사람들 못살게 굴지 않으면 그 사람들이 때린다고 했잖아?"

아빠는 엄마를 쳐다보았다. 엄마가 대신 말했다.

"응, 다른 사람들이 아빠를 못살게 굴었어. 그래서 아빠하고 엄마하고 도망쳐 나온 거야."

"누가 그랬는데? 누가 못살게 굴었어?" 내가 흥분했다.

아빠는 다시 엄마를 쳐다보았다. 엄마가 뭔가 대답하려 했다. 그러나 아빠가 먼저 말했다.

"나는 그 때 여자였어. 그건 알지?"

나는 고개를 끄덕였다. 아빠는 한참동안 나를 내려다보다가 머리를 쓰다듬어 주었다. 그리고 조그만 목소리로 말했다.

"내가 어렸을 때는, 우리 엄마랑 아빠가 자주 때렸어. 그리고 커서 결혼을 했는데, 결혼한 남자가 괴물이었어. 매일매일 때렸는데, 너무 많이 맞아서, 나중에는 죽을 것 같았어."

다 큰 어른이 어린 애기처럼 때리다니? 매일매일? 나는 우스워졌다. 그런 애기 같은 사람을 왜 '괴물'이라고 하는지 잘 알 수 없었다. 그러나 그 말을 하는 아빠 얼굴을 보니까 웃을 수가 없었다. 그래서 나는 엄마에게 물었다.

"엄마도 그랬어? 엄마도 그렇게 막, 사람들이 때렸어?"

엄마도 아빠처럼 한참동안 나를 쳐다보더니 고개를 끄덕였다. 엄마 얼굴도 아빠처럼 굉장히 슬퍼 보였다.

잘 알 수는 없지만, 어쩐지 웃으면 안 될 것 같아서 나도 슬픈 얼굴로 엄마와 아빠를 쳐다보았다. 그러나 한참 쳐다봐도 아무 말도 안 해서 다시 내가 물었다.

"왜 때리는데? 엄마랑 아빠가 있었던 곳에서는 사람들이 말을 하지 않아? 안 좋은 일이 생기면 우선 마음을 느긋하게 먹고, 차분차분하게 자기 생각을 말로 이야기하면 되잖아? 그럼 서로 기분 좋게 해결할 수 있잖아?"

학교에서 선생님은 늘 그렇게 말했다. 엄마랑 아빠도 그렇게 말했다. 그러나 엄마는 고개를 저었다. "거기서는 차분차분하게 말로 이야기하는 걸 경멸했거든. 차분한 사람은 약한 거고, 말로 해결하려는 사람은 비겁하다고 생각해. 그리고 마음이 느긋한 사람은 게으르고 무능하다고 비웃었어."

나는 계속 잘 알아들을 수가 없었다. '경멸'이 뭘까? 그보다도, 차분하고 느긋한 게 가장 좋은 거라고 학교 선생님도 그러고 초록색 언니네 아빠도 그러고 이웃집 아주머니도 그러시는데, 그럼 모두들 틀린 건가?

엄마가 고개를 저었다.

"아냐, 그 분들 말씀이 다 옳아. 차분하고 느긋하게 말로 해결하는 게 가장 좋은 거야. 거기, 엄마랑 아빠가 예전에 있었던 곳, 그 곳 사람들이 틀린 거야. 그 사람들이 나빠."

그리고 엄마는 옆으로 다가와서 아빠와 나를 꼭 껴안았다.

"괜찮아, 이젠 도망쳐서 여기로 왔으니까. 다시는 안 돌아갈 거야. 이젠 괜찮아."

아빠 무릎에 앉아서, 아빠랑 통째로 엄마한테 꼭 안겨서, 기분은 좋았지만 그래도 잘 알 수가 없어서 나는 계속 생각하고 있었다. 한참 그렇게 안겨 있었는데, 아빠가 다시 이야기하기 시작했다.

"그 때 너희 엄마가, 네가 잘못 될까봐 굉장히 걱정했어. 남편이 자꾸 때리는 것도 무섭지만, 네가 태어나면 어떤 세상에서 살아가게 될지, 다른 사람을 괴롭히는 괴물이 될지, 남에게 당하기만 하면서 힘들게 살아야 할지, 그게 걱정이 돼서 도망쳐 나오기로 한 거야. 네가 없었으면 아마 아빠랑 엄마는, 도망칠 엄두도 못 냈을 거야. 아직도 그 끔찍한 곳에, 끔찍한 사람들 사이에 갇혀 있었을 거야."

엄마가 안았던 걸 풀고 아빠한테 뽀뽀했다. 나는 좀 창피해서 뽀뽀가 끝날 때까지 다른 데를 보고 있었다. 그러다가 뽀뽀가 다 끝나고 나서 아빠를 올려다보았다. 아빠는 눈에 눈물이 매달려서 반짝반짝했다. 이럴 때 보면 아빠는 엄마만큼 예쁘다. 예쁜 아빠가 내 이마에 뽀뽀를 해 주었다.

내가 물었다. "그럼 아빠하고 엄마는 어떻게 도망쳤어?"

아빠는 다시 엄마를 쳐다보았다. 엄마도 아빠를 마주보았다. 그러나 이번에는 걱정하는 표정이 아니었다. 한숨도 쉬지 않았다.

대신 아빠와 엄마는 웃었다. 아주 소중한 비밀을 함께 간직한 사람들처럼, 그렇게 자랑스럽게 웃었다.

그리고 아빠가 말했다.

"스위치를 껐지."

내가 물었다.

"스위치?"

아빠가 설명했다.

"예전에 병원에 놀러왔을 때, 현미경으로 보여준 그거 있지? 아아, 내가 고개를 끄덕였다. 그게 스위치야. 아빠가, 그걸 껐어."

그래서 여자였던 아빠와 여자였던 엄마는 둘 다 남자가 되었다.

III.

그곳은 도망쳐 나오기가 무척 힘든 곳이었다. (라고 엄마가 말했다.) 모든 움직임은 철저하게 감시당하고 통제되어서, 나라 안에서 다른 도시로 가는 것만 해도 미리 신고를 하고 허가를 받아야 했다. 그러니까 다른 나라로 가고 싶으면, 아주아주 복잡하고 힘든 절차를 거쳐야만 했다. 아이들은 안 되고 어른들만 다른 나라로 나갈 수 있었다. 어른들 중에서도 남자는 군대를 갔다 와야 하고, 돈이 아주 많아야 했다. 그리고 여자는 아이를 낳은 사람만 신청을 할 수 있다고 했다. '왜?' 하고 물어보려고 했는데 아빠가 끼어들었다. "게다가, 신청만 한다고 다 허가가 나오는 것도 아니었어. 출국 목적, 귀국 시한, 출신 성분이랑 배경 다 확인하고, 마지막으로 소양 교육을 받고 기본 인성 판별 검사를 거쳐야 합격이 되는 거야."

하나도 못 알아듣겠다. 나는 아빠를 쳐다보았다. 아빠는 심각한 얼굴로 이야기하다가 나를 보더니 조금 웃었다.

"미안, 말이 너무 어려웠나? 그러니까, 다른 나라에 가고 싶으면 말이야, 관청에 가서 어딜 가는지, 왜 가는지, 언제 올 건지, 내가 누구고 뭐 하는 사람이고 가족이랑 친척들은 어떤 사람이고 어디 사는지 하나하나 다 이야기한 다음에, 맨 마지막에는 수업을 듣고 시험을 봐야 하는 거야."

복잡해서 잘은 모르겠지만, 수업이랑 시험은 안다. 시험은 싫다. 내가 물었다.

"수업? 학교처럼?"

아빠가 웃으며 고개를 끄덕였다. 내가 다시 물었다.

"뭘 배우는데? 시험은 어떤 거 봐? 철자법 시험 같은 거?"

나는 철자법이 싫다. 아빠는 이번에는 고개를 저었다.

"우리나라가 세상에서 제일 좋고, 제일 강하고, 제일 부자고, 다른 나라 사람들은 모두 간첩이고, 괜히 친하게 굴거나 말을 걸려는 사람은 무조건 의심해야 하고, 다른 나라의 문화나 풍습은 우리보다 무조건 열등하고 무조건 나쁘기 때문에 물들어서는 안 되고…… 군인들이 와서 그런 걸 가르쳐. 그리고 기본 인성 검사를 해."

"그게 뭐야?"

내가 물었다. 엄마가 옆에서 조용히 말했다.

"다른 사람을 깔보고, 무시하고, 자기가 제일 잘났다고 생각하고, 그런 입장이 조금이라도 불편해지면 곧바로 화를 내는 사람을 골라내는 거야."

"골라내서 어떻게 하는데?" 내가 다시 물었다. "모두 한 군데 가둬두는 거야? 반성할 때까지?"

엄마는 웃었다.

"아니, 그런 사람들만 골라서 외국에 나갈 수 있게 허가를 해 주는 거야."

"왜?" 나는 알아들을 수 없었다. "그런 사람들은 나쁜 사람이잖아? 나쁜 사람들을 외국으로 보내버려서 다시는 못 돌아오게 하려는 거야?"

엄마는 고개를 저었다.

"그런 사람들은, 이렇게 모두 다 친절하고, 느긋하고, 문제가 있으면 차분차분하게 말로 이야기해서 해결하려는 사람들 사이에서는 적응을 못 하거든. 보통은 사고를 치고 쫓겨나서 강제로 돌아오거나, 그렇지 않더라도 적응을 못 하니까 힘들어서, 원래 하려던 일만 빨리 끝내고 곧바로 돌아오게 돼."

나는 조금 생각했다. 그러나 여전히 알아들을 수 없었다.

"강제로 돌아올 걸 알면서, 어째서 나쁜 사람들을 외국으로 보내는데? 그것도 일부러 골라서?"

엄마는 얼른 대답하지 못하고 옆에서 머뭇거렸다. 그러자 아빠가 말했다.

"그 나라는, 국민 모두 화가 난 채로 불행하게 살게 하는 게 목적이거든. 행복할 수 있는 잠재력을 가진 사람은 행복의 가능성조차 맛볼 수 없게 가둬두고, 원래 그런 잠재력이 없는 불행하고 성난 사람들한테만 간간이 바깥세상을 볼 수 있게 허락해 주는 거야. 그런 사람들은 자기들이 근본적으로 불행하고 화가 나 있기 때문에, 더 넓은, 더 자유로운 세상을 보면서도 그게 뭔지, 그게 얼마나 귀중한 건지를 몰라. 그저, 외국에 나와 있기 때문에 외롭고 불안정해서, 더 불행하고 더 화가 날 뿐이지. 그런 사람들은 빨리 고향으로 돌아가서, 익숙한 환경에서 안심하고, 익숙한 사람들한테 익숙한 방식으로 화를 내면서, 바깥세상이 얼마나 험난하고 추악했는지만 떠들고 다니는 거야. 그러면 사람들은 그 말을 믿고, 그 불행한 나라에 꼭꼭 숨어서 밖으로 나오려 하지 않게 돼. 그렇게 불행한 곳에 갇혀서 한평생 남을 괴롭히거나 남에게 괴롭힘을 당하면서 분노 속에서 살다가 죽는 게 정상이고 그게 당연한 거라고, 그렇게 국민들을 세뇌하는 거야."

아빠는 엄마를 쳐다보았다. 엄마도 아빠를 쳐다보았다. 그리고 아빠의 손을 꼭 잡았다. 아빠가 조용히 중얼거렸다.

"행복감은 마약이다. 행복감처럼 사람을 중독시키는 것도 없다. 그 것은 인간을 마비시켜 거짓된 낙관주의의 풍경으로 눈을 멀게 하며, 그 아래의 냉혹한 현실 속에 숨은 치명적인 불행의 가능성을 전부 간 과하게 만든다……"

엄마는 말없이 웃었다. 고개를 설레설레 저으며 중얼거렸다.

"아직도 외우네, 십 년도 넘었는데……"

아빠가 대답했다.

"어떻게 잊겠어……"

아빠가 엄마를 끌어당겼다. 엄마 머리에 뽀뽀했다. 나는 엄마 가슴에 납작 눌려 숨이 막혔다. 아빠 무릎을 두드렸다. 아빠가 엄마를 놓아주었다.

"미안, 미안."

엄마가 다시 웃었다.

"그래서, 엄마랑 아빠는 어떻게 도망쳐 나왔어?" 내가 물었다. "수업 열심히 듣고, 시험 잘 봤어?"

내 말에 아빠가 또 하하, 하고 큰 소리로 웃었다.

"시험 잘 봤지. 너희 엄마가 시험을 정말 잘 봤어."

나는 엄마를 쳐다보았다. 엄마는 웃지 않았다.

"놀리지 마."

엄마가 아빠를 흘겨보았다. 아빠는 입을 다물었지만 계속 킥킥 웃었다.

"왜, 뭔데? 엄마 시험 망쳤어?"

내가 아빠 팔을 붙잡고 흔들었다.

"아니야, 진짜로 잘 봤다니까?"

아빠가 다시 웃었다.

IV.

엄마와 아빠는 처음에 합법적으로 출국하는 방법을 찾아보았다. (라고 아빠가 말했다.) 그러나 아빠도 엄마도 아이가 없었기 때문에 불가능했다. 돈을 많이 주면 다른 사람의 아이를 '빌릴' 수도 있었지만, 엄마가 반대했다고 했다. 출국을 하려면 여자는 아이를 출입국 관리소에 데리고 가서 친자 확인을 받은 후 귀국할 때까지 임시 보호소에 맡겨 두어야 한다. 친자 확인도 문제지만, 다른 사람의 아이를 가짜로 데리고 갔다가 다시 돌아오지 않으면 보호소에 인질로 잡힌 아이가 어떻게 될지 모른다. 엄마의 아이(그러니까 나)에게 더 좋은 삶의 기회를 마련해 주려고 도망치는데, 다른 사람의 아이를 위험하게 해서는 안 된다고 엄마가 그랬다. 엄마아빠가 없는 고아라도, 다들 누군가의 아이니까, 아이를 위험하게 할 수는 없다고 그랬다.

그래서 아빠는, 어차피 돈이 들고 어차피 서류를 위조해야 한다면, 차라리 남자가 되는 편이 낫겠다고 생각했다. 아빠는 그 때 연구소에서 일했는데, 그래서 그런 방법이 있다는 걸 잘 알고 있었다. 어떻게 하는지도 알고 있었다.

물론 불법이라서, 들키면 감옥에 간다. 그런데 치료를 여러 번 받아야 하고, 시간이 좀 지나야 효과가 나타난다. '효과'라는 것은 엄마랑 아빠가 모두 여자에서 남자로 변한다는 뜻이다.

남의 눈에 띄지 않고 변하면서, 완전히 변할 때까지 계속 치료를 받으려면 어떻게 해야 할지가 문제였다. 무엇보다도, 엄마는 임신 중이었다. 몸이 남자로 변하면 뱃속의 아기가 무사할지, 그것도 큰 문제였다.

"굉장히 걱정했어." 엄마가 끼어들었다. "네가 잘못되면, 도망치는 것도 뭣도 아무 의미가 없으니까." 그리고 엄마는 이리 와, 하고 팔을 벌렸다. 나는 아빠 무릎에서 엄마 품으로 옮겨 갔다.

일단 아빠가 먼저 치료를 시작했다. (하고 아빠가 계속 이야기했다.) 엄마 뱃속에서 내가 좀 더 자라서 튼튼해질 때까지 기다렸다가, 엄마의 집에 찾아가서 주사를 놓아주었다. 아빠는 그 때 여자였고, 엄마하고는 어렸을 때부터 친구 사이였기 때문에, 놀러가는 척하고 자주자주 찾아가도 사람들이 별로 이상하게 생각하지 않았다.

그래도 연구소 사람들이나 가족들에게 들킬 수도 있었고, 엄마의 집까지 가는 동안 주사기 속의 약이 상할 수도 있었고 ("무슨 약인데?" 내가 물었다. '유전자를 무력화시킨 세포를 배양한 다음에, 벡터로 바이러스를 써서……' 하고 아빠가 설명하려다가 엄마가 말려서 그만뒀다.) 여러 가지 위험이 있었지만, 내가 무사히 잘 자라 주었기 때문에 겁내지 않고 계획대로 할 수 있었다고, 엄마가 중간에 끼어들어서 이야기를 이어받았다.

아빠가 먼저 치료를 시작했다. 그래서 아빠가 먼저 남자로 변하기 시작했다. 예전과 똑같이 보이지 않으면 다른 사람들에게 들키니까, 수염을 깨끗이 밀고, 일부러 화장을 진하게 하고 다녔다고 했다. 살이 빠졌는데, 들키지 않으려고 옷도 두껍게 입었다. 그러나 목소리가 점점 이상해졌다. 처음에는 감기 걸렸다고 했는데, 그것도 계속 거짓말을 할 수가 없게 되었다.

그리고 엄마는 머리가 빠졌다고 했다.

"수염이 나고 머리는 빠지고, 뱃속에선 네가 점점 자라는 거야. 그래서 배가 점점 불룩해지니까, 이건 꼭 배불뚝이 대머리 아저씨지 뭐니."

말하다가 엄마는 호호, 소리 내어 웃었다. (배불뚝이 대머리 엄마라니, 상상할 수 없다!)

그렇게 되니까, 엄마와 아빠는 너무 많이 변해서 자칫하면 들킬 것 같이 되었다. 그래서 도망쳐서 잠시 숨어 있었다고 했다. 엄마 아빠가 살던 나라에는 엄마나 아빠처럼 다른 나라로 도망쳐서 다시는 돌아가지 않으려는 사람들이 많이 있는데, 그래서 그런 사람들을 도와주는 사람들도 있다고 했다. 그렇게 도와주는 사람들에게 부탁하면 가짜 신분증과 서류를 구할 수 있고, 숨어 있을 만한 집도 구해준다고 했다. 하지만 아빠랑 엄마처럼, 변장을 하는 게 아니고 여자가 완전히 남자로 변해서 도망치는 건 처음이라서, 도와준 사람들이 많이 놀랐다고 했다.

엄마와 아빠는 둘이 함께 일주일 정도 숨어 있었다. 엄마는 그 때가 제일 괴로웠다고 했다. "치료를 그만뒀는데도 몸이 계속 변해서, 네가 제대로 태어날지 너무 걱정이 됐어. 무사히 도망칠 수 있을지도 겁이 나고, 도망쳐서 국경을 넘어간다고 해도, 그 뒤로 어떻게 될지 생각하면…… 이러다가는 완전히 남자로 변해서 다시는 되돌아가지 못할

것 같았거든…… 남자가 돼 버리면 널 무사히 낳을 수 있을까, 키우긴
어떻게 키우나, 젖은 어떻게 먹이나, 그런 생각도 들고, 네가 날 엄마
가 아니라 아빠라고 부를 걸 생각하니까 너무 끔찍한 거야……"

말하면서 엄마는 아빠가 내민 손을 꽉 쥐었다. 눈에 살짝 눈물이 고
였다. 내가 손으로 문질러서 닦아냈다. 그리고 아빠에게 물었다.

"아빠는 어땠어? 아빠도 무서웠어?"

아빠는 웃으면서 고개를 끄덕였다. 그러나 아무 말도 하지 않았다.
그래서 내가 다시 물었다.

"아빠는 남자로 변하면 애기 낳을 거 걱정되지 않았어? 아빠도 그
때는 여자였잖아?"

아빠는 계속 아무 말도 안 하고 나를 쳐다보았다. 엄마가 뭐라고 말
하려고 했는데, 아빠가 먼저 말했다.

"나는 아이를 못 낳아."

"왜?" 내가 물었다. "남자가 돼 버려서?"

"아니." 아빠가 고개를 저었다. "원래는 낳을 수 있었는데, 괴물 같
은 사람한테 무서운 일을 당해서, 못 낳게 됐어."

괴물이라면, 아빠가 아직 여자였을 때, 아빠의 남편 얘기다. 그런데
무서운 일은 뭘까? 내가 다시 물었다. 그러나 아빠는 다시 고개를 저
었다.

"우리 딸은 아직 어리니까, 그런 건 몰라도 돼. 그런 건, 평생 몰라
도 돼."

아빠의 얼굴을 보니까 왠지 더 물어보면 안 될 것 같아서, 나는 입
을 다물었다.

그러나 아빠가 다시 아무 말도 안 했기 때문에, 내가 얼른 물었다.

"그래서, 그게 다야? 숨어 있다가, 그냥 도망쳤어?"

"아니." 아빠가 웃었다. "국경을 통과해야 돼. 차를 타고 국경 관리소에 가서, 신분증이랑 여러 가지 서류를 보여주고, 수업을 두 시간 듣고, 시험을 봐서, 붙어야 되는 거야."

그래서 엄마랑 아빠는 둘이서 차를 타고 국경으로 갔다.

가짜 신분증과 가짜 서류는 무사히 통과되었다. 수업도 무사히 들었다. 성격 시험을 볼 때, 아빠는 별 일 없이 통과가 되었다. 그러나 엄마가 걸렸다. 아무래도 화를 내지 못했기 때문이다. 엄마는 원래 착하고 상냥해서 화를 안 낸다. 그리고 거기는 방에 하나 가득 군인들이 있었고, 군인들 앞에서 엄마는 혼자였고, 그러니까 엄마는 무서웠고, 뱃속의 아이(그러니까 나)가 걱정되고, 그래서 정신이 하나도 없어서, 화를 내야 하는데도 화가 안 났던 것이다.

시험에 떨어지면 끝이다. 그 다음에는 기회가 없다. 아빠만 먼저 시험에 붙었으니까, 아빠만 다른 나라로 떠나 버리면 엄마는 아빠도 없이 혼자서 남게 된다. 그런 생각을 하니까 엄마는 점점 더 겁에 질려서 눈앞이 깜깜할 지경이 됐다. 그런데 그 때 엄마 뱃속에서 내가 발로 찼다고 한다. 이렇게 콱, 하고, '아야,' 소리가 저절로 나올 만큼 세게 찼어. 엄마가 웃었다. 겁먹은 엄마를 발로 차다니, 나는 미안해졌다. 그러나 엄마는 내 머리를 쓰다듬었다.

"우리 딸이 발로 차서, 엄마가 정신이 번쩍 들었지. 그래서 시험에 붙었어."

"정말? 내가 발로 차서 시험에 붙었어?"

나는 좀 기뻤다.

"물론이지."

엄마의 말에 옆에서 아빠가 끼어들었다.

"그냥 붙은 게 아니잖아. 네 엄마가 어떻게 했는지 알아?"

엄마가 뭐라고 말하려고 했다. 그러나 아빠는 계속 이야기했다.

"엄마가 말이야, 옆에 있던 군인이 허리에 찬 총을 이렇게 뽑아 들고는 천장에 대고 쏜 거야. 그리고 총을 사방에 겨누면서 막 고래고래 소리를 지르고 욕을 한 거지."

엄마가 아빠 손을 찰싹 때렸다.

"너는 왜 애한테 그런 얘기를 하니."

그러나 아빠는 웃었다.

"왜, 난 너 그 때 평생 최고로 멋있었는데."

엄마가 천정에 총을 쏘고 욕을 하니까, 처음에는 군인들이 긴장해서 다들 꼼짝도 못 했다고 한다. 그러다가 총을 뺏긴 군인이 박수를 치기 시작했고, 그러자 모두들 박수를 쳤다고 했다. 이제까지 출국 심사를 받은 사람들 중에서 이 정도의 공격성과 분노를 보여준 사람은 없었다는 것이다. 이 정도면 최고점수로 합격이라고, 심사하던 군인이 막 칭찬해 줬다고 한다.

아빠는 밖에서 기다리고 있었는데, 엄마가 총을 그대로 든 채로 걸어 나왔다고 한다. 차에 올라타서 국경 관리소를 나와서, 국경을 넘어서 이웃 나라의 국경 검문소에 도착할 때까지도 엄마는 총을 그대로 든 채 벌벌 떨고 있었다고 했다. 그래서 이웃 나라 (그러니까 지금 우리가 사는 곳) 국경 검문소에서 군인들이 나와서 총 내려놓으라고 소리를 질렀는데, 엄마가 그 때서야 총을 차창 밖으로 던져 버리고 아빠랑 같이 차에서 나왔다. 그리고 엄마랑 아빠는 그대로 망명 신청을 했다고 한다.

그래서 엄마랑 아빠는 여기서 살게 되었다. 그 뒤로 엄마는 다시 치료를 받아서 여자가 되었다. 아기(그러니까 나)도 무사히 낳았다. 젖도 잘 먹였고, 하고 싶었던 일도 다시 시작했다. (엄마는 은행에서 일한다. 외국 돈을 사고파는 일이라고 한다. 돈을 어떻게 사고파는지 모르겠다.)

아빠도 치료를 받았다. 그렇지만 엄마하고는 반대로 치료를 받았다. 그래서 완전히 남자가 되었다. 이제는 치료가 전부 끝나서, 다시 저절로 여자로 돌아가지는 않는다고 한다. 그리고 아빠는 치료받던 병원에서 일하게 되었다. 그리고 엄마랑 아빠는 결혼했다.

엄마는 그 전부터, 그러니까 같이 숨어 있을 때부터, 무사히 도망쳐서 안전한 나라로 갈 수만 있다면, 아빠하고 결혼하면 좋겠다는 생각을 했다고 한다. 어렸을 때부터 친했고, 엄마랑 뱃속의 아기(그러니까 나)를 잘 돌봐주었고, 평생 믿을 수 있는 사람이라고 생각했다. 그래서 내가 태어났을 때, 엄마는 아빠한테 결혼해 줄 수 있냐고 물어봤다고 한다. 그 때는 아빠가 그대로 남자가 될 줄은 몰랐다.

"그렇지만 여기서는 동성이라도 결혼할 수 있으니까 상관없었어." 하고 엄마는 웃었다. "너희 아빠랑 내가 겪은 건, 직접 경험해 보지 않은 사람은 절대로 알 수 없는 일이거든. 나를 완전히 이해해 줄 수 있는 사람은 세상에 너희 아빠밖에 없다고 생각했어."

그리고 엄마는 아빠를 보면서 웃었다. 얼굴이 조금 빨개져서, 아주

예뻤다.

아빠도 엄마를 마주 보았다. 또 뽀뽀할 것 같아서, 내가 얼른 물었다.

"아빠는 언제 엄마랑 결혼해야겠다고 생각했어?"

아빠가 나를 보고 웃었다.

"국경 검문소에서 총 들고 나왔을 때."

엄마가 다시 아빠의 손을 찰싹 때렸다.

"왜 그래, 정말. 놀리지 말라니까."

아빠가 엄마를 보고 더 크게 웃었다.

"놀리는 거 아냐, 진짜야. 대머리에 배불뚝이 아저씨가 손에 총을 들고 나오는데, 완전 멋있었어. 액션 영화의 주인공 같았다니까."

엄마는 얼굴이 점점 빨개졌다. 그리고 얼굴이 금방 울 것 같이 되었다. 아빠가 엄마를 한참이나 보고 있다가 말했다.

"그 때 너는 너무나 겁을 먹고 너무나 연약해 보였어. 잘못 건드렸다간 그대로 부러져서, 돌이킬 수 없이 망가질 것 같았어. 그래서 내가 지켜줘야겠다고 생각했어. 나도 너처럼 그렇게 겁먹고, 그렇게 연약했던 적이 있었으니까. 나도 너랑 똑같았으니까."

그리고 아빠는 엄마의 손을 잡았다.

"네 말이 맞아. 너와 내가 겪은 일은, 경험해 보지 않은 사람은 아무도 모르는 일이야. 너하고 나만, 완전히 이해할 수 있는 일이야. 세상에 오로지, 너하고 나만."

그리고 엄마랑 아빠는 결국 또 뽀뽀를 해 버렸다. 그래서 나는 좀 창피했다. 그렇지만 엄마하고 아빠가 서로 좋아해서, 나도 좋다.

V.

앞으로 커서 뭐가 되고 싶은지, 여러 사람들이 나한테 물어본다. 아빠도 물어보고, 엄마도 물어본다.

아빠는 내가 남자가 되었으면 좋겠다고 한다. 아빠처럼 계속 남자로 있지는 않더라도, 한 번쯤은 반대쪽이 돼 보는 것도 괜찮은 경험이라고 한다. 아빠가 하는 얘기를 듣다 보면 그것도 재미있을 것 같다. 하지만 엄마는 내가 여자인 걸 더 좋아하는 것 같다. 원한다면 남자가 돼 보는 것도 좋지만, 하고 엄마는 언제나 그렇듯이 조심스럽게 말한다.

"기왕에 여자로 태어났으니까, 너도 어른이 되면 언젠가 아이를 낳아보는 것도 좋을 거야. 엄마는 너를 낳은 게 아주 소중한 경험이었거든."

엄마는 도망칠 때 남자가 되는 치료를 받은 게 잘못되어 더 이상 아이를 낳지 못한다. 그래서 여자가 남자로 변한다는 말을 들으면 조금 무서워한다.

내가 어른이 되면, 아이를 많이 낳았으면 좋겠다고, 언젠가 엄마가 말한 적이 있다.

하지만 엄마나 아빠나 모두, 결국은 내가 하고 싶은 대로 하라고 한다. 내 몸이니까, 내가 원하는 대로 결정해서, 내가 되고 싶은 사람이 되면 그게 가장 좋은 것이라고 한다.

그리고 엄마랑 아빠는 말한다.

"여기서 너는 자유로우니까, 뭐든지 네가 원하는 대로 할 수 있거든. 남자가 될 수도 있고, 여자로 살아갈 수도 있어. 아빠처럼 과학자가 될 수도 있고, 엄마처럼 복잡한 외국 돈을 사고 팔 수도 있고, 아니면 엄마나 아빠가 상상도 못 했던 다른 인생을 살 수도 있는 거야. 너만 행복하다면, 다 좋은 거란다."

엄마랑 아빠는 그렇게 말한다. 그런 말을 들으면, 기분이 좋다.

나는 뭐든지 될 수 있고, 뭐든지 할 수 있다. 그러니까 나는 내가 되고 싶은 사람이 되어, 하고 싶은 일을 하면서, 엄마랑 아빠가 바라는 대로, 행복하게 살 것이다.

그렇게 생각하면, 어른이 된다는 건 멋진 일 같다.

애니멀 201

김두흠

대학에서 문예창작을 전공했다. 《거울》의 필진으로 활동하고 있으며 공동
단편집 『한국 환상 문학 단편선2』를 출간하였다.

1

"기이이잉, 기이이잉, 기이이잉, 기이이잉…….."

귀를 찢는 듯한 경보음이 연구소 전체에 울리고 있었다. 연구소 총책임자인 오나도 실장은 경보음에도 아랑곳하지 않고 자기 방에서 점심식사를 하고 있었다. 마치 그의 귀에는 경보음이 들리지 않는 것 같았다.

그때 방으로 누군가 급하게 뛰어들었다.

"엇, 식사 중이셨습니까? 죄송합니다."

방에 뛰어든 사내는 검정색 양복에 검정색 선글라스까지 끼고 있었다.

"어, 아니에요. 괜찮아요. 그런데 무슨 일이지요? 밖이 좀 소란스러운 것 같네요."

실장이 얼굴에 미소를 지으며 사내에게 묻자, 사내는 정자세를 취하며 대답했다.

"실험 중이던 농작물 하나가 탈출했습니다. 품명 애니멀 201입니다. 담당 연구원이 애니멀 201을 캡슐에서 꺼내 상태를 점검하던 중, 애니멀 201이 갑자기 의식을 회복하더니 연구원을 공격한 뒤 탈출했다고 합니다. 공격을 받았던 담당 연구원 말로는 분명히 애니멀 201을 캡슐에서 꺼내기 전에 늘 하던 대로 디프리반을 다량 투입했다고 합니다만 어떻게 애니멀 201이 의식을 회복했는지는 알 수 없다고 합니다. 일단 담당 연구원은 감금 조치 시켰습니다."

"음, 뭐 그렇게까지 할 필요는 없었을 텐데요. 담당 연구원도 놀랐겠네요. 어쨌든 알았어요. 가서 김술 대위 좀 불러주시겠어요?"

"네, 알겠습니다. 지금 당장 대위님께 연락을 취하겠습니다."

사내는 90도로 허리를 굽혀 인사한 뒤 방을 나왔다.

사내는 그제야 이마에 흐르는 땀을 훔쳤다.

'휴우, 볼 때마다 섬뜩한 사람이란 말이야. 차가워. 사람이 아니라 그냥 얼음 같아. 마주 대하는 것만으로도 식은땀이 흐른다니까. 가능하면 마주치고 싶지 않은 사람이야. 연구원 새끼 때문에 괜히 식은땀만 줄줄 흘렸네.'

오나도 실장. 남자. 하지만 목소리만 듣는다면 여자로 착각. 나이 미정. 30대 중반으로 추정. 출신 성분 미정. 출신 대학 미정. 전공 분야 미정. 오나도라는 이름도 가짜라는 소문이 나돈다.

온통 미스터리에 휩싸인 인물 오나도 실장. 그는 대한민국 정부가 비공식적으로 운영하고 있는 한 연구소의 총책임자다. 연구소 이름은 미래생명과학연구소.

미래생명과학연구소에서는 태아의 세포 조작을 통한 질병 없는 아이 탄생, 배아줄기세포를 이용한 질병 치료, 복제인간 실험, 냉동인간 실험 등을 연구하고 있다. 세상에는 그렇게 알려져 있다. 하지만 실제로 미래생명과학연구소가 하는 일은 따로 있다.

'인간병기 양성.'

미래생명과학연구소는 대한민국 국방부에서 비밀리에 운영하고 있는 일종의 전투용 무기 공장이다. 인간과 동물 간의 이종교배를 통해 괴물을 만들어내는 것이 연구소 설립 목적이다. 역사가 벌써 20년이나 되었다.

미래생명과학연구소는 이미 20년 전부터 연구를 시작하고 있었다. 그 사이에 여러 명의 연구소 총책임자가 의문의 죽음을 당했다. 그리고 3년 전에 새로 부임한 총책임자가 오나도였다.

미래생명과학연구소는 그가 총책임자로 부임한 뒤부터 비약적인 성과를 보이기 시작했다. 좀처럼 진전을 보이지 않던 연구가 급속도로 진행이 되더니, 부임 1년 만에 성과물들이 속속 나타나기 시작했다. 동물의 능력을 갖게 된 인간의 탄생이었다. 이종 간 배아줄기세포를 이용해 일종의 키메라 생산에 성공한 것이었다. 그리고 이번에 연구소 탈출 소동을 벌인 실험체 역시 연구소가 생산에 성공한 키메라, 즉 동물의 능력을 갖게 된 인간이었다. 연구소에서는 그 실험체를 애니멀 201로 부르고 있었다. 물론 애니멀 201 이전에 연구소 사람들은 모두 실험체들을 농작물이라고 불렀다.

연구소 사람들은 자신들이 일하고 있는 곳을 연구소라고 하지 않았다. 자기들끼리는 연구소 대신 농장이라고 부르고 있었다. 그리고 자신들이 실험하고 있는 인간들은 모두 농작물이라고 불렀다.

오나도 실장이 처음 부임하자마자 지시한 사항이 그것이었다.

"이곳은 미래생명과학연구소가 아니에요. 농장이에요. 그리고 우리가 실험하고 있는 대상은 농작물이고요. 앞으로 우리는 그것들을 농작물이라고 부를 거예요. 우리는 새로운 품종의 농작물을 만들어내는 사람들이에요. 그러니 제 앞에서는 다른 명칭을 사용하지 말아주셨으면 좋겠어요. 농장, 농작물, 품종, 품명이라는 말들을 사용해 주셨으면 좋겠어요. 부탁드릴게요."

오나도 실장의 지시가 있은 뒤로는 확실히 연구원들 심경에 변화가 생겼다. 실험 대상을 인간 대신 진짜로 농작물이라고 느끼기 시작했다. 그러면서 서서히 연구 성과가 나타나기 시작했다.

농장 경비대의 대장인 김술 대위가 방문을 노크한 뒤 안으로 들어갔다. 역시 검정색 양복에 검정색 선글라스를 끼고 있었다.

"찾으셨습니까?"

"어서오세요, 김술 대위님. 거기 소파에 잠깐 앉으세요. 드릴 말씀이 있어요."

대위는 실장이 가리킨 소파에 앉았다. 그의 움직임은 간결했다. 불필요한 동작이 없었다. 군대에서 잔뼈가 굵은 군인의 모습이었다.

"이제야 좀 조용해졌네요. 조금 전까지만 해도 경보음 때문에 식사하는 데 약간 불편했어요."

"네, 죄송합니다. 제 불찰입니다. 지금 경비대원들이 농장 안을 샅샅이 수색하고 있습니다. 곧 농작물을 포획할 수 있을 겁니다."

"음, 글쎄요. 제 생각은 좀 달라요. 그 농작물이 애니멀 201이 분명하다면 아마 포획이 쉽지는 않을 거예요. 애니멀 201은 이곳 농장 안에서 재배하는 품종 중 가장 품질이 우수하거든요. 어쩌면 농장 탈출에 성공할 수도 있어요."

"……"

"그렇게 되면 저도 나름대로 조치를 취할 거예요. 그러니 대위님께서도 경비대 중 우수한 대원들을 뽑아 농작물을 찾아와 주세요. 농작물이 제 발로 돌아오게 하면 더 좋고요. 중요한 건 뭔지 아시겠죠. 세상 사람들이 농작물의 정체를 알아서는 안 돼요. 그리고 농작물이 다쳐서도 안 되고요. 원래 상태 그대로 이곳으로 데리고 오셔야 해요. 부탁드릴게요."

"알겠습니다. 만일 농작물이 탈출하게 되면, 그 즉시 우수 경비대원들을 데리고 농작물을 수거해 오겠습니다. 더 하실 말씀 있으십니까?"

"아니요, 없어요. 참, 너무 많은 인원은 필요 없어요. 그럼 오히려 사람들 시선만 끌게 되잖아요. 알아서 몇 명만 골라 가세요."

"알겠습니다. 대여섯 명 생각해 놓고 있겠습니다."

말을 마치자마자 김술 대위는 실장에게 거수경례를 한 뒤 방을 나갔다. 그 순간 오나도는 자리에서 일어나 천천히 책상 쪽으로 걸어갔다.

"농작물을 꼭 잡아오셔야 해요."

실장은 그렇게 혼자 중얼거린 뒤 흘러내린 안경을 바로 하기 위해 혀를 길게 내밀어 안경 브리지를 밀어 올렸다. 그의 혀는 도마뱀 혀처럼 가늘고 길었다.

방을 나오자마자 대위의 송수신 겸용 이어폰 너머로 경비대원들의 비명이 들렸다.

"으, 으악! 연구소 나동 서쪽 출입문 부근! 애니멀 201과 대치 중! 대원 세 명 사상! 즉시 지원 요청 바람! 지, 지원 요청, 으악!"

대위는 서둘러 연구소 나동으로 향했다. 그러면서 동시에 가슴에 두른 권총 홀스터에서 베레타 시리즈 권총을 빼들었다. 그 사이 이어폰을 통해 경비대원들의 지원 요청이 몇 번 더 이어졌다. 김술 대위가 연구소 나동에 급히 도착했을 때는 또 다른 곳에서 지원 요청이 들려왔다.

"연구소 북쪽 초소! 애니멀 201이 대원 네 명 공격 후 숲으로 도주! 지금 대원 두 명과 함께 애니멀 201을 쫓고 있으나 추격이 어려움!"

'끄응, 역시 오나도 실장 말대로 돼버린 건가. 꽤나 품종이 우수한 농작물인가 보네, 애니멀 201. 그래, 어디 한번 마음껏 도망쳐 봐라. 도망칠 수 있는 데까지 도망쳐 봐. 그래봐야 어디 시내 한복판에서 벌벌 떨고 있겠지. 평생 실험실 캡슐 속에서 지내던 네놈이 바깥세상에서 할 수 있는 건 아무것도 없다. 사람들 틈에 섞여서 벌벌 떨기만 할 뿐이지. 넌 사람이 아니거든. 농작물이잖아. 불쌍하군. 오히려 실험실 캡슐 속이 그리워질 거야. 그러니 조금만 참고 기다려라. 내가 곧 가서 구해줄 테니까. 다시 안전한 캡슐 속에 넣어줄 테니까. 그러니까

조금만 기다려라, 애니멀 201.'

김술 대위는 곧장 농장 경비대 본부로 향했다.

한편 이를 예상했던 오나도 실장은 국방부 산하 특수정보지원단에 연락을 취해 애니멀 201의 탈주를 알렸다.

"네, 농작물 하나가 도망쳤어요. 애니멀 201이라는 품종인데요, 우리 농장에서 가장 품질이 우수한 종이에요. 제가 아끼는 종이기도 하고요. 그게 도망을 쳐서 너무 가슴이 아파요. 그래서 단장님이 좀 도와주셔야겠어요. 일단은 전국에 있는 특수정보지원단 소속 에이전트들한테 애니멀 201 실물 좀 보여주세요. 그리고 애니멀 201을 발견하게 되면 저한테 연락 좀 주세요. 다른 조치 같은 건 하실 필요 없어요. 저한테 연락만 주시면 돼요. 지금 제가 단장님한테 애니멀 201 실물 전송해 드릴게요. 외모, 체격 다 제가 보내드리는 실물 그대로예요. 부탁 좀 드려요, 단장님. 참, 그리고 인터넷 쪽도 검사해 주시고요. 애니멀 201이야 인터넷 사용은 못 할 테지만, 그래도 혹시 다른 사람이 애니멀 201의 정보를 인터넷에 올릴 수도 있을 테니까요."

2

발가벗은 상태로 숲을 빠져나온 애니멀 201은 한동안 도로 위를 빠르게 지나가는 자동차를 보며 신기해했다.

'뭐지. 굉장히 빠르다. 안에 사람이 있네. 나도 저걸 타면 빠르게 달릴 수 있을까. 그럼 농장에서 더 멀리 도망칠 수 있을까. 농장에는 가기 싫어. 매일 캡슐에만 갇혀 있는 건 싫어. 연구원들이 나를 쳐다보는 게 싫어. 이제 농장으로는 안 가. 연구원들이 하는 얘기를 들었어. 농장 밖에서 지내던 얘기를 들었어. 아주 즐겁게 얘기하고 있었어. 농장 밖으로 나가면 나도 캡슐 안에 갇혀 있을 필요 없어. 나도 연구원들처럼 즐겁게 지낼 수 있어. 극장이라는 데도 가고, 놀이공원이라는 데도 가고. 나도 연구원들처럼 즐겁게 지낼 수 있어. 이제 농장으로는 안 가. 캡슐 속에 갇혀 있는 건 싫어. 농작물은 싫어. 그런데 저거 타려면 어떻게 해야 하지.'

애니멀 201은 갑자기 차도로 뛰어들었다. 마침 마주 오던 차는 느린 이동형 주택 차량이었다. 2층집에 바퀴가 열두 개가 달려 있었다. 1층 운전석에 앉아 있던 집주인이 급하게 브레이크를 밟은 덕에, 차는 가까스로 애니멀 201 앞에서 멈췄다.

"뭐하는 놈이 갑자기 뛰어든 거야? 젠장. 저, 저런 미친놈을 봤나. 백주대낮에 나체로 활보하다니, 어디 정신병원에서라도 탈출한 건가? 당장 경찰에 신고해야지."

그때 2층 자기 방에서 내려온 고선이 도로에 서 있는 애니멀 201을 보자마자 손으로 얼굴을 가렸다.

"으악, 아빠, 쟤 뭐야? 왜 옷을 하나도 안 입고 있어? 아빠 혹시 차로 쟤 치기라도 한 거야?"

"아니. 저 미친놈이 그냥 갑자기 차에 뛰어들었다. 왜 옷을 하나도 안 입고 있는지는 모르겠구나. 그리고 선이 너, 볼 거 다 봤으면서 새삼스럽게 손으로 얼굴은 왜 가리고 있냐?"

"아직 다 안 봤어. 결정적인 부분만 보고 얼굴은 못 봤어."

"그럼 다 본 거네. 손 내려도 된다."

"그런가. 음, 그런데 아빠, 쟤 뭐래? 뭐 하려고?"

"글쎄, 어떻게 하지? 근처에 정신병원에서 도망이라도 친 게 아닐까?"

"아빠답지 않게 뭘 그렇게 고민해. 일단 얘기라도 해보자. 혹시 누구한테 옷이며 소지품 같은 거 몽땅 털린 걸 수도 있잖아."

"그럴 수도 있겠지. 그럼 일단 말이라도 걸어보자. 너는 여기에 가만히 있어."

"알았어."

차 주인이자 집 주인인 고정도는 밖으로 나와 애니멀 201에게 다가갔다. 그때까지도 애니멀 201은 차량 앞에 멀뚱히 서 있었다.

"야, 인마! 그렇게 갑자기 차도로 뛰어들면 어쩌자는 거야! 목숨이 열 개라도 되는 거야 뭐야! 하마터면 큰일 날 뻔했잖아! 그리고 옷은 어쩐 거냐! 혹시 누가 뺏어가기라도 한 거냐? 그런 거면 내 하나 주마."

"옷 줘. 그리고 나도 당신 차에 태워줘. 농장에서 멀리 가야 하니까 나도 차에 태워줘. 걸어가는 것보다 차 타고 가는 게 더 빨라."

"당연히 걸어가는 것보다 차 타고 가는 게 더 빠르지. 그건 그렇고, 넌 어른 공경도 모르냐! 그렇게 함부로 반말 하면 안 돼!"

"그런 거 몰라. 아무튼 나도 차 태워줘. 농장에서 멀리 도망쳐야 돼. 그리고 극장에 가자. 놀이공원에도 가고."

"별 미친 녀석 다 봤네. 도대체 농장이 근처에 어디 있다는 거냐? 뭐 어찌되었든 내 차에는 태워줄 수 없구나. 보아하니 내 딸 또래인 것 같은데, 그럼 내가 네놈 아버지뻘이란 말이지. 그런데 너처럼 어린 놈한테 반말 듣는 거 태어나서 처음이다. 일단 옷은 줄 테니까, 그거 입고 나서 다른 차 얻어 타든가 말든가 알아서 해라."

그렇게 싸늘하게 말하곤 다시 차로 돌아오자 딸이 부리나케 질문 공세를 퍼부었다.

"아빠, 쟤가 뭐래! 왜 옷도 안 입고 있대? 우리 차에는 왜 뛰어들었 대?"

"몰라. 그냥 옷 달란다. 그리고 농장에서 멀리 도망쳐야 한다고 우리 차에 태워달라는구나. 웃긴 놈이야. 나한테 반말까지 써가면서. 내 참, 저런 놈 처음 봤어."

"아빠한테 반말을 해! 정말 웃긴 녀석이네. 보아하니 내 또래 같은데, 건방지게. 그나저나 농장은 뭐야! 이 근처에 무슨 농장 있어?"

"모르지. 좌우지간 저 녀석이 무슨 소리 하는 건지 모르겠다. 아무튼 옷이나 하나 던져주고 나머지는 자기가 알아서 하라고 하자. 우리가 신경 쓸 일 아니다."

"음, 그래도 일단 시내까지는 데려다주는 게 낫지 않을까! 그냥 여기에 두고 가면 아무도 차에 안 태워줄 거 같은데. 혹시 강도를 만나 몽땅 털리고 정신이 이상해진 걸 수도 있잖아. 그런 거라면 조금 불쌍하기도 하고."

"흠…… 정말 못 얻어 타려나?"

"그렇겠지. 아빠도 태워주고 싶은 마음이 없는데, 다른 사람들이라고 다르겠어?"

"그러면 또 곤란해지는데. 그런데 저 녀석 왠지 어디 정신병원이라도 탈출한 거 같단 말이야. 게다가 말끝마다 반말이라 그것도 기분 나쁘고."

"응, 내가 볼 때도 그런 거 같더라."

"그걸 네가 어떻게 알아? 너 혹시 창문 열고 다 들은 거냐? 분명히 아빠가 차 안에서 가만히 있으라고 했잖아! 그리고 애초에 다 들었으면서 묻기는 왜 물어!"

"아무튼 뭐 그게 중요한 건 아니잖아. 내가 보기에 왠지 저 애 무슨 사연이 있는 거 같아. 그러니 시내까지라도 태워주자."

"그럴 수도 있긴 하겠다만…… 그러고 보니까 극장에 가자는 둥 놀이공원에 가자는 둥 이상한 소릴 지껄이던데."

"맞다, 그런 말도 했었지! 혹시 정신지체나 뭐 그런 쪽이 아닐까? 부모가 어디 놀이공원 데려간다고 해놓고 산에다가 버리고 왔다든가 그런 사건도 있잖아."

"알았다, 그럼 일단 차에 태우고 나서 뭘 어떻게 도와줘야 할지 생각해 보자!"

애니멀 201은 운전석 옆에 앉아서 신기한 듯 주변을 둘러보았다. 멋대로 버튼을 누르는 바람에 갑자기 자동차 유리 전체가 시커멓게 변하기도 했다. 야간에 차를 세워놓고 잠을 잘 때 작동시키는 장치였다.

고정도는 소스라치게 놀라며 얼른 자동차 유리를 다시 투명하게 만들었다.

"신기하다! 또 해보고 싶다!"

"안 돼! 그러다 사고 나잖아! 괜히 또 그러면 당장 내리라고 한다!"

고정도의 말에 애니멀 201은 버튼을 누르려다 얼른 멈췄다.

그런 애니멀 201의 모습을 보면서 고선이 피식 하고 웃었다.

"넌 또 뭐가 웃겨서 그렇게 혼자 피식 웃는 거야!"

"얘 너무 어린아이 같아서 그래. 행동도 그렇고, 자폐아 아닐까?"

"그럴지도 모르지. 부모한테 버려졌거나 혹은 부모를 잃었거나."

그러면서 고정도는 애니멀 201을 힐끔 쳐다보았다.

애니멀 201은 창밖 풍경에 넋이 빠져 있었다. 창에 얼굴을 바짝 붙인 채 하늘, 구름, 건물, 자동차를 쳐다보느라 정신이 없었다.

"참, 그런데 넌 이름이 뭐냐! 이름 정도는 알고 있겠지!"

고정도가 창밖 풍경에 정신이 팔려 있는 애니멀 201에게 물었다.

"이름! 그게 뭔데? 나 그런 거 몰라. 나는 농장에서만 살았어. 캡슐 속에서만 살았어. 그래서 그런 거 몰라. 이름이 뭔데?"

"그걸 나한테 물으면 어떻게 하나! 내가 너한테 물었잖아!"

그러자 운전석 뒤에 있던 고선이 끼어들었다.

"아빠, 얘 말은 그런 뜻이 아니잖아! 자기 이름이 뭐냐고 물은 게 아니고, 이름이라는 게 뭐냐고 물은 거잖아!" 그러면서 고선이 애니멀 201의 어깨를 톡톡 쳤다. "내가 설명해 줄게. 이름이라는 건 말이지, 누가 나를 부를 때 쓰는 거야. 예를 들어서 아빠는 나를 부를 때 고선이라고 불러. 고선이 내 이름이거든. 우리 아빠 이름은 고정도고. 그래서 남들은 우리 아빠를 고정도라고 불러. 그러니까 사람들이 너를 부를 때 뭐라고 불러?"

"애니멀 201."

"애니멀 201? 진짜로 그렇게 불러?"

"진짜로 그렇게 불러."

그러자 고정도가 끼어들었다.

"그래 좋다, 애니멀 201! 그런데 이봐, 애니멀 201! 너 아까 왜 차도로 뛰어든 거냐?"

"차를 타고 싶어서."

"그렇구나. 간단해서 좋네. 그럼 왜 옷은 하나도 안 입었던 거냐?"

"원래 나는 옷이 없다."

"계속 간단해서 좋구나. 아무래도 내가 뭔가 잘못 질문했나?"

"그런 거 같아."

고선이 끼어들었다.

"그렇게 거들지 않아도 된다, 은석아. 좋다 그럼, 다른 질문을 해보자. 넌 어디서 온 거냐? 그리고 부모님 연락처는 뭐고?"

"나는 농장에서 지냈어. 하지만 다시 농장으로는 돌아가지 않을 거야. 난 부모님 같은 거 몰라. 그런 거 없어."

"아빠, 그래도 얘 말이지, 이름이라는 게 뭔지도 모른다면서 다른 건 다 알아듣네. 부모님이라는 말뜻도 알아듣고."

"그러네."

"나 연구원들이 하는 얘기를 들었어. 그들은 내가 아무것도 못 듣는다고 생각했겠지만, 틀렸어. 캡슐 안에서 연구원들 얘기가 들릴 때가 있어. 그래서 나도 어느 정도는 사람들과 얘기를 나눌 수 있어. 아무것도 모르는 건 아니야."

애니멀 201은 여전히 창밖을 쳐다보면서 얘기했다.

"도대체 연구원은 뭐고 캡슐은 또 뭐냐? 너희 집에 연구원들이 자주 찾아오기라도 한 거냐?!"

"나는 농장에서만 지냈어. 연구원들은 농장에서 나를 캡슐에 가둔 사람들이야. 그리고 나를 가지고 실험해."

"네가 무슨 소리를 하는지 통 모르겠구나."

고선이 끼어들었다.

"아빠, 얘 아무래도 정신지체나 뭐 그런 쪽인가?"

"그렇겠지. 혹은 부모에게 버림받고 충격을 받았거나. 어쨌든 이거 난처하네. 일단 시내로 가서 경찰서에라도 데려가 보자."

그러자 고선이 침울한 표정으로 입을 열었다.

"아빠, 이 아이를 경찰에 넘겨도 그 사람들 아무 조치도 취하지 않을 거야. 그냥 늘 하던 대로 신원조회조차 제대로 하지 않고 유기아동 보호소에 떠넘길 거라고. 그럼 거기선 얘를 갖은 연구소의 실험 대상으로 보낼 수 있어. 집도 부모도 없는 정신지체아가 갈 곳이 어디 있겠어? 그러니까 함부로 경찰에 넘기는 건 조금 무책임한 것 같아. 아빠답지 않아."

"글쎄, 그거 너무 극단적으로 생각하는 거 아니냐! 설마 그럴 일이야 있겠어?"

"그건 모르는 일이지!"

둘 사이에 잠시 대화가 중단됐다.

"그럼 좋은 방법이 있어!"

고선이 먼저 제안했다.

"그래! 뭐냐?"

"뭐라 그랬지! 아, 애니멀 201! 그러니까 애니멀 201을 우리가 직접 실물 스캔해서 중앙미아센터 사이트에 들어가서 조회해 보면 되잖아. 혹시 부모가 얘를 잃어버린 거면 거기에 이 아이를 등록해 놨을 거야. 버려진 거라면 주변인 중에 혹시 얘를 아는 사람이 있을 테니 그쪽의 연락을 기다려 보는 건 어때? 아빠, 우리 스캐너 어디에 있지?"

"2층 아빠 방에 있을 거다."

고선은 고정도의 말이 채 끝나기도 전에 2층으로 올라갔다. 그리고 일반 노트북 크기만 한 구식 스캐너를 가지고 와 애니멀 201의 전신을 스캔했다. 그 다음 중앙미아센터 사이트에 접속했다. 그리고 중앙미아센터에 있는 '등록된 미아 정보' 코너로 들어가, 자신이 만든 애니멀 201 전신 스캔 파일을 '미아 등록'에 등록시켰다. 그러고 나서 검색 버튼을 눌렀다. 그러자 사이트 내에서 중앙미아센터에 등록된 미아들 중 애니멀 201과 일치하는 자가 있는지 검색을 시작했다.

3초 정도 시간이 흘렀다.

'일치하는 미아가 없습니다.'

화면에 그런 메시지가 떴다.

중앙미아센터에 등록된 미아의 수는 총 1만 5000명. 그중 애니멀 201과 일치하는 미아는 없었다.

"없네. 애니멀 201 부모님이 중앙미아센터에 미아 등록을 안 했나 보네."

고선이 풀이 죽은 목소리로 말했다.

"그럼 선이 네가 저 아이의 스캔 파일을 만들어서 사이트에 등록해

냐. 그리고 우리가 아이를 보호하고 있으니까 연락처 남기라고 해놓
으면 되잖아. 그럼 혹시 알아! 쟤 부모님이 나중에라도 중앙미아센터
에 미아 등록하려다가 우리가 먼저 등록한 걸 보고 연락처 남겨둘지.
어쨌든 우리가 수시로 중앙미아센터 사이트 들어가서 확인해 보면
되잖아. 너무 상심하지 말고."

"응, 일단 그렇게라도 해봐야겠네."

"하지만 길어야 며칠 정도야. 그때까지 애니멀 201 부모님이 중앙
미아센터에 연락처 안 남기면 우리도 어쩔 수가 없어. 그땐 경찰서에
보내도 선이 네가 이해해야 된다."

"알았어. 아무튼 며칠 동안은 우리가 애니멀 201을 보호하고 있기
다!"

"그래, 그렇게 하자. 나도 지금 당장 애니멀 201을 경찰에 넘기는
건 좀 그렇구나. 어쨌든 우리가 할 수 있는 건 해봐야지."

"그럼 이제 슬슬 저녁 준비를 해볼까. 오늘 저녁은 모처럼 3인분으
로 준비해야겠네."

고선은 휘파람을 불며 주방으로 향했다.

"왜 안 먹어? 배 안 고파?"

고선은 약간 기분이 상한 표정으로 물었다. 기껏 애니멀 201을 위
해서 솜씨를 발휘했건만, 정작 애니멀 201은 음식에 손도 대지 않고
있었다.

"연구원들이 음식 먹는 거 본 적은 있어. 하지만 왜 먹는지는 몰라.
나는 이런 거 한 번도 먹어본 적 없어. 왜 사람들은 이런 걸 먹어?"

애니멀 201의 말에 고선 대신 고정도가 끼어들었다.

"뭐라고? 왜 먹긴, 배가 고프니까 먹지. 음식을 먹어줘야 살 수 있는 게 사람이잖아. 안 그러면 기운이 없어서 움직이지도 못해. 너 지금 기운 없지!"

"기운 없어. 쓰러질 것 같아."

"그거야. 배가 고파서 그런 거다."

"전에는 이런 적 없었어. 농장에서 캡슐 안에 있을 때는 한 번도 이런 적 없었어. 기운 없었던 적 없었어. 그런데 지금은 이상하게 기운이 없어."

"배가 고파서 그런 거라니까. 그런 상태에서 계속 음식을 먹지 않으면 죽게 되는 거야. 그러니까 어서 먹어. 어떻게 먹는지는 알고 있겠지! 씹어서 삼키면 돼! 간단해!"

"알고 있어. 연구원들이 이런 거 먹는 모습 본 적 있어."

그러면서 애니멀 201이 각종 소스로 버무려진 고기 한 조각을 빵에 얹었다. 그러고는 어색하게 입으로 가져갔다.

"아빠, 쟤가 하는 얘기 말이야, 혹시……."

"그래, 이 아이, 정신지체 쪽이 아닐지도 모르겠구나. 연구원이라고 하는 걸 보니 어떤 연구소인지는 모르겠지만, 아마 그 연구소에서 도망친 거 같아. 계속 농장이라고 부르는 곳이 아마도 연구소겠지. 게다가 사람을 대상으로 실험하는 곳이라면 정부 기관에서 비밀리에 운영하는 연구소일 것 같구나. 하지만 인지로봇연구소는 아닌 것 같아. 이 아이, 정신지체 쪽은 아니야. 단지 태어날 때부터 학습을 전혀 받지 못한 게지. 행동 자체가 어린아이 같으니까. 정부의 비밀 연구소는 많아. 그중 한 군데일 듯한데. 아마 지금쯤 연구소에서도 이 아이 찾으려고 혈안이 되어 있을 텐데. 자칫 자신들의 정체가 탄로 날 수도 있을 테니까. 가만, 그러면 아까 그 중앙미아센터에 글 올린 것도……."

고정도의 말에 고선은 손에 쥔 음식을 내팽개친 채 곧장 노트북을 꺼내들었다. 그리고는 바로 중앙미아센터에 접속해 자신이 올린 글을 찾아보았다. 이미 누군가 글을 남겨놓은 후였다.

'우리 모리를 찾아 급히 올리려고 했는데 이미 등록해 놓으셨군요! 얼마나 다행인지 몰라요. 잘 보살펴주고 계시죠? 뭐라 감사의 말씀을 드려야 할지 모르겠습니다. 우리 모리가 다른 아이들보다 약간 학습 능력이 모자라서 치료를 받는 중이거든요. 그리고 이상한 상상 속에 빠져 지내기도 하고요. 이번에도 우리 모리 데리고 병원에 다녀오는 길이었는데, 그만 잠깐 사이에 우리 모리가 없어졌네요. 모두 제 탓입니다. 혹시 우리 모리한테 무슨 안 좋은 일이라도 생겼으면 어쩌나 걱정했는데, 다행이네요. 제 연락처 남겨놓겠습니다. 이 글 보시는 대로 바로 연락 부탁드립니다. 사례는 확실히 해드리겠습니다. 다시 한번 감사 말씀 드립니다.'

"아빠, 벌써 누가 연락처 남겨놓았는데. 어떻게 하지?"

고정도는 잠시 생각에 잠겼다가 무겁게 입을 열었다.

"만일 우리 추측이 맞는다면, 글 남긴 사람은 분명히 연구소 측 사람일 게다. 모리라는 이름도 대충 지어낸 것일 테고. 어쩌면 연락처 남긴 사람 이름이 모리일지도 모르지. 아무튼 그 사람은 저 아이를 다시 연구소로 데려가려고 할 거야. 하지만 그것보다 더 중요한 문제가 있어."

"중요한 문제라니, 그게 뭔데?"

"우리 목숨도 안전하지 못하다는 거지. 이미 우리가 애니멀 201과 접촉한 걸 알아버린 이상, 우리가 자신들의 연구소에 대해 알고 있다고 생각할 수도 있어. 그쪽에서도 어느 정도 짐작은 하고 있을 게야. 그래서 비밀 유지를 위해 극단의 조치를 취할 수도 있어. 정부 기관 연구소라면 충분히 그러고도 남아. 아주 무서운 곳이니까."

그 와중에도 애니멀 201은 심각성을 아는지 모르는지 줄곧 맛있게 음식을 먹고 있었다.

"하지만 우리는 전혀 아는 게 없잖아. 쟤가 어떤 연구소에 있었는지도 모르고, 어떤 연구를 받고 있었는지도 전혀 아는 게 없잖아."

"그건 우리들 사정이고. 그걸 연구소 측에서 믿어줄 리 없잖니. 나 같아도 믿지 않을 테니까."

"그럼 이제부터 어떻게 해야 하는 거야? 일단 이 사람한테는 연락을 하면 안 되잖아. 다시 연구소로 보낼 수는 없잖아. 실험용으로 돌아가게 놔둘 수는 없다고. 쟤가 너무 불쌍해. 그냥 우리가 계속 쟤를 보호하고 있으면 안 될까? 어차피 우리는 계속 떠돌아다닐 텐데, 그냥 쟤도 우리와 함께 다니면 되지 않을까?"

고선의 말에 고정도는 대답 없이 빤히 애니멀 201을 바라보았다.

"아빠, 설마 쟤를 넘기려는 거야? 그럼 우리도 위험해진다면서! 그 사람들이 우리를 죽일지도 모른다면서!"

"그럴지도 모르지. 정부 조직은 비밀을 위해선 무슨 짓이든 할 놈들이니까. 게다가 생체 실험이라니. 하지만 그렇다고 해도 우리가 저 아이를 언제까지 보호할 순 없어. 정부 조직이 얼마나 무서운 곳인데. 이미 우리가 올려놓은 글을 보고 우리 위치까지 추적하고 있을 게다."

"그럼 어쩌자는 건데? 방법이 없잖아!"

"현재로선 국외로 몸을 피하는 수밖에 없을 텐데……. 일단 아는 연락책 중에서 우리를 빼내 줄 사람을 찾는 수밖에 없겠구나."

그때 애니멀 201이 음식을 먹다 말고 둘 사이에 끼어들었다.

"맛있다. 우리 극장에 가자. 놀이공원에 가자."

"저럴 때 보면 정신지체 쪽이 맞는 것 같기도 하고……."

애니멀 201의 말에 고정도가 어이없다는 듯 내뱉었다.

"아빠, 저 아이 너무 불쌍해. 자신이 누구인지도 모르고 인간으로서 살아갈 자격까지 잃었으니……."

잠시 애니멀 201을 바라보던 고선이 결심에 찬 목소리로 말했다.

"아빠, 그러지 말고 우리 그냥 말 나온 김에 쟤를 데리고 놀이공원 한번 놀러가자! 저 아이 소원을 들어주고 싶어. 한번이라도 인간답게 사는 즐거움을 주고 싶어. 그리고 뭔가 민간단체 같은 걸 찾아주자. 아마 분명히 저 아이를 돌봐줄 곳이 있을 거야. 응?"

애니멀 201은 고선의 놀이공원이라는 말에 뛸 듯이 기뻐했다.

"놀이공원! 놀이공원! 선이는 애니멀 201을 좋아해. 선이는 착한 사람이야. 애니멀 201도 선이 좋아해. 애니멀 201은 선이하고 놀이공원 가고 싶어. 놀이공원! 놀이공원!"

고정도가 잠시 고민에 빠진 사이 애니멀 201이 마지막 남은 빵마저 다 먹어치웠다.

"선이가 해준 음식 아주 맛있어!"

"더 먹을래? 내가 더 만들어줄까?"

고선은 애니멀 201에게 물을 건네주면서 물었다.

"더 먹을래! 선이가 해주는 음식 아주 맛있어! 더 먹을래!"

"그렇게 맛있어? 알았어. 조금만 기다려. 내가 금방 만들어줄게. 그 전에 여기 내가 먹던 거라도 좀 먹고 있어."

그러면서 고선은 자기가 먹던 음식을 애니멀 201에게 건네주었다.

애니멀 201은 고선이 건넨 음식을 받아 덥석 입 안에 넣었다.

"조금씩 먹어야지. 그렇게 한꺼번에 먹으면 탈 나. 음식은 조금씩 꼭꼭 씹어 먹어야 돼."

"선이가 해준 음식 아주 맛있어! 애니멀 201은 선이 좋아해!"

그 순간 고정도가 결심한 듯 말했다.

"선이 네 말이 맞다. 저 아이를 구해 보자. 그리고 저 아이에게 사람 답게 사는 게 뭔지 느끼게 해주자꾸나. 그리고 아빠가 아는 연락책들 을 통해 저 아이를 구할 방법을 찾아보마."

고정도의 말에 고선은 활짝 웃음을 지으면서 차량 뒤쪽 주방으로 갔다.

3

고정도는 시내에 도착해 근처에 놀이공원이 있는지 알아보았다.

"이 길로 한 두 시간 가면 꽤 큰 규모의 놀이공원이 있습니다. 하지 만 지금은 성수기라 사람들이 좀 많겠네요."

고정도는 상점 주인에게 고맙다고 인사한 뒤 곧장 놀이공원으로 향했다.

"이 길로 두 시간 정도 가면 놀이공원 나온대. 잘 됐다. 오늘은 놀이공원에서 놀다가 근처에서 야영하자. 그리고 내일 국경을 넘어서 일단 중립국가 쪽으로 가보자. 그곳에 가면 다양한 민간단체들이 있겠지. 거기 가서 저 아이가 지낼 거처도 알아보면 될 거고. 선이 넌 그 전에 저 아이와 놀이공원에서 놀다 오렴. 너도 어릴 적에 가본 게 마지막이었으니까, 오늘 신나게 놀아보렴."

"알았어. 고마워 아빠."

그렇게 해서 도착한 놀이공원은 상점주인 말대로 규모가 컸다. 국립공원 하나를 통째로 놀이공원으로 만든 곳이었다.

"자, 차는 이쯤에서 세워두면 되겠고, 그럼 선이 너는 저 아이를 데리고 가서 놀다가 오렴. 아빠는 여기서 연락책들과 교신하고 있을 테니까."

"응, 알았어. 그럼 나 갔다 올게!"

"응, 가서 재밌게 놀다오렴!"

고정도는 선이와 애니멀 201을 보내곤 노트북을 켜고, 연락책과 접촉을 시도했다.

그리고 고정도가 노트북을 켜는 순간 특수정보지원단에서도 연구소에 연락을 취했다.

놀이공원은 크게 두 가지 테마로 나뉘어 있었다. 동쪽은 과거관, 서쪽은 현재관이었다.

동쪽 과거관은 10년 전 상태 그대로를 유지하고 있었고, 서쪽 현재관은 일반 놀이공원과 다를 바 없이 꾸며 놓았다. 제트코스터도 자기 부상 방식으로 움직였고, 사파리에 있는 동물들도 유전자 조작을 통해 검정색 사자나 표범 무늬 곰, 주변 환경에 따라 색이 변하는 호랑이도 있었다. 특히 사파리의 경우, 한 달에 한 번씩 다양한 모양의 동물들이 선을 보였다.

물론 스릴 만점은 서쪽 현재관이었지만 입구에서 입장을 기다리고 있는 사람들의 줄이 너무 길었다. 입장하는 데에만 한 시간은 넘게 걸릴 게 뻔했다.

"얘, 어떻게 할래? 현재관이 더 재미있을 것 같기는 한데, 줄이 너무 기네. 그래도 순서 기다렸다가 들어갈까?"

"저쪽 현재관이 더 재밌어? 선이도 현재관 가고 싶어?"

고선의 물음에 애니멀 201이 대답 대신 질문을 던졌다.

"아무래도 현재관이 더 재미있지. 놀이기구도 훨씬 스릴감 넘치고. 하지만 줄이 너무 기니까 들어가려면 시간이 많이 걸릴 것 같아. 나야 뭐 과거관도 괜찮아. 어쨌든 놀이공원 자체는 과거관 현재관 상관없이 둘 다 신나는 곳이니까."

"그럼 애니멀 201은 선이랑 같이 과거관 갈래. 선이랑 같이 빨리 놀이공원에서 놀이기구 타면서 놀고 싶어. 현재관은 사람이 너무 많아. 선이랑 둘이 즐겁게 놀기 힘들 것 같아. 그냥 과거관 갈래."

"그래, 그러자. 일단 과거관 먼저 갔다가, 나중에 사람 뜸해지면 현재관으로 넘어가자."

둘은 그렇게 합의를 본 다음 과거관으로 향했다.

고선은 과거관 매표소 앞에 설치된 기계 모니터에 손바닥을 댔다. 곧이어 동행인이 있느냐는 메시지에 '1인 추가'를 클릭했다. 결재 방식으로는 '법적 보호자 계좌 이체'를 클릭했다. 잠시 뒤 모니터에 고정도의 이름이 나왔다. '보호자 고정도 님의 계좌를 이용하시겠습니까?' 하는 메시지가 떴다. 고선은 '승낙'을 클릭했다. 그리고 '앞으로 이용할 놀이기구의 모든 요금도 동일 방식 선택'을 클릭했다.

모든 절차가 끝난 뒤 둘은 마침내 과거관으로 입장했다. 그리고 둘이 과거관으로 입장하는 동시에 특수정보지원단에서는 또다시 연구소에 연락을 취했다.

과거관은 역시 사람이 뜸했다. 게다가 아이들보다는 중년을 훌쩍 넘긴 사람들이 더 많았다. 비록 중년을 훌쩍 넘긴 사람들이나 즐기는 스릴 마이너스 놀이기구들뿐이었지만, 애니멀 201의 눈에는 신기해 보였다.

막상 과거관에 들어와서 보니까 옛날 놀이기구들 투성이라 약간 실망한 고선이었지만, 애니멀 201과 함께라면 구닥다리 놀이기구라도 신나게 즐길 수 있을 것 같았다.

"음, 일단 어느 것부터 탈까! 처음부터 고난이도에 도전하는 건 무리일 테고, 뭐, 어차피 과거관이라서 고난이도라고 해도 현재관에 비하면 아무것도 아닐 테지만, 그래도 어쨌든 과거관에서의 시작은 상큼하게 범퍼카가 좋으려나! 얘, 우리 저거 범퍼카 타자! 운전은 내가 할 테니까, 너는 옆에 앉아 있으면 돼. 어때, 괜찮겠어?"

"괜찮아. 선이가 하자는 대로 할 거야. 그럼 다 괜찮아."

"알았어. 그럼 놀이기구 타는 건 나한테 다 맡겨. 내가 오늘은 특별히 너를 위해서 놀이공원 완벽 체험 가이드 역할을 제대로 해줄 테니까."

그러면서 고선은 애니멀 201의 손을 잡고 범퍼카 타는 곳으로 갔다. 그때의 애니멀 201 얼굴에는 함박웃음이 피어 있었다.

애니멀 201의 놀이기구 체험 첫 도전이라 고선은 일부러 스릴 만점에서 한참 모자라는 범퍼카를 택했지만, 범퍼카를 타는 동안 애니멀 201은 무려 20번의 비명을 질렀다. 그리고 동시에 20번이나 고선의 품에 얼굴을 파묻었다. 눈도 제대로 뜨지 못했다.

'헉, 서쪽 현재관에서 공중부양 범퍼카라도 탔더라면 20번은 정신을 잃었겠네. 이제 보니까 애한테 현재관은 무리였잖아. 현재관은 고사하고 과거관의 다른 놀이기구를 타도 괜찮은 걸까. 그냥 완전 아동용 붕붕카나 타면서 놀아야 하는 거 아닌가 모르겠네.'

고선은 범퍼카에 내려서도 어지러워 제대로 걷지 못하는 애니멀 201을 부축하며 그런 생각을 했다.

"괜찮은 거야? 다른 거 탈 수 있겠어?"

고선의 말에 애니멀 201은 부축 받던 몸을 꼿꼿이 세운 채 똑바로 걸음을 옮겼다. 주먹까지 불끈 쥐고 있었다.

"괜찮아. 다른 것도 탈 수 있어. 선이하고 함께라면 여기에 있는 거 다 타도 괜찮아."

그렇게 말하면서 다시 씩씩하게 걸음을 옮겼다. 순간 다리에 힘이 풀렸는지 몸이 휘청 했지만, 곧 자세를 가다듬고는 다시 혼자 씩씩하게 걸어갔다.

그 모습을 지켜보던 고선이 피식 웃음을 지었다.

고선은 얼른 뛰어가 애니멀 201의 손을 잡았다. 조금 힘을 줘서 꽉 잡았다.

"좋았어! 그럼 이번에는 난이도를 좀 높인다! 각오해야 돼, 애니멀 201! 흐흐, 바이킹 도전!"

"바이킹 도전!"

애니멀 201은 바이킹이 뭔지도 모르면서 고선의 말을 따라했다. 물론 몸이 휘청거리지 않도록 여전히 다리에 힘도 잔뜩 싣고 있었다.

"꺼이어흑, 으그그아아흑, 우웃, 우웃, 으극으극으극으그윽, 으아아 아아아아아아하악, 으꺄, 꺼이어흑, ……."

애니멀 201이 바이킹을 타는 동안 지른 소리였다. 자신의 옷으로 입을 틀어막고, 그것도 모자라서 고선의 팔을 물어뜯으며 바이킹이 움직일 때마다 고함을 질렀다. 고함을 지르는 틈틈이 애니멀 201의 눈가에 흐른 눈물이 바람에 날아가기도 했다.

덕분에 고선도 애니멀 201의 고함 소리에 맞춰 비명을 질렀다. 애니멀 201이 고선의 팔을 세게 물 때마다 입에서 저절로 비명 소리가 새어나왔다.

바이킹에서 내려온 둘은 한동안 목이 잠겨서 말도 제대로 할 수 없었다.

'현재관에 가면 360도 회전하는 바이킹도 있다고. 그거 탔으면 아마 내 팔은 애니멀 201에게 다 뜯어 먹혔을 거야. 절대 현재관에는 가지 말자. 처음부터 과거관에 온 건 정말 잘한 일이야. 그나저나 팔에 웬 침을 이렇게나 많이 묻혔는지. 앞으로는 가급적 떨어져 앉아야겠

어.'

고선은 팔에 묻은 애니멀 201의 침을 닦으며 다짐했다.

그때까지도 애니멀 201은 벤치에 앉아 꺼이어흑 거리고 있었다. 단지 벤치에 앉아 있을 뿐인데도 애니멀 201은 옆 손잡이를 꽉 쥐고 있었다. 벤치마저 공중으로 치솟을지 모른다고 생각하고 있었다.

애니멀 201 쟤, 정말 괜찮은 걸까.

그러자 고선의 생각을 읽기라도 했는지, 애니멀 201이 갑자기 벤치에서 벌떡 일어났다.

"이제 괜찮아졌어. 또 타러 가자! 선이랑 같이 또 타러 가자!"

이제 겨우 두 개 탔는데 저렇게 얼굴이 창백해졌어. 볼 살도 쪽 빠진 것 같고. 정말 계속 타도 괜찮은 걸까.

"애니멀 201, 우리 조금 쉬었다 탈까? 피곤해 보이는 것 같아서 말이지."

"하나도 안 피곤해. 정말 하나도 안 피곤해. 얼른 또 타러 가자. 선이랑 같이 또 타러 가자."

"그럼, 애니멀 201 여기 잠깐만 앉아 있어. 나 잠깐 저쪽 가서 아이스크림 사올게. 아이스크림 되게 맛있어. 그거 먹으면서 우리 다음에 뭐 탈까 생각해 보자. 아니면 아빠 불러서 같이 놀아도 되고. 아무튼 나 올 때까지 여기에 가만히 있어야 돼. 다른 데 가면 안 돼."

"알았어. 여기 가만히 앉아 있을게. 맛있는 거 사가지고 빨리 와."

"응, 빨리 갔다 올 테니까, 조금만 기다려."

고선은 자이로드롭이 있는 곳을 돌아 둘이 처음에 탔던 범퍼카 쪽 매점으로 향했다.

30분 가까이 흘렀지만 고선은 나타나지 않았다.

애니멀 201은 꼼짝도 하지 않고 벤치에 앉아 있었다. 고선이 다른 곳으로 가지 말라고 했기 때문이다. 다른 생각은 하지 않고 고선을 기다리기만 했다. 놀이공원 안에 있던 사람들이 일제히 밖으로 빠져나가는 것도 눈치 채지 못했다.

애니멀 201 앞에 검은색 양복과 선글라스를 낀 사람들이 다가왔다. 그중 한 사람은 애니멀 201도 아는 얼굴이었다.

애니멀 201이 벤치에서 벌떡 일어났다. 그러고는 짐승처럼 그르렁거렸다. 그 소리는 마치 사자가 주변을 경계하는 소리 같기도 했다. 혹은 늑대가 상대와 싸우기 전에 먼저 기선 제압을 하기 위한 소리 같기도 했다. 그와 함께 애니멀 201의 몸에 변화가 생기기 시작했다.

두 개의 송곳니가 각각 4센티미터 정도 길어졌고, 양손의 손톱 역시 전부 4센티미터 정도 길어졌다. 볼과 손등에 가시 같은 털이 돋아났고, 팔과 다리의 핏줄이 도드라져 마치 살을 뚫고 튀어나올 것만 같았다.

애니멀 201은 다시 위협적으로 그르렁거렸다.

애니멀 201의 상태를 보고 김술 대위가 양팔을 뻗어 대원들에게 더 이상 움직이지 말라고 지시했다. 자칫하다가는 대원들이 순식간에 애니멀 201에게 공격당할 수도 있었기 때문이다.

"자자, 진정해라, 애니멀 201."

그의 말에 애니멀 201은 더욱 거칠게 그르렁거렸다.

"진정하라니까. 안 그러면 여자아이가 다치는 수가 있다."

그 말에 애니멀 201이 김술 대위를 향해 위협적으로 몇 걸음 다가

섰다.

그 순간 김술 대위 곁에 있던 대원들이 일제히 가슴에서 권총을 꺼내들었다. 대위가 대원들의 행동을 급히 제지했다.

"이름이 뭐였더라. 그래, 고선이었지. 이봐, 애니멀 201, 만약 네가 조금이라도 내게 상처를 입히면 어떻게 되는지 알아? 고선이라는 아이가 죽어. 내 말 한 마디면 말이야. 그러니까 내 말에 무조건 복종해라."

그의 입에서 고선이라는 말이 나오자 애니멀 201이 움직임을 멈췄다.

"고선, 선이를 어떻게 했지?"

"그래 그래, 그렇게 얌전해져야지."

"선이를 어떻게 했어?"

"성격이 꽤 급하네. 여자아이는 지금 우리 대원이 차에 태워서 안전하게 농장으로 데려가고 있는 중이야. 몸에 상처 하나 입히지 않았으니까 안심해. 하지만 그 애의 아비는 이미 이 세상 사람이 아니야. 여기저기 수소문하며 우리 이야기를 너무 해대더라고. 물론 그자 덕분에 네 위치도 정확히 알아냈지만 말이야. 네가 만일 내 털끝 하나라도 건드리면, 고선이란 아이도 제 아비를 따라 저 세상으로 갈 줄 알아."

고정도가 죽었다. 고선이 잡혔다. 자신이 농장으로 가지 않으면 고선이 죽는다. 애니멀 201의 생각이 정리되었다.

"선이를 풀어줘."

"당연히 풀어줄 거야. 약속하지. 하지만 그 전에 너도 약속을 해줘야 돼."

"그게 뭔데. 뭔지는 모르지만 약속할게. 그러니까 선이를 풀어줘."

"네가 우리한테 약속해 줘야 할 건 딱 하나야. 우리랑 같이 농장으로 가는 거. 다시 캡슐 속으로 들어가는 거. 그거면 돼. 네가 얌전히 캡슐 속에 들어가는 순간, 여자아이는 무사히 농장에서 나갈 수 있어."

"약속해, 내가 농장으로 가면 선이를 풀어준다고."

"약속한다니까. 우리도 그런 여자아이는 필요 없어. 우리한테 필요한 건 바로 애니멀 201 너란 말이야. 너만 다시 농장으로 돌아오면 돼. 우리가 필요도 없는 걸 갖고 있을 이유가 없잖아. 믿어도 돼. 이건 실장님 약속이기도 하니까."

애니멀 201은 원래의 모습으로 되돌아왔다. 송곳니가 줄어들었고, 손톱과 발톱이 줄어들었다. 핏줄도 가늘어졌고, 볼과 손등에 난 털도 사라졌다.

"농장으로 돌아갈게."

4

애니멀 201은 차에서 내려 농장 안으로 들어갔다. 그러는 와중에도 주변에 대한 경계를 풀지 않고 언제든 도망칠 기세였다.

"선이 보고 싶어. 무사한지 확인할 거야."

애니멀 201의 말에 대위가 살짝 미소를 지었다. 한쪽 입꼬리만 올라간 기분 나쁜 미소였다.

"지금 당장 만날 수 있어. 그리고 당연히 여자아이는 무사하고. 실장님 방으로 가봐. 여자아이가 거기 있으니까."

애니멀 201은 곧장 오나도 실장 방으로 향했다. 그러면서 그는 생각했다.

'내가 속을 줄 알고. 네놈들이 무사히 선이를 풀어줄 리 없어. 네놈들은 선이 아빠도 죽였어. 그러니 선이도 죽일 거야. 내가 캡슐 속으로 들어가는 순간 말이야. 하지만 난 강해. 당장 선이를 데리고 이곳을 빠져 나갈 거야. 네놈들은 나를 막지 못해. 선이를 구하면 네놈들을 다 죽일 거야. 난 선이만 있으면 되니까."

실장 방의 문을 거칠게 열고 안으로 들어갔다.

오나도 실장은 방에 없었다. 고선만 혼자 소파에 앉아 있다가 들어오는 애니멀 201을 보았다. 그녀의 눈에 눈물이 맺혀 있었다.

"바보, 진짜로 와버렸어. 그렇게 농장으로 돌아가기 싫다고 해놓고선 진짜로 와버렸어. 오면 어떡해. 다시 돌아오면 어떡해, 이 바보야! 왜 왔어! 왜 왔냐고!"

고선이 소리 지르면서 눈물을 쏟았다. 애니멀 201이 얼른 고선 옆으로 가서 눈물을 닦아주었다.

"울지 마. 선이는 울지 마. 선이는 울면 안 돼. 누구도 선이를 울리게 하면 안 돼. 그럼 내가 가만 두지 않을 거야."

애니멀 201의 말에도 고선은 눈물을 멈추지 않았다. 오히려 애니멀 201의 가슴에 얼굴을 파묻은 채 더 크게 울었다.

"죽었대. 아빠가 죽었대. 거짓말이지? 나를 이곳으로 데려온 사람들이 그랬는데, 말도 안 돼. 절대 그럴 수는 없어. 저 사람들이 너도 이곳으로 올 거라고 그랬어. 난 네가 안 올 거라고 생각했는데, 그래서 차라리 나도 아빠 곁에 가게 죽여달라고 했는데, 왜 왔어? 왜?"

"선이는 안 죽어. 선이는 죽으면 안 돼."

"아빠가 죽었는데 나 혼자 어떻게 해."

"선이는 혼자 살지 않아. 나랑 같이 살 거야. 그래서 온 거야. 선이 데리러 온 거야. 난 이곳에 안 있을 거야. 선이 혼자 밖으로 보내지 않을 거야. 선이를 농장 사람들 손에 맡기지 않을 거야. 내가 선이를 데리고 갈 거야. 같이 이곳을 나갈 거야. 선이는 안 죽어."

애니멀 201의 말에 고선이 고개를 들었다. 애니멀 201의 가슴에 얼굴을 파묻고 울던 고선이 고개를 들었다. 그리고 애니멀 201의 얼굴을 빤히 쳐다보았다.

"그럴 수 있어? 정말 둘이 같이 이곳을 빠져나갈 수 있어? 애니멀 201하고 같이 이곳을 빠져나갈 수 있어?"

"빠져나갈 수 있어. 그건 너무 쉬운 일이야. 저번에도 쉽게 빠져나갔어. 나는 힘이 세. 농장 사람들은 나를 못 이겨. 어떤 걸 들고 와도 날 막을 수 없어. 그리고 나 지금 화 많이 났어. 나를 막는 사람은 누구든 죽여버릴 거야. 선이 아빠를 죽인 사람들이잖아."

그러면서 애니멀 201은 선이를 소파에서 일으켰다.

"나가자. 이제 여기에서 나가자."

"나, 실은 조금 무서워. 애니멀 201하고 무사히 이곳을 빠져나갈 수 있을까!"

"빠져나갈 수 있어. 무서워하지 않아도 돼. 아까 그 놀이기구 탈 때보다 훨씬 더 안 무서워."

"그래, 애니멀 201하고 함께 있으면 하나도 안 무서워. 하나도 안 무서울 거야. 고마워. 이렇게 나를 구하러 와줘서 고마워."

그러면서 고선은 갑자기 애니멀 201의 입술에 키스를 했다. 혀를 내밀어 애니멀 201의 입술을 벌렸다. 그리고 자신의 혀를 애니멀 201의 입속으로 집어넣었다.

애니멀 201은 당황하여 눈만 멀뚱하게 뜬 채 움직이지 않았다. 고선이 왜 이러는지 몰랐다. 하지만 고선을 밀쳐내고 싶지 않았다. 고선이 지금 무슨 짓을 하는 건지 알지 못했지만, 밀쳐내고 싶지 않았다. 기분이 묘했다. 몸 구석구석까지 파르르 떨릴 만큼 기분이 좋았다. 그래서 고선을 밀쳐내지 않았다. 가만히 놔두었다.

그리고 애니멀 201은 소파에 쓰러졌다. 스르르 무너지듯 몸이 소파 위로 쓰러졌다.

고선은 소파 위에 쓰러진 애니멀 201을 내려다보며 피식 웃었다.

"쉽네요. 당신 말대로 너무 쉬워요. 재미없을 만큼 너무 쉬워요."

그러면서 고선은 마치 소파 위에 쓰러진 애니멀 201을 놀리기라도 하듯 길게 혀를 뺐다. 도마뱀의 혀처럼 가늘고 길었다.

고선은 몸을 돌려 책상 쪽으로 걸어갔다.

그렇게 책상 쪽으로 걸음을 옮기는 동안 고선의 몸은 어느새 오나도 실장으로 바뀌어 있었다. 그리고 실장은 책상 위에 있는 안경을 쓴 뒤 송수신 겸용 이어폰을 귀에 꽂았다.

"계획대로 일이 잘 처리되었네요. 지금 제 방으로 오셔서 애니멀 201을 데리고 가세요. 다들 이번에 고생 많이 하셨어요."

그런 뒤 오나도 실장은 습관적으로 혀를 길게 내밀어 안경 브리지를 밀어 올렸다.

　김술 대위가 농장 경비대 대원 한 명을 데리고 오나도 실장 방으로
와선 애니멀 201을 끌어냈다. 실장의 방을 나와 경비대 대원과 함께
나동 연구소로 향하면서 김술 대위는 생각했다.

　'이번 같은 일이 또 한 번 일어나면 오나도 실장도 가만히 있지 않
을 거야. 대원들과 연구원들한테 확실히 주의를 줘야겠어. 안 그러면
내가 죽을지도 모르니까. 정신 바짝 차려야지. 일단은 감금 시킨 연구
원 녀석부터 처리해야겠어.'

　김술 대위가 사육실 문을 열고 안으로 들어갔다. 뒤이어 애니멀
201을 안고 있는 대원도 사육실 안으로 들어갔다.

　사육실 양쪽에는 수십 개의 캡슐이 일렬로 늘어서 있었다. 관 모양
의 타원형 캡슐이었다. 그리고 각각의 캡슐 안에는 애니멀 201 또래
남녀 아이들이 들어 있었다.

　김술 대위가 사육실 안으로 들어서자 곧이어 하얀 가운을 입은 젊
은 연구원이 나타났다. 애니멀 201을 담당할 새 연구원이었다. 젊은
연구원이 경비대 대원에게서 애니멀 201을 받아 들어 빈 캡슐 쪽으
로 갔다. 캡슐 앞 모니터에 애니멀 201이라는 글자가 적혀 있었다. 그
곳이 원래 애니멀 201이 들어가 있던 캡슐이었다.

　김술 대위는 젊은 연구원이 애니멀 201을 캡슐에 넣는 것까지 확인
한 후 발길을 돌리려 했다. 그러다 문득 생각났는지 애니멀 201 캡슐
옆의 다른 캡슐을 바라보았다.

　그 캡슐에는 애니멀 201 또래 여자아이가 들어 있었다. 여자아이가

캡슐 안에 잠들어 있었다. 그리고 캡슐 앞 모니터에 고선이라는 글자가 적혀 있었다.

김술 대위의 시선을 쫓으며 젊은 연구원이 말했다.

"애니멀 201 덕분에 농작물이 하나 더 늘었습니다. 역시 농장에는 농작물이 가득해야 일할 맛이 나지요. 이 농작물도 곧 품명을 부여받게 될 겁니다. 아직 어떤 연구에 쓰일지 정하지를 못해서요. 그래서 당분간 원래의 이름을 적어두었습니다."

"알겠습니다. 역시 농작물이 가득하니까 보기 좋군요. 농장에는 농장물이 가득해야지요. 이번에는 우리가 애니멀 201 덕을 좀 봤습니다. 그러니 특별히 신경을 좀 써주세요. 이 농작물도 마찬가지고요. 새로운 농작물에는 그만큼 관심을 가져줘야 하잖아요, 하하하하."

김술 대위는 그렇게 소리 나게 웃으며 사육실을 나왔다. 그리고 옆에 있던 대원에게 연구원을 처리하라며 감금실로 보낸 뒤, 자신은 곧장 상황 종료 보고를 위해 오나도 실장 방으로 향했다.

아름다운 감금

임태운

2005년 KT&G 상상마당 문학공모전에서 중편 「싹쓰러슈 데이」로 동상을
수상하였다. 2007년 SF 장편소설 「이터널 마일」로 한국전자출판협회 제2회
디지털 작가상에서 우수상을 수상하였다. 공동단편집 『죽은 자들에게 고하
라』, 『유, 로봇』, 『커피 잔을 들고 재채기』을 출간했다.

1

간혀 있다.

그것은 정신이 들자마자 T가 가장 먼저 깨달은 사실이었다. 분명 T
는 어두컴컴하고 작은 공간에 갇혀 있었다. 얇지만 딱딱한 재질의 작
은 판이 그의 몸을 압박하고 있었다. 숨쉬기가 힘들었다. 잔뜩 웅크려
있는 사지는 감각조차 느끼기 힘들었다. 질식에 대한 두려움이 온 몸
을 잠식하기 시작했다.

안간힘을 다해 T는 자신을 가두고 있던 무언가를 부수고 밖으로 기
어 나왔다. 그리고 T는 갇혀 있을 때와는 또 다른 절망감을 맛보았다.

"뭐…… 뭐야, 여기는?"

그곳은 꽤 널찍한 크기를 자랑하는 황량한 정육면체 건물의 내부였
다. 아무런 가구나 장식도 보이지 않았다. 그저 회색으로 칠해진 벽과

마찬가지로 회색 천장에 붙어 있는 커다란 전등 세 개 만이 T의 눈을 찌를 뿐.

"대체 무슨 일이 일어난 거지?"

관절이 아우성치는 소리를 애써 무시한 채 몸을 일으킨 T는 '어제'를 떠올리려 애썼다. 하지만 그 시도 끝에 건져 올린 것은 백지를 더듬을 때의 막연함뿐이었다. 어제가 생각나지 않는다. 그것은 그제의 경우도, 엊그제의 경우도 마찬가지였다.

"이름…… 내 이름도 기억이 나지 않아. 분명 T로 시작하는 것 같은데?"

전후좌우 동서남북이 온통 회색뿐인 이 폐쇄적인 공간에 T는 기억을 잃은 채 혼자 방치된 것이다. 누굴까? T를 이곳에 던져 넣은 자는. 그때서야 T는 자신이 실오라기 하나 걸치지 않은 알몸이라는 것을 깨달았다. 그것은 위협으로부터 그를 지킬 수 있는 어떠한 수단도 없다는 것을 의미했다. T는 자신도 모르게 양손으로 어깨를 감쌌다.

몸서리 처지는 공포가 밀려 왔다.

2

"아무도 없어요?"

천장에 부딪히는 메아리만이 T의 귀를 때렸다.

"창문도 없고, 출입구도 없어. 뭐 이런 곳이 다 있지?"

천장은 힘껏 뛰어도 닿지 못할 만큼 높았다. T는 직감했다. 이 회색 건물 안에 며칠만 더 갇혀 있어도 분명 미쳐버릴 것임을. 순간 무슨 생각이 든 T는 손으로 바닥을 매만졌다. 분명 따스한 온기가 느껴지고 있었다.

"난방은 되고 있는데."

그 때 T는 건물 바닥의 한 가운데에 동그라미가 그려져 있다는 사실을 깨달았다. 정교하게 그려진 검은색 원이었다. 혹시 어떤 장치가 되어 있을까 조심스레 만져보았지만 아무런 반응이 없었다. 어쨌든 누군가가 그를 이곳에 가두었다는 사실 한 가지만은 확실했다.

대체 누굴까? T에게 어떤 원한이 있기에 그를 가둔 것일까? T는 고개를 끄덕였다.

"탈출해야 해. 아무것도 기억나지 않지만, 일단 이 괴상한 건물에서 나갈 방법을 찾아봐야겠어."

하지만 막 정신을 차린 몸으로는 무리였다. T는 휴식을 취하기로 마음먹었다.

3

어느새 깜빡 잠이 들었다. 그리고 눈을 떴을 때 T는 스프링처럼 튕겨 오를 수밖에 없었다.

"맛있는…… 냄새?"

바로 코앞에 잘 차려진 음식 쟁반이 놓여 있었기 때문이다. 그것은 건물바닥에 그려진 동그라미 위에 놓여 있었다. 마치 바닥을 뚫고 올라오기라도 한 것처럼.

"누구야!"

반사적으로 주위를 둘러보았지만 헛수고였다. 창문도 없는 건물 내부 풍경에는 전혀 변화가 없었다. 뭐지? 가슴팍에서 바스락거리는, 어색한 감촉이 느껴졌다. 이런. 음식도 모자라 누군가 T에게 몸에 꼭 맞는 옷을 입혀 놓았다.

다시 음식으로 눈을 돌렸다. 두 눈이 의심스러웠다. 그릇에 담겨진 음식은 분명 김이 모락모락 나고 있었다. 그 옆에 T를 위한 숟가락까지 준비되어 있었다.

"어쩌지?"

고민은 짧았다. 무슨 속셈으로 T에게 옷을 입히고 음식을 줬는지는 모르겠지만, 분명한 것은 그가 몹시 배가 고프다는 거였고, 잘 생각해 보니 음식에 독이 들어 있을 것 같지는 않았다. T를 죽이려면 자고 있을 동안에 목을 그어버리는 것이 훨씬 쉬웠을 테니까.

T는 숟가락을 집어 들었다.

4

불가사의한 일은 바로 그 날부터 시작되었다.

어딘가에 있을 탈출구를 찾기 위해 수도 없이 건물의 벽을 두들기고 긁어보았지만 벽은 굉장히 단단한 재질로 만들어졌는지 꿈쩍도 하지 않았다. 어디를 두드리든 일정한 울림만 되돌아올 뿐. 바깥에서 들려오는 소음조차 없었다. 때문에 이곳이 어디에 지어진 건물인지 추측할 최소한의 단서를 얻는 것도 불가능했다. 하다못해 돌멩이 하나 굴러다니지 않았다. 생물체는 말할 것도 없다.

"어떻게 벌레 한 마리 없을 수 있냐고."

지칠 때까지 벽을 두드리다가 잠이 드는 기계적인 나날들이 계속되었다.

그런데 믿을 수 없게도 잠에서 깨면 어김없이 음식이 눈앞에 놓여 있었다. 여전히 방금 만든 듯, 김이 모락모락 나는 채로. 출입구도 없는데 대체 무슨 수로 음식을 운반하는 것일까? 어째서 음식만을 놓고 사라지는 것일까. T는 꾸역꾸역 배를 채우면서도 꼬리에 꼬리를 물고 생겨나는 질문들을 어찌할 수가 없었다.

소음이 전혀 없는 걸로 미뤄보면 상당히 외진 곳이 분명하다. 깊은 산 속일 수도 있고 사막 위일 수도 있다. 제발 아니길 바라지만 심해일 수도 있다. 저절로 한숨이 나왔다. 기껏 탈출에 성공했는데 만약 바깥이 빛 하나 들어오지 않는 바다 속이라면 절망적이다.

그럼 음식들은 어디서 공급되는 건가. 적은 양이지만 메뉴가 다양하고 영양분 계산도 철저해 보인다. 야채는 언제나 싱싱함을 유지하고 있다. 어쩌면 T가 갇혀 있는 이곳은 거대한 건물의 일부일 수도 있다는 생각이 들었다.

잠든 순간에 나타나는 음식. 똑같은 일이 며칠째 계속되자, T는 한 가지 묘책을 생각해 냈다. 거짓으로 잠든 척해 보는 것이다. 음식은 분명 T가 깊이 잠든 순간을 틈타 운반된다. 눈을 감은 채 정신만 바짝 차리고 있다면 누가 음식을 놓고 가는지 확인할 수 있겠지. 안에서는 열리지 않는 출입구가, 그 때는 노출될 수밖에 없다. T는 주먹을 꽉 쥐며 생각했다. 주먹 안으로 살의가 모이는 것 같다.

'누가 들어오든 간에 멀쩡히 돌아갈 순 없을 거다.'

5

"빌어먹을."

T는 보기 좋게 당한 것을 인정했다. 범인은 보통 치밀한 놈이 아니었다. 어떻게 알았는지 잠든 척하고 있는 T를 간파하곤 절대 모습을 드러내지 않았던 것이다. 누운 채로 몇 시간이 지났을까. 범인은 끝내 아무런 기척도 보이지 않았다. 긴장감이 풀린 T는 깜빡 잠이 들고 말았다. 그리고 눈을 떴을 때는 욕지거리를 내뱉을 수밖에 없었다.

마치 그를 우롱하듯이 눈앞에 놓여 있는 쟁반과 음식.

"망할!"

챙그렁!

격한 발길질로 쟁반을 걷어차 버려도 분은 풀리지가 않았다. 이런 상황에서 이성을 유지하기란 불가능한 일이었다.

"당장 나와, 개자식! 듣고 있냐! 비겁하게 숨지 말고 나오란 말이야!"

T는 천장을 향해 벽을 향해 소리쳤지만 대답은 없었다. 만약 대꾸가 있었다면 T 역시 당황했을 것이다. 그러나 언제까지고 반응 없는 시위를 할 순 없는 노릇이었다.

"내가 미쳐가는 과정을 관찰하고 있는 거냐?"

T는 어떻게 해서든 이 상황에 변화를 가져오고 싶었다. 그건 어느새 '탈출'에 대한 갈망을 넘어서 일종의 '강박'으로 자라나 있었다.

T는 좀 더 지독한 방법을 쓰기로 결심했다.

만약 범인이 어디선가 T를 지켜보고 있다면 분명 천장에 무언가 장치가 되어 있을 것이었다. T는 벽을 타고 올라가보기로 했다. 밋밋한 벽에 손톱이 파고든다. 끔찍한 고통이 느껴졌지만 T는 전의를 불태웠다. 벽에서 떨어지고 다시 올라가기를 얼마나 반복했을까. 결국 T는 벽면의 절반까지 올라가는 집념을 보여주었다. 그러나 순간 다리에 경련이 일어나는 바람에 T는 벽에서 떨어지고야 말았다.

쿵.

등부터 강하게 땅 위로 떨어진 T는 척추를 파고드는 고통 끝에 기절해 버렸다.

온 몸에서 열이 났다. 그토록 몸을 혹사시켰으니 멀쩡할 리가 없는 것이다. 아무것도 보이지 않는 와중, T는 의식을 잃었다가 깨어나기를 반복했다. 세 번째로 깨어났을 때였나. 느닷없이 차갑고 뾰족한 것이 오른쪽 팔을 찔러 왔다.

'뭐지, 이건. 드디어 범인이 나를 죽이는 건가?'

자신을 가둔 범인의 얼굴도 보지 못하고 이대로 죽는다는 생각을 하니 T는 분했다.

6

T는 멀쩡해진 다리를 구부렸다 펴 보았다.

'치욕스럽다.'

범인은 T를 죽이기는커녕 완벽히 회복시켜 놓았다. 그 뾰족한 것이 T를 찌른 다음날 통증은 씻은 듯이 사라졌고, 원기도 살아났다.

"차라리 죽이란 말이다. 빌어먹을 놈아."

그렇게 중얼거리긴 했지만, T는 끝내 자살할 용기조차 내지 못했다.

죽음이 두려워서도, 범인의 얼굴을 보지 못한 게 안타까워서도 아니었다.

"내 이름이 무엇인지도 모른 채 죽을 수는 없잖아."

그 후, T는 충분한 수면을 취하기 시작했다. 깨어나면 눈앞에 놓여 있는 음식도 절대 남기지 않았다. 탈출하기 위해선 체력을 길러야 한다. 비실비실 하고 있다간 범인이 나타났을 때 주먹 한 방도 날리지 못할 것이다.

그런 T의 마음을 알기라도 했는지 어느 날 제자리에서 달릴 수 있는 러닝머신이 방 안에 들어서 있었다. T는 거기에 대해 고민하는 시간도 아깝다고 생각했다. 망설이지 않고 러닝머신 위에 올라섰다. 성능은 아주 만족스러웠다.

먹고, 자고, 몸을 단련하는 생활이 시작되었다. 그 동안 T의 몸은 하루가 다르게 탄탄해져 갔다. 충분한 영양분과 넘치는 운동량의 결과일 것이다. 처음 정신을 차렸을 때와는 비교도 할 수 없을 만큼 T의 체격은 좋아지기 시작했다. 이젠 인간이 아니라 맹수가 덤벼 와도 쓰러져 있는 쪽은 상대방일 것이라 확신했다.

가끔 격렬한 운동 끝에 T의 몸이 땀으로 범벅이 되어 있을 때는, 일어나 보면 욕조가 놓여 있기도 했다. 위치를 보아하니 욕조의 정중앙 아래에는 분명 그 검은 동그라미가 그려져 있을 것이었다. 정확히 그 위치였다.

"더러운 건 싫다 이건가. 살찌운 다음 잡아먹기라도 하려는 거냐."

짧게 비웃음을 흘렸지만 T는 순순히 욕조에 몸을 뉘였다. 거부할 이유가 전혀 없기 때문이다. 물론 욕조는 다음날 사라져 있었다.

7

그로부터 며칠 뒤. 혼자라는 것을 깨달았을 때의 공포 이후로, 그와는 비교도 할 수 없는 공포가 T를 찾아왔다. 눈을 떠 보니, 평소와는 다른 것이 한 가지가 있었던 것이다.

음식이…… 놓여 있지 않았다.

다음날도, 그 다음날도 상황은 다르지 않았다. 범인은 더 이상 T에게 음식을 공급하지 않기로 한 것 같았다. 전혀 생각지도 못했던 상황이 발생하자 T는 매우 당황했고, 당황하는 것 외엔 아무것도 할 수가 없었다. 매일 반복하던 운동도 멈춘 채 멍하니 있을 수밖에 없었다.

'날 버린 건가.'

이제 여기엔 T 외엔 아무도 없을지 모른다. 그 사실이 T의 손끝 혈관을 타고 온 몸을 잠식해 들어갔다. 범인의 존재를 항상 주지시켜주던 음식이 끊기자 아이러니하게도 배고픔보다 외로움이 더 먼저 찾아왔다.

T는 머리를 붙잡고 주저앉았다. 뭐가 어떻게 되어 가는지 알 수가 없다. 범인은 T가 미쳐가는 꼴을 보고 싶었던 게 아니라 굶어 죽어가는 꼴을 보고 싶어 했던 것일까. 무엇이 됐던 간에 T의 목숨이 얼마 남지 않았다는 사실엔 변함이 없었다. 먹지 않고 살아갈 수 있는 생명체는 아무것도 없다.

"어이가 없군. 숱한 죽음을 떠올렸지만 굶어 죽게 되리라곤 생각지 못했는데."

눈앞이 뿌옇게 흐려 왔다. 죽음에 대한 공포도, 범인에 대한 증오도 서서히 희미해져갔다.

며칠 후. 그렇게 T는 굶어 죽었다. 바닥에 사지를 뻗고 누운 채 천장을 쏘아보는 자세 그대로.

마지막 순간까지 T의 뇌리를 떠나지 않았던 건, 매일 반복되는 음식의 맛도, 출입구 따위 없는 회색 공간에 대한 저주도 아니었다. 오직 단 하나의 질문이었다.

그나저나.

대체.

난 누구란 말인가.

8

"정신이 드십니까, 손님?"

빛. T의 눈을 찌르는 강렬한 빛이 느껴졌다. T의 의식이 심연의 밑바닥에서부터 부초처럼 서서히 떠오르기 시작했다. 어떻게 된 거지? 난…… 죽은 게 아니었나.

"눈이 부신가 보군요. 프로토 타입의 몸이라서 그럴 겁니다. 지구인의 신체를 조형하는 데에 갓 성공했을 때의 제품이거든요. 하지만 어쩔 수 없었습니다. 손님의 의식은 너무나 미약했고 소멸 직전에 발견된 터라 이런 것에 탑재할 수밖에 없었거든요."

대체 이 자가 무슨 소리를 하는 거지? 강렬한 빛은 여전히 사라지지 않고 있었다. 빛에 익숙해지고 시야가 확보되자 목소리의 주인공이 눈에 들어왔다. T는 자신의 눈을 의심했다. 머리에 더듬이가 달린 커다란 주황색 애벌레가 T를 쳐다보고 있었다.

"당신은 누구죠? 혹시 날 가뒀던 범인?"

T는 질문을 했지만 이미 답을 알고 있었다. T를 가둔 자일 가능성은 희박했다. 만약 범인이라면 이런 말을 꺼낼 리도 없었을 것이다. 애벌레는 예의 그 친절한 목소리로 말하기 시작했다.

"아닙니다. 저는 우주부활 주식회사의 기록담당관 7953482번입니다."

"우주부활…… 주식회사?"

"네. 우리가 하는 일은 전 우주를 돌아다니며 수명이 다한 행성에 남아 있는 생명체의 의식이나 잔류사념을 채취, 복원시키는 일을 하고 있습니다. 우주역사사전 작성에 큰 도움이 되기 때문이죠."

"수명이 다한 행성이라니?"

"당신은 오래 전 수명을 다한 '지구'라는 행성에서 발견된 의식이었죠. 지구의 황폐화 된 공중을 떠돌고 있었습니다. 아마 사망한지 4억 시간은 족히 되어 보였습니다."

대체 뭐라고 하는 건지 T는 하나도 알아들을 수가 없었다. 그럼 죽었다 살아난 건가? 혼란스럽기 그지없었다. 바로 그때 T의 정신을 번쩍 들게 만드는 말이 들려왔다.

"저희는 의식의 복원뿐 아니라 그 의식의 배경까지 복원할 수 있습니다. 아직 작업이 완료되지는 않았지만 혹 궁금한 것이 있다면 뭐든지 물어보십시오."

궁금한 것? 그래, 궁금한 것. 잔인하게도 질문은 너무나 많지.

"난 어떤 인간이었습니까?"

기록담당관 7953482번은 잠시 뜸을 들인 뒤에 대답했다.

"너무 오래되고 미약한 의식이라 아직 완벽히 해독해 내지는 못했습니다. 하지만 지금까지 알아낸 사실은 손님의 수명이 매우 짧았고, 에너지 고갈로 숨이 끊어졌으며, 한 지구인의 아름다운 선의에 의해 보호되고 있었던 것 같다는 사실입니다."

이건 또 무슨 소린가? T는 코웃음을 쳤다.

"보호라니? 웃기는군. 감금이겠지. 난 갇혀 있었어요. 누군가가 굶겨 죽인 거라고요."

"죄송합니다만 감금의 이유까진 저희 우주부활 주식회사가 확인할 수가 없군요. 손님처럼 오래된 의식이 복원된 건 굉장히 이례적인 일이거든요. 손님의 잔류사념이 굉장히 강렬히 남았기 때문이 아닌가 싶지만요. 시간이 지나면 더 많은 정보가 해독될 테니 차근차근 기다려 보면 될 겁니다. 그럼 전 잠시 후에 다시 찾아뵙죠."

결국 도움이 될 만한 정보는 하나도 없었다. T는 마지막으로 기대를 걸어볼 만한 질문을 던졌다.

"잠시만요."

7953482번은 즉각 대답해 왔다.

"뭡니까, 손님?"

"혹시……"

목이 메여 온다. 죽기 직전까지도 알고 싶었던 질문인데, 왜 하지 못하는 거냐.

"손님?"

그는 재촉했고, T는 겨우 마음을 추슬렀다.

"혹시 제 이름이 뭔지 알 수 있을까요? 죽기 전 기억을 잃어버려서 아무것도 기억나는 게 없습니다."

주황색 애벌레는 여전히 친절한 목소리로 대답했다.

"이름이라 군집에서 개체를 구분하기 위해 붙이는 표식을 말씀하
시는 건가요. 제 7953482번처럼?"

"그, 그래요. 제 이름…… 이름을 알고 싶습니다."

"잠시만 기다려 주십시오. 손님께서 기억을 못하신다고 해도 검색
해 보면 나올 겁니다."

그 말을 끝으로 7953482번은 유리로 만들어진 정체불명의 기계에
손을 대고 무언가를 중얼거리고 있었다. 검색을 하는 모양이었다. 어
쨌든 그 찰나의 시간이 T에겐 죽었다 깨어난 시간보다 더 길게 느껴
졌다.

'드디어…… 내 이름을 알 수 있는 건가.'

갑자기 밝아진 목소리로 그가 말했다.

"축하드립니다, 손님. 다행히도 자료를 찾아낼 수 있었습니다."

"뭐죠?"

7953482번은 말로 하는 대신 유리판 기계에 문자를 투영시키기 시
작했다. 그것은 지구의 언어로 되어 있었고, 물론 T는 그것을 알아 볼
수가 있었다.

그것은 하나의 이름이었다. 그토록 알고 싶어 했던 T의 이름.

"손님? 슬프신가요?"

"네?"

"프로토 바디의 눈이 녹색이 되어 가고 있습니다. 그것은 지구인들
이 생전에 눈물을 흘렸을 때와 같은 반응입니다."

"하하. 아닙니다. 사람은 슬플 때뿐만 아니라 기쁠 때도 눈물을 흘리는 생물입니다. 너무 기뻐서요. 제 이름을 알았다는 게. 제가 드디어…… 과거를 선물 받은 거잖습니까? 그게 너무 기쁩니다."

"그렇습니까."

감정이 조금씩 진정되어 가기 시작한다. 프로토 바다라는, 기계에 들어가 있기 때문일까. 기계라…… 그러고 보니 이제 난 기계에 의존해서 살아가야 하는 건가. 아니, 절망은 사치다. 기억을 잃은 채 감금당하고 굶어 죽어야 했던 지난 생보다는 지금이 훨씬 나은 것이다. 적어도 난 내 이름을 알고 있잖은가?

살자.

비록 기계덩어리로 부활한 몸이라지만 살아야 할 이유를 찾았잖아.

"고맙습니다. 정말 고마워요."

7953482번은 기쁨의 표시인지 몸을 출렁이며 대답했다.

"그리 큰일은 아닙니다. 우주부활주식회사는 우주 고객들의 편의를 위해서라면……"

"저…… 부탁이 하나 있습니다."

"뭐죠?"

"제 이름을…… 불러봐 주시겠습니까? 누군가의 입으로 듣고 싶습니다."

"제 발성기관은 지구인의 '입'과는 다르지만 동일한 소리를 들려드릴 수도 있지요. 그거라도 괜찮을까요?"

"네, 물론입니다."

가슴이 벅차오른다. T가 살아 있다는 걸, 존재한다는 걸 증명할 수 있는 순간인 것이다. 치욕적인 감금생활, 자신이 누군지도 모른 채 죽어야 했던 지난 생의 나날들이 주마등처럼 스쳐지나가기 시작했다.

7953482번은 더욱 크게 몸을 출렁였다. T에겐 그 모습이 더할 나위 없는, 환한 미소로 느껴졌다.

그가 T의 이름을 불러주었다.

"부활을 환영합니다. ……미스터 타마고치."

해바라기

정희자

공동 단편집 「앱솔루트 바디」, 「유, 로봇」, 「커피 잔을 들고 재채기」를 출간
했다. 웹진 《크로스로드》, 웹진 《거울》, SF무크지 《미래경》에 소설 및 서평
을 게재했다. 웹사이트는 http://pilza2.com이다.

해맞이가 다가오자, 마을은 온통 축제 분위기에 휩싸였다.

둔감하다 싶을 정도로 관심이 없던 나조차도 감지할 정도로 그 변화는 빠르고 또렷하게 나타났다. 교실 안의 아이들과, 거리에서 마주치는 사람들의 얼굴에서 활력과 기대감이 무럭무럭 피어난다. 나이든 어른들이야 따분함을 달래줄 행사가 모처럼 다가왔음을 반기는 흐뭇함일 테고 내 또래는 어떤가? 다른 것보다도 우리 바로 윗세대, 그동안 우리를 보고 '해 구경도 못 해본 것들'이라며 놀려대던 이들과 동등한 어른으로 대접받을 수 있게 되었다는 이유에서 누구 못지않게 설레며 기다리고 있었다.

태양제(太陽祭), 즉 해맞이 축제는 성인만이 참가할 수 있기 때문에 우리 세대는 운이 좋은 편이다. 13세에 처음으로 태양제에 참가하게 되었으니 말이다. 그 중에서도 나는 정말 특별한 경우였다. 해맞이는 물론이고 태양을 보는 것 자체가 이번이 명실 공히 첫 경험이 되니까. 6년 전 태양이 뜨는 날 7살의 나는 방에 갇힌 채 혼자 있었다. 재수 없게 사흘 전에 발병한 성홍열으로 인해 격리 조치를 당했기 때문이었다. 마을은 사방이 막힌 거대한 폐쇄공간이었기에 전염병은 가장 민감하고도 엄격하게 다뤄지고 있었다. 모두들 태양을 바라보며 감탄을 하고 기쁨의 축제를 벌이고 있을 무렵, 아무도 없는 좁고 어두운 방 안에서 나는 조그만 기억 하나만을 얻었다.

지금도 그 순간을 되살릴 수 있다. 납빛 공간 속에서 끙끙 앓고 있을 때, 일순 주위가 안개가 낀 듯 희부옇게 변하는 걸 느꼈다. 처음엔 열과 땀으로 인해 시야가 흐려진 때문으로 알았지만, 누운 채로 고개를 뒤로 젖히니 내 뒤쪽 벽, 키도 안 닿는 높이에 있는 둥근 창문에서 반한 빛이 비치는 것이 아닌가. 열린 적도 빛이 들어온 적도 없기에 지금까지 있는지도 몰랐던 둥근 선창(船窓)이었다.

그 으슴푸레한 잔광만이 내가 가진 태양에 대한 이미지의 전부였다. 그 전에는 내가 3살 때 일이라 잘 기억이 나지 않는다. 태양제가 뭔지도 몰랐을 정도로 어렸으니까. 그저 주위가 시끄러웠고, 또래 아이들과 함께 카펫이 깔린 널찍한 방에서 뒹굴며 놀았던 기억만이 남아 있다.

* * *

학교에 가도 달라진 분위기가 역력했다. 아이들은 오랜 지루함에서 벗어나 마음껏 일탈할 수 있는 이 절호의 기회를 놓치려 하지 않았다.

그들은 어른들로부터 들은 화려했던 태양제 이야기를 꺼내며 자신들도 이 파티의 일원이 될 수 있다며 기대를 마음껏 부풀렸다.

운동회나 학예회 직전과도 비교가 되지 않을 정도로 들뜬 상황이라, 제대로 수업을 할 수가 없었다. 심지어 몇몇 선생님들은 자신들의 경험담을 들려주는 걸로 수업을 대신하기도 했다. 우리는 모두 수업 시간엔 볼 수 없던 반짝이는 눈동자를 하고서 선생님의 말을 한껏 빨아들였다.

"모두 조용히! 교과서 71 페이지를 펴세요!"

그런데 그 좋던 분위기를 깨는 일갈. 우리는 모두 에이, 우우, 선생니임 하는 낮은 소리를 내며 칭얼거렸으나 아무 소용이 없었다. 역사 담당인 할매탕구만은 한 치의 흔들림도 없이 평소대로 수업을 진행하려 했다.

"너희들은 이번 태양제가 처음이겠지만, 나는 벌써 열 번도 넘게 참여해 왔어. 지금 돌아보면, 태양제의 참 의미를 모두 잊어버리고 있는 게 아닌가 싶어 심히 안타깝구나. 그냥 춤추고 놀자고 벌이는 잔치가 아니란 말이야. 누구 태양제를 왜 개최하는지 아는 사람 있나?"

그런 것은 묻지 않아도 누구나 안다. 우리가 사는 마을은 거대한 배고, 배의 바깥은 바다와 구름과 비와 바람으로 가득 차 있다. 날씨는 언제나 흐림 또는 비이고, 바깥세상은 위험한 곳이어서 누구도 나갈 수 없다.

과학시간에 배운 바에 의하면 우리가 사는 별은 타원형의 공전주기를 갖고 있으며 주위 항성들 간의 중력 간섭으로 주기가 일정치 않다. 태양에 가장 근접하는 시기는 대략 3년 안팎인데, 그나마도 하늘이 먹구름에 싸여 있으면 태양을 관측할 수가 없다. 운이 좋게도 구름이 옅어지거나 바람에 밀려나서 비도 오지 않고 구름도 걷힌 맑은 날에 태양과 근접하게 되면, 육안으로도 해를 볼 수 있게 된다. 그 날이 오면 배는 천장을 활짝 열고 모두들 광장으로 나와 태양 아래 춤추고 노래하며 해맞이를 한다.

대충 그런 비슷한 이야기를 지명당한 몇 명의 아이들이 일어서서 말했다. 할매탕구는 역사 선생답게 그 대답에 하나 더 덧붙였다.

"태양숭배 사상은 저 멀리에 있는 우리의 고향, 지구에서 전래된 거예요. 지구는 우리와 달리 사시사철 하늘이 맑게 개어 있고 바다만큼이나 거대한 육지가 있어 사람들은 모두 그 위에서 살면서 하루의 반을 태양 아래에서 보냅니다. 빛과 힘, 그리고 창조의 근원으로서 태양을 숭배하는 것은 당연한 일이겠죠. 그리스, 로마, 이집트 등 대부분의 고대 문명에서는 태양을 신격화해 왔던 것입니다."

아, 그래요? 애들은 흥미 없다는 표정으로 듣고 있었다. 탕구는 이미 수업 모드로 들어가 있었고, 우리의 부푼 기대는 사그라들었다. 김 빼는 데는 뭔가 있다니까.

역사시간에 우리가 배우는 것은 지구의 역사였고, 지리시간에 배우는 것은 지구의 모습과 나라였다. 대체 가본 적도 없고 앞으로 갈 일도 없을 지구에 대해 왜 배워야 한담? 더구나 거기는 땅도 크고 사람들도 많이 살아서 외워야 할 것이 한두 개가 아니었다. 오대양 육대주의 이름은 학교에 들어가면 가장 처음 배우는 것 중의 하나였다.

사실 지금 여기에, 지구에서 온 첫 세대는 아무도 없었다. 100세를 넘긴 최고령자 어른조차도, 당신이 나고 자랄 무렵의 마을은 지금과 아무런 차이가 없다고 했다. 역사시간에선 약 1400년 전에 지구에서 온 탐사선이 이 행성에 처음 도착하였고, 얼마 후엔 대규모 조사단이 도착하여 지구화(Terraforming, 테라포밍) 과정을 시작했다고 말한다. 하지만 교과서는 결과적으로 실패했다고 기술한다.

결국 철수를 거부한 소수만이 선박형 부유도시에 남았지만, 지구연합 정부에선 초소형 국민체로 간주할 뿐 정식 국가로는 인정하지 않았고 지금까지 우리는 난민이나 마찬가지인 상태라고 한다.

그래봤자 그건 다 옛날이야기에 불과했다. 지구와의 교류는 이미 1000년 가까이 끊긴 상태이고, 우리 모두 지구에 대해서는 학교에서 배우는 지식 이상을 알지 못한다. 산소 부족과 그에 반비례한 이산화탄소 증가, 인구의 증가와 식량 부족이 맞물려서 3세대가 지나자 선조들은 자급자족을 위해 문명 생활을 포기하고 산아 제한과 사회주의에 입각한 농업 중심의 부족 공동체가 되어 오늘까지 이어져 왔다. 이 정도는 우등생이 아니라도 수업 시간에 졸지만 않으면 다 알고 있는 간단한 역사다.

우리의 역사는 이토록 간단명료한데도 공부를 시키고 경쟁을 시켜야 성에 차는 어른들은 기어이 골치 아픈 지구의 역사를 우리에게 외우도록 강요하고 있단 말이다. 우리가 지구에서 일어난 전쟁과 지구에서 활약한 인물들에 대해 알아서 어디에 써먹으라고.

* * *

"다음은 재, 진타라는 내가 제일 처음이야. 먼저 손대면 죽을 줄 알아."

으름장을 놓는 남자애의 표정이 끔찍했다. 그 얼굴과 몸짓은 텔레비전에서 본 지구의 영상을 환기시켰다. 아프리카라는 상상도 못할 만큼 거대한 대륙에 산다는 마운틴 고릴라의 모습이었다. 산속 울창한 숲에서 살고 우두머리가 암컷들을 모두 섭렵하는 야생 동물.

녀석은 영락없는 마운틴 고릴라 대장이었다. 주위에는 덩치가 작은 수놈들이 어슬렁거리며 남은 암컷들 얻을 생각만 하며 눈치를 살피고 있었다.

소름이 끼치도록 기분 나쁜 점은 녀석이 가리킨 '쟤'가 바로 나라는 사실이다. 며칠 전부터 태양제가 다가오자 고릴라들은 한데 모여 반의 여자애들을 가리켜 얘는 네 거고, 쟤는 내 거고 하는 식으로 품평을 하고 나눠가지고 있었다. 정말, 여자들은 아무 말도 생각도 안 하는데 전부 자기들 멋대로 정하고 있다. 언제부터 우리가 사는 세상이 남존여비 일부다처제 사회가 된 거지? 그건 지구에서조차 사라진 낡은 인습이라고 배웠는데 말이지.

지금 우리 마을은 철저한 모계사회다. 자식에겐 배 아파 낳아준 어머니만이 법적, 사회적인 보호자요 양육권자이다. 아이를 수정시켜준 남자가 누구인지는 중요하지 않다. 친척관계는 오직 직계 여성으로만 존재했다. 어머니, 할머니, 증조할머니……. 12세 이상의 성인 여성은 누구나 어머니가 될 자격이 주어지고 12세를 넘은 성인 남성은 친족을 제외한 성인 여성 누구와도 관계를 가질 수 있다(물론 상대의 허락이 있을 경우에만.).

성인들의 성관계는 가능해도 임신과 출산, 양육은 모두 여성들에 의해 정해지고 인구는 철저하게 통제된다. 마을을 다스리고 도시를 운영하는 정치, 사회, 문화 지도자의 자격은 아이를 낳은 경험이 있는 폐경기 이후의 여성에게만 주어진다. 남자들은 모두 그들의 수족이 되어 복무할 뿐이다.

하지만 딱 하루의 예외가 주어지는 날이 있으니 바로 태양제 때라고 한다. 그 날만은 유일하게 남자들에게 이 사회의 주도권이 넘어간다고 한다. 남자들의 육체적인 힘과 야성이 모든 것을 지배하고 판단한다는 것이다. 태양제 동안에 모든 성인 남녀들은 누구와도 성관계가 가능하며 거부할 수 없었다(물론, 어머니를 포함한 친족을 제외하고). 아울러 피임에도 신경 쓸 필요가 없다고 하니 그야말로 남자들의 고삐를 풀어주는 날인 셈이었다. 평소에는 사회가 엄격하게 출산을 통제하고 있으면서도 이 날만 예외로 두고 있었으니 거의 일정한 간격을 두고 또래가 많은 이유도 이것으로 설명이 가능했다.

지식으로 들어서 알고는 있었지만 막상 경험해야 한다고 생각하니 끔찍했다. 우리가 태양제 때 벌어진 광란의 결과로 태어났다는 사실은 이성적으로 받아들이기 힘든 진실이었다. 이런 생각을 하는 여자애는 나밖에 없는 것인지, 주위를 둘러봐도 남자만이 아니라 여자들까지도 어떻게 치장을 하고 누구를 만날까에 대해서 얘기하며 들떠 있었다. 억눌린 남자들의 야만성이 마음껏 활개 치는 단 하루, 3년에 한 번이나 올까 말까한 그 날이 이제 열흘도 채 남지 않았다.

"야, 왕눈이. 넌 내가 제일 먼저야. 목욕재개하고 준비하고 있어, 알았어?"

이미 내 안에서는 대장 고릴라로 굳어진 도앙두안이 내 어깨를 툭 치면서 희롱했다. 수업을 마치고 교실을 나서던 참에 벌어진 일이었다. 평소라면 이런 말과 행동을 대놓고 하지 못함은 물론이고 설사 녀석이 짓궂은 장난을 치더라도 '선생님께 이를 거야.' 혹은 '엄마한테 다 말해.' 같은 퇴치 주문만으로도 녀석을 쉽게 물러나도록 만들 수 있었다.

그렇지만 지금은 그런 말을 해도 아무 소용이 없을 것임을 잘 안다. 뒤에 있던 똘마니 고릴라들이 일제히 낄낄거렸다. 다음은 내 차례라는 둥, 왕눈이는 가슴이 작아서 별로라는 둥, 제 멋대로 입에서 나오는 대로 지껄이고 있었다.

태연한 척하려 애썼지만 모멸감과 두려움에 몸이 떨리고 눈물이 삐져나왔다. 여자인 내가 왜 이런 꼴을 당해야 하나? 그것도 작년에 성인식을 치른 엄연한 성인인 내가 말이다. 하지만 성인이 된 이상 태양제를 피할 수는 없었고, 나도 꼼짝없이 열린 천장 아래서 남자들이랑 몸을 섞어야만 할 운명이었다. 고릴라의 두터운 손이 내 어깨를 움켜쥐더니 민소매 셔츠 아래 드러난 팔뚝 밑으로 서서히 미끄러져 내려왔다. 그의 열기와 끈적한 욕망이 손바닥을 통해 내 살 안으로 침투해 들어왔다. 온몸의 털이 곤두서는 공포와 혐오감을 맛보았던 그때,

"더러운 손 치워. 해 뜨려면 한참 멀었으니까."

차가운 목소리와 함께 어느새 내 앞을 막아선 여자애가 있었다.

이름은 반옌. 달리기 잘하기로 유명한 옆 반 아이였다. 키도 크고 다리도 길어서 남자는 물론 여자애들에게도 인기가 많다. 작년 체육대회 때 100미터 달리기, 장애물 달리기, 단체 릴레이를 모두 우승해

서 인기의 정점을 찍었다. 운동은 영 젬병인 나도 선망의 눈길을 보내
곤 했는데, 서로 얼굴과 이름만 아는 정도였지 제대로 이야기를 나눈
적도 거의 없었다. 반옌은 대부분 시간을 혼자 보내는데, 같은 반 여
자애들이 밥을 같이 먹자거나 숙제를 같이 하자며 달라붙어도 무심
한 표정으로 대할 뿐이어서 오래 버티질 못하고 모두들 고개를 저으
며 물러나곤 했다.

어떻게 옆 반 아이에 대해 그렇게 잘 아냐고 물으면, 나 역시 그렇
게 다가가고 싶었지만 몰래 지켜볼 뿐 결국 실행하지 못했음을 떠올
리며 고개를 숙일 수밖에 없다. 저 아이의 모습을 떠올리면 얼굴이 붉
어지고 가슴이 세차게 뛴다는 말을 누구에게 할 수 있겠는가.

고릴라는 생각지 못한 방해에 약간 놀란 듯했으나 이내 눈썹을 찌
푸리며 위협하는 듯한 표정을 지으며 빈정대었다.

"쳇, 누구신가 했더니 옆 반 껃다리 아냐? 두고 봐. 넌 태양제 날 혼
자서 멀뚱멀뚱 서 있을 테니까. 그게 얼마나 쪽팔리는지 알기나 해?
형들이 그러는데 태양제 때 짝짓지 못한 사람은 왕따 당한대. 여자는
애도 못 낳는 반편이 취급받고, 남자는 고자 소리 듣는다더라."

반옌은 고릴라의 야유에도 눈썹 하나 움직이지 않고 태연히 맞받아
쳤다.

"그래? 그럼 너희들도 미리 듣고 익숙해지는 게 좋겠네, 이 고자들
아."

"씨팔, 방금 뭐랬어?"

고릴라가 당장이라도 때릴 듯 주먹을 치켜들었다. 남자가 여자를
때리려 하다니, 상상도 못 할 일이었다. 하지만 반옌의 행동이 더 빨랐

다. 고릴라가 정강이를 차이며 반사적으로 몸을 앞으로 숙인 순간, 반엔은 들었던 놈의 팔을 붙잡고 그대로 한 바퀴 돌리며 바닥에 패대기를 쳤다.

슬쩍 쳐다보니 똘마니들은 쫄아서 덤빌 생각도 못하고 있었다. 반엔은 숨소리 하나 변하지 않은 채 그들에게 말했다.

"거기 부하 고자들, 너네 두목 일으켜줘라."

고릴라는 부축을 받으며 간신히 몸을 일으키면서도 씩씩거리며 으르렁거렸다.

"에이 씨, 태양제 때 두고 보자!"

"그 날 나를 보면 도망가는 게 좋아. 그때는 아주 바다에 빠뜨려 줄 테니까."

놈들은 물러갔고 주위에 있던 아이들이 감탄사를 내뱉었다. 박수를 치는 여자애도 있었다. 반엔은 나를 돌아보며 굳었던 얼굴을 풀고 미소를 지어보였다.

"어때? 기분 좀 풀어졌어?"

돌연 반엔이 나에게 물었다. 나는 깜짝 놀라 고개를 살짝 숙이며 대답했다.

"아, 응. 고마워, 나 때문에……."

"어차피 저 녀석들 한 번쯤 혼내주고 싶었어. 지가 뭐라도 된 양 나대고 다니잖아. 여자 무서운 줄도 모르고 말야."

우리는 함께 웃었다. 반엔은 기지개를 쭉 펴고는 반쯤은 혼잣말로 말했다.

"아~ 아, 힘을 썼더니 배고프네."

"우리 집에 안 갈래? 맛있는 거 줄게."

"좋지! 근데 나 장난 아니게 잘 먹는데 괜찮겠어?"

"걱정 마. 며칠 먹으려고 많이 만들어놨으니까."

자연스레 반옌을 집에 초대하게 되어 내 마음은 뛸 듯이 기뻤다. 그리고 하나 더, 지금껏 나만 알고 있던 비밀을 가르쳐주고 싶다는 생각이 들었다. 그렇게 되면 반옌과 나는, 세상에 없는 친구 사이가 될 수 있을 것만 같았기 때문이다. 비밀의 공유만큼 둘을 하나로 강하게 묶어주는 끈이 또 있을까.

* * *

우리는 수력발전으로 불을 밝힌 전등 아래로 상록수와 덩굴식물이 울창한 숲을 가로질렀다. 인공 강 위에 놓인 나무다리를 건너고, 해바라기가 빼곡히 찬 둔덕을 넘어 서어나무가 늘어선 가로수 길과 바나나 농장, 감자와 고구마 밭을 지나 우리 동네로 왔다. 반옌이 사는 마을은 남쪽 과수원 너머에 있기 때문에 조금 둘러서 오는 셈이었지만 이십 분 정도 거리여서 멀지는 않았다.

우리 집에 함께 들어와 매콤한 닭고기 만두를 잔뜩 먹고 배를 채운 후에 나는 반옌을 비밀 장소로 안내했다. 집에서 문 하나만으로 이어진, 콘크리트로 둘러싼 투박하고 약간 을씨년스러운 외견을 한 건물이다.

"와아……! 이게 뭉글이구나. 실물은 처음 봤어."

수조 앞에 선 반옌이 꾸밈없이 감탄을 하자 나는 애완동물 자랑이라도 하듯 뻐겼다.

"그치? 이래봬도 아무나 구경 못하는 거야."

뭉글이는 정식 명칭은 아니다. 발음도 어렵고 뭔가 그럴싸한 학명이 따로 있었지만, 내가 뭉글뭉글 움직인다고 뭉글이라 이름 지은 이후로 다들 그렇게 불렀다. 역시 이름은 부르기 쉬운 게 제일 아닌가. 우리가 호모 사피엔스 사피엔스가 아니라 그냥 사람이라고 불리는 것처럼 말이다.

여기는 우리 엄마의 연구실. 실은 엄마 몰래 연구실에 친구를 데리고 들어와서 연구 중인 표본까지 보여주고 있으니 들키면 나중에 된통 혼날지도 모를 일이었다.

엄마는 이 행성의 동식물을 연구하는 학자인데, 뭉글이는 이 커다란 물의 별에서 이전부터 살고 있던 토착 생물이라고 한다. 지구화를 위해 얼음을 녹이고 염화나트륨과 염화마그네슘 등을 투여했으나 지구의 어류를 방류해도 적응하지 못하고 다 죽었다고 한다. 결국 섣부른 수질 조정은 토착 생물의 개체 수만 줄어드는 결과를 맞아 뭉글이도 지금은 멸종 위기 단계에 처했다고 한다.

동식물 중에서 우리가 채집하고 조사한 것은 수십 종이 넘지만, 이 뭉글이는 유일하게 인간과 맞먹는 지능을 가졌다고 추측되기에 연구할 가치가 있었다. 엄마는 지구의 어류보다 뛰어난 지능을 가진 생물은 두세 종에 불과하다고 말했다. 그나마도 무언가 지적인 활동의 증거를 보이는, 의사소통을 하는 생물은 뭉글이가 유일하다고 한다. 하지만 그들이 발산하는 초음파를 해석하질 못해서 증명은 하지 못한 상태였다.

뭉글이의 외견은 멀리서 보면 지구의 생물 중에서 물범을 닮았다. 크림색의 둥글고 길쭉한 몸통에, 꼬리 끝과 양쪽에 조그만 지느러미가 불쑥 튀어나와 있다. 하지만 가까이에서 보면 마치 촉수가 없는 해파리처럼 반투명하고 물결을 따라 흐느적거리며 떠다니는 것을 볼 수 있다. 그래서 이렇게 깨끗한 수조 안에서는 두뇌며 장기와 같은 내부기관들이 생생하게 보인다.

뭉글이의 가장 큰 특징은 곤충처럼 두 가지 형태로 변태를 한다는 점이라고 할까. 지금 수조에 담긴 이 모습이 유체(幼體) 상태로 자유로이 바다를 떠돌아다니지만, 어느 시기 수천 킬로미터의 해저로 내려가 바닥에 몸을 고정시키고 성체(成體)로 탈바꿈하여 죽을 때까지 그 자리에 붙박인 채로 살아간다고 한다. 그때 성체의 모습은 목이(木耳) 버섯과 닮았다.

"신기하네, 실물은 처음 봤어. 그럼 얘는 언제 성체가 돼?"

내 설명을 견학 온 학생처럼 얌전히 듣고 난 반옌이 물었다. 나는 엄마 덕에 얻은 지식을 마음껏 뽐내며 대답했다.

"이 아이는 성체가 못 돼. 해저로 내려가서 뿌리를 내려야 하거든. 엄마는 뭉글이의 체내에 수심을 감지할 수 있는 기관이 있을 거래. 그러니까 이 수조 바닥은 쟤한테는 너무 얕아서 안 되는 거지."

"평생 유체로 살다가 죽는 거야? 조금 불쌍하다."

"괜찮아. 얘들은 유체로 사는 기간이 아주 짧대. 3년 정도? 대신 성체가 되면 수백 수천 년도 더 살아간대. 우리 조상이 지구에서 오기 전부터 이 별 밑바닥에는 뭉글이들이 잔뜩 모여서 살고 있었다는 거야. 근데 쟤들은 성체가 되면 두뇌가 없어진대. 지금은 지능이 높은

고등 생물이지만 성체가 되면 원시적인 상태로 퇴화된다는 거야. 그
러니까 유체인 채로 사는 것이 더 낫지 않을까?"

반옌은 내 의견에 동의하는 듯 고분고분 고개를 끄덕이다가 무언가
떠올렸다.

"……근데 3년이라니까, 뭔가 시기가 맞아떨어지는 것 같은데?"

"맞아. 태양에 별이 근접하면 유체들은 성체로 변태할 때가 왔음을
안다나봐. 엄마는 그 이유를 뭐라고 설명했는데 생각이 안 나네. 내가
볼 때는 태양이 싫은 가봐. 그러니까 바다 밑으로 도망치지."

"하하하. 우리랑은 반대구나."

반옌은 남자처럼 입을 크게 벌리고 웃었다.

"우리?"

"다들 해맞이 한다고 난리법석이잖아. 그때 찍은 사진 보니까 장난
이 아니던데. 곳곳에 불을 피우고 몸에 색색의 그림을 그리고…… 재
미있겠지?"

하지만 내 표정이 밝지 않음을 알아차렸는지 미소를 거두며 다짐하
듯 말했다.

"그 애들 일은 걱정하지 마. 뭣하면 내가 옆에 있어줄게. 마음에 드
는 남자 있으면 말해. 내가 그 꼬맹이들 막아줄 테니 그 틈에 가서 만
나면 되잖아."

"저기, 너는 있니? 태양제 때 짝짓고 싶은 사람."

갑작스레 찾아온 낯선 침묵을 이겨내고 간신히 물어보았다. 대답은
약간의 뜸을 들인 후에야 돌아왔다.

"있어. 음, 있었어, 라고 해야 되겠구나."

갑자기 시무룩한 표정으로 과거형으로 고치는 이유가 궁금했지만 아직 그걸 물어볼 만한 사이가 못 된다는 자격지심으로 망설이다가 결국 입을 다물었다.

나는 대신 번역 기계 쪽으로 향했다. 뭉글이의 초음파를 인간의 언어로 번역하는 연구는 시행착오의 연속이었고 성과도 지지부진한 상태였다. 애당초 신체 구조도 사는 환경도 다른 뭉글이와 인간이 같은 개념의 언어를 쓸 리가 없으니 포기하자는 의견도 있었다. 엄마에게 있어 뭉글이와 인간의 교류는 지금껏 연구를 계속 하게 만들어준 목표이자 원동력이 되어 왔음에도, 이 프로젝트는 엄마와 보조 연구원들이 다른 연구와 실험에 바빠 등한시하는 바람에 어깨너머로 구경만 하던 내가 조금씩 손을 대기 시작한 결과, 지금 명실 공히 이 프로젝트를 진행하는 사람은 나 혼자가 되었다.

"나한테도 가르쳐줘, 재미있겠다."

나는 연구에 흥미를 보여준 반옌이 고마워서 조금씩 가르쳐주었다. 어릴 적부터 지금까지 뭉글이를 보여준 친구는 다섯 명 남짓 되었다. 그것도 학교에서 꽤 친해진 다음에나 보여주었고, 아이들은 수족관에 온 듯 실험기구며 수조 안의 생물들을 신기하게 바라볼 뿐 그 이상 나아가진 않았다.

"우리가 지금껏 알아낸 문장들이 있어. 이걸 누르면 뭉글이들의 초음파로 변환되거든. 마침 먹이 줄 시간이 되었으니까 해보자."

나는 먹이라는 의미의 초음파를 보내며 먹이 주입 버튼을 눌렀다. 흐느적거리며 뭉글이가 먹이에게로 다가갔다.

"이 초음파만 보내도 먹이 나오는 구멍 근처로 다가와. 하지만 먹이는 안 주면서 파장만 자꾸 보내도 오질 않아. 거짓말에는 속지 않는단 말이지."

"정말 머리가 좋구나."

최소한 파블로프의 개보다는 수준이 높다는 의미였다.

"근데 우리가 아는 문장이 몇 개 안 돼. 배가 고프다든지 아프다든지 여기로 와라 가라 이런 초보적인 수준이야. 뭉글이들의 언어는 그 정도 표현밖에 못 한다는 의견도 있지만 난 그렇게 생각 안 해. 언젠가는 언어를 알아내어 대화를 나누는 게 내 꿈이야."

"그래서 진타라는 공부를 잘하는구나."

난 전교에서 5등 안에는 드는 실력이지만 반옌에게서 그런 말을 들으니 부끄러웠다. 옆 반인 나에 대해 의외로 알고 있구나 싶어서.

"실은 너랑 같은 반이 되고 싶었어. 그랬다면 벌써 친하게 지내고 있었을 텐데."

반옌의 말에 나는 어쩔 줄을 몰랐다. 왜, 어째서 나랑 똑같은 생각을 하고 있는 건데? 물론 나는 이런 내 생각을 누구에게도 말한 적이 없다. 서로 말하지도 않았는데 같은 마음을 갖고 있었다니, 이게 책에서 읽은 이심전심이라는 걸까. 우리가 이토록 빨리 서먹함을 벗고 친해진 것도 그런 마음 덕택인가보다.

나는 얼굴이 확 달아올랐다. 내가 두근거리는 가슴을 억누르며 읽었던 소설 속 남자와 여자가 꼭 이랬다. 서로를 마음 깊이 원하고, 사랑하고 있으면서 겉으로는 표현하지 못하고 주저하고 망설였다. 거기엔 집안의 반대나 각자의 약혼자 등 가로막은 요소들이 있기 마련이었다. 하지만 모든 시련을 넘어선 주인공들은 결국 서로의 마음을 솔직하게 표현하고, 그리고 맺어지며 감동적인 해피엔딩을 맞이한다.

그렇게 보자면 뭉글이도 똑같다. 지금 나는 뭉글이와 대화를 나누고 싶지만 그러지 못해 안타까워하고 있는데, 어쩌면 쟤도 나와 같은 생각을 하고 있을지 모른다. 어디까지나 나만의 망상이겠지만 말이다. 솔직히 뭉글이는 지금 붙잡혀서 좁은 수조에 갇힌 불쌍한 처지였고, 나라면 고통과 좌절에 빠져 있을 거다. 넓은 바다에서 마음껏 헤엄치며 살아가야 할 뭉글이를 엄마와 나는 연구를 위해서라는 이기적인 이유로 가둬두고 있는 것이다. 방금 내가 유체 상태인 채로 사는 게 나을 거라고 말했지만, 실은 이것도 사람인 나의 기분으로 내린 단정일 뿐이다. 분명 쟤는 성체가 되길 원하겠지.

뭉글이에게 이런 내 마음을 전할 수 있다면 얼마나 좋을까. 하지만 사람은 마음을 직접 전할 수가 없다. 지금 반옌처럼 말을 하든가, 하다못해 표정이나 몸짓이라도 전해야만 하는 것이다. 뭉글이의 초음파가 그런 언어와 같은 역할을 하고 있다고, 지금껏 엄마와 나는 믿어왔다. 그런데도 긴 세월동안 연구를 해도 기초적인 의미밖에 발견하지 못했다면, 우리는 무언가 놓치고 있는 것이다. 이 파장을 일반적인 소나와 같은 것이라고 생각한 게 잘못일지도 모른다. 이를테면, 파장의 흐름을 물속에서 그려내는 무늬 혹은 문자로 해석하고 이것을 읽는 거라면? 혹은 이 파장이 물에 반사되며 비치는 색상의 차이로 의미를 전달하는 거라면? 가능성은 무궁무진했다. 한 가지 길밖에 없다고 생각하고 계속 그곳으로만 갔지만, 눈을 돌려보면 다른 길이 거기에 있었다.

"아! 그래 어쩌면!"

나는 비명 같은 큰소리를 질렀다. 아마도 아르키메데스도 나와 같지 않았을까.

"왜 그래, 무슨 일이야?"

"어쩌면 뭉글이와 대화를 나눌 수 있을지도 몰라!"

"진짜?"

"아직 근거는 없지만, 이런 생각은 엄마도 안 해봤을 거야. 전부 반옌이 덕분이야, 고마워!"

"응? 내가 뭔가 말했나?"

"말했고말고!"

나는 찢어질듯 높은 소리로 말하면서 손에 잡히는 대로 공책을 펼쳐 지금의 아이디어가 휘발되기 전에 떠오르는 대로 끼적대기 시작했다. 모니터에는 뭉글이의 파장을 여러 방식으로 기록한 그래프와 영상을 띄웠다. 나는 이것을 하나의 무늬로 생각하고 지켜보기 시작했고, 수조가 아닌 바다에서 뭉글이가 파장을 보낼 때의 기록 영상을 띄워서 물의 움직임과 반사된 색상을 집중해서 보았다. 이 중에서 무언가 정답이 있을 거란 확신이 들었다. 과학적인 증거는 하나도 없지만, 어차피 지금껏 해온 방식이 옳다는 증거도 없기는 매한가지였다. 밑져야 본전인 셈이었다.

하나에 집중하면 무서울 정도로 파고들었기 때문에, 나를 방해하고 싶지 않다고 생각했던지 반옌이 슬그머니 물러났다.

잠시 후 내가 후 하고 긴 숨을 내쉬며 고개를 들었을 때는, 이미 연구실의 전등이 환하게 밝혀져 있는 후였다. 그리고 뒤에는 어느새 엄마와 연구원 둘(모두 나와 같은 엄마의 딸이다)이 앉아 있었다. 차를 마시던 엄마가 나를 보더니 흐뭇하게 웃으며 말했다.

"그래, 우리 진타라가 재미있는 생각을 떠올렸다며? 한 번 보여주렴."

"어, 엄마? 언제 왔어요?"

"너 또 시간 가는 줄 모르고 있었구나? 너의 집중력은 아마 인류 최고일 거야. 벌써 세 시간도 더 지났어. 네 친구가 그러던데? 네가 지금 뭉글이와 대화를 할 수 있는 방법을 생각하고 있다고."

그렇지, 반옌이 있었다. 하지만 3시간이나 지났다니 이미 집에 돌아갔겠지?

"하아, 가면 간다고 말이나 하지…….."

"가다니? 아직 안 갔어. 지금 네 방에서 기다리고 있단다."

"내 방에서? 안 돼, 엄마! 왜 내 방이야!"

"네 친구인데 그럼 내 방에서 기다리라고 하니? 얘는 참."

엄마는 별 일도 아닌데 난리냐는 말투였으나 나에게는 더없이 심각한 일이었기에 비명을 지르며 달려갔다. 내 방은 반옌에게 보여주기엔 너무 더럽고 지저분하다. 한쪽엔 책이, 다른 쪽엔 속옷이고 뭐고 막 벗어놓은 옷이, 구석엔 쓰레기가 굴러다니고, 친구들이 놀릴까봐 안 들고 다니는 인형까지!

* * *

"자, 착용해 보렴." 엄마는 내게 발신기를 포함한 각종 장비를 내밀었다. "테스트와 시뮬레이션은 끝냈어. 하지만 실제로 뭉글이와 대화를 하는 건 네가 처음으로 하는 게 좋겠다 싶대. 네가 낸 아이디어니까 말이야."

나는 엄마의 도움을 받으며 머리에 전극을 꽂고, 입 바로 옆에 마이크를 붙이고, 잠수복을 입고, 산소통을 매었다. 모두 지구에서 전래된 선조들의 기술이었다.

내가 아이디어를 낸 5일 만에 수수께끼는 풀렸다. 결국 정답은 거기에 있었다. 우리가 뭉글이의 초음파를 해독하지 못한 것은 그 파장을 진폭이나 주파수의 변조 방식이라고 생각했기 때문이다. 그러니 종이나 화면 위에 그래프로 그려놓고 아무리 살펴봐도 이해하지 못한 게 당연했다. 그들의 파장은 2D가 아닌 3D였다. 물이라는 매질이 필수적인 역할을 하기 때문에 그들과 대화를 하기 위해서는 물속에 들어가야만 했다.

그동안 다른 방식으로 쌓아온 연구 성과와, 이번의 해석을 결합하자 그 초음파는 사람의 뇌파와 비슷한 부분이 많음을 알아내었고, 덕분에 엄마는 단 이틀 만에 350개가 넘는 낱말의 사전과 이를 상호 변환 가능한 번역기를 만들어내었다.

수조에 들어가니 귀에 꽂은 이어폰을 통해 엄마의 음성이 들렸다.

「자랑스런 우리 딸, 내 말 들리니?」

"네, 엄마."

내 목소리는 수조 밖 스피커를 통해 엄마와 연구원과 반옌에게 틀림없이 전달되고 있을 것이다. 그들의 밝은 표정이 그 증거였다.

「자, 그럼 지금부터 네 음성신호를 뭉글이의 파장으로 변환할 테니 말을 건네봐.」

"알았어요. 근데 뭐라고 말하지?"

「일단 가볍게 시작해봐. 배고프냐고 물어보든지.」

하지만 그래서는 이전의 방식과 다를 게 하나도 없다. 하지만 막상 생각나는 것이 없다. 생각해 보면 나름대로 역사적인 순간이었다. 적어도 이 행성에서 지구인이 토착 생물과 직접 대화하는 것은 이것이 처음이니까.

그렇지만 "외계 생물체여 안녕하십니까? 저는 인간을 대표하여 당신에게 우호의 인사를 보냅니다!" 같은 영화에 나올 법한 멋진 인사말을 건넨다 해도 상대방의 언어에 인간이나 우호, 인사 같은 낱말이 없다면 이해를 못 할 테니 말짱 꽝이 아닌가.

"안녕? 난 진타라라고 해. 넌 이름이 뭐니?"

별 수 없이 간단한 인사를 건넸다. 가슴이 두근거렸다. 과연 알아들을까. 엄마는 테스트를 거쳤다고 하지만 제대로 전달이 될까.

설레는 가슴을 안고 기다렸다. 하늘거리는 상대방을 지그시 바라보았다. 벌써 한 1분은 기다린 것 같다. 슬슬 조바심이 났다. 왠지 무시당하는 기분이 들었다.

「진타라, 다른 말을 해봐.」 그때 귀로 엄마가 아닌 반옌의 목소리가 들렸다. 내가 아이디어를 얻는데 도움을 받았다고 말한 덕분에 엄마의 특별 허락을 얻어서 놀러온 참이었다. 「뭉글이가 못 알아들었을 수도 있으니까. 쟤들에겐 이름이 없을지도 몰라. 기분이 어떠냐고 물어봐.」

"알았어. 해볼게."

나는 심호흡을 하고, 상대방을 최대한 똑바로 바라보았다. 그리고 말을 했다.

"내 기분은 매우 좋아. 너의 기분은 어떠니?"

내 말이 고유한 파장으로 바뀌어 수조의 물을 가로질렀다. 그 파동이 상대방에게로 전달되고…… 인간이 감지하지 못할 정도로 약한 물결의 흐름이 내게로 되돌아왔다.

갑자기 내 귀에 소란스런 환호성이 들릴 때까지도 난 무슨 일이 일어났는지 알아차리지 못했다. 잠시 후에 엄마의 목소리가 들렸다.

「미안! 뭉글이의 음성을 너에게로 들려줘야 하는 건데.」

"그럼 말이 통했어? 쟤가 대답한 거야?"

「그래! 뭐라고 했는지 아니? 다 녹음했으니 나중에라도 들어봐. 이건 외계 생물이 남긴 첫 메시지니까. 나중에 사람들에게 알려야겠어. 모두들 크게 기뻐할 거야.」

"다들 태양제에 빠져 있는데 신경이나 써주겠어요?"

나 자신도 놀랄 정도로 냉소적인 반응에 엄마도 조금 기가 죽은 듯했다.

「그래, 태양제 끝나면 발표해야지. 아무튼 너에게도 들리도록 조정해 줄게.」

그리고 반옌의 목소리가 이어졌다.

「슬프대.」

"응? 뭐라고? 슬퍼?"

「뭉글이가 그랬어. 슬프다고. 왜 슬픈지 물어봐.」

"알았어."

다시 얼굴을 돌려 뭉글이를 바라보았다.

"왜 슬프니? 왜 슬프다고 느끼니?"

「여기는 너무 좁다. 물이 너무 적다. 하늘과 너무 가깝다. 나는 괴롭다. 나는 슬프다.」

번역된 문장은 너무 딱딱했다. 국어 교과서를 읽듯 높낮이와 감정이 없는 단조로운 기계음이지만, 절절한 마음은 충분히 전해졌다. 넓은 바다를 마음껏 돌아다니던 뭉글이에게 수조 속은 너무 가혹한 환경이겠지.

"미안해. 우리가 널 가두었어."

「미안하다? 용서를 해달라는 뜻이다? 아니면 내 고통을 해결해 주겠다는 뜻이다? 의미 이해 불가.」

"두 가지 다야. 오래지 않아 널 돌려보내줄게."

「진타라, 쓸데없는 소리는 하지 마!」

엄마의 목소리가 들렸다. 평소 꾸중할 때와 같은 어투였지만 무시했다. 지금 내게는 오직 뭉글이의 말만이 중요했다.

「나를 돌려보내주기를 원한다. 너를 기억한다. 너는 나에게 먹을 것을 주었다.」

"나를 기억한다고 했니? 내가 먹이를 준다는 걸 알고 있어?"

나는 무엇보다 뭉글이의 시력과 이해력, 지각력 등 모든 감각이 기대 이상으로 뛰어나다는 것에 놀라고 있었다. 확실히 나는 오랜 시간 인공적으로 만든 파장을 보내며 먹이를 주었다. 하지만 난 수조 밖에서 버튼만 눌렀을 뿐이고, 기계가 수조 안으로 먹이를 넣어주었다. 이 메커니즘은 최소한 개나 고양이 정도는 되어야 이해할 수 있을 거라 생각한다. 먹이가 담긴 그릇을 놓아주면 개나 고양이는 주인이 그것을 주었음을 알고 주인에게 고마운 마음을 갖는다.

「나는 기억한다. 바다에서 나를 붙잡은 사람이 저 벽의 바깥에 있다. 너는 없었다. 너는 나에게 먹을 것을 많이 주었다.」

수조 밖의 엄마와 연구원들이 지은 표정은 오랫동안 잊지 못할 것이다. 경악은 물론이고 공포마저 섞인 저 생생한 표정. 확실히 엄마도 해양 생물을 채집하기 위해 잠수정을 타고 몇 번이나 바다에 갔다 왔다. 뭉글이는 붙잡혀 왔을 때의 일을 모두 기억하고 있던 것이다. 이쯤 되면 사람이나 다름없다.

"너는 어떻게 그렇게 잘 기억하고 있니?"

「물은 나(우리)의 일부다. 나(우리)는 물에 기억을 적고 그것을 받아들인다.」

훗날 안 것이지만, 뭉글이는 '나'와 '우리'라는 낱말의 구별이 없었다. 그들은 바다에 자기가 겪은 지식과 경험을 파장으로 풀어놓고, 다른 존재들이 그걸 흡수하여 같은 지식을 얻었던 것이다. 그러니 그들의 높은 지능은 일종의 집단 지성의 결과겠지만, 긴 시간 좁은 물 안에 격리된 이 뭉글이는 더 새로운 지식을 얻지는 못한 상태였고, 대신이 수조의 물 안에 그동안 그가 얻은 지식들이 모두 담겨 있는 것이다. 용적이 작은 뇌로도 충분한 지식을 쌓을 정도로 말이다.

엄마는 이 새로운 연구 성과에 흥분해 있었다. 넓은 바다가 곧 뭉글이들의 지식이 담긴 네트워크였고, 하나하나는 단말기인 셈이었다. 그렇다면 여기에 있는 이 뭉글이는 오프라인 상태나 마찬가지였다. 그나마 이 좁은 수조 안에 붙잡혀 온 이후에 얻은 지식과 기억을 기록하고 있는 셈이었다.

즉 나와의 관계, 나에 대한 기억도 다 이 수조 안에 담겨 있다는 얘기였다.

지금까지 아무것도 아니었던 물이 이제는 매우 소중하게 생각되었다. 엄마도 몇 번이나 말했지만, 수조의 물을 갈아주지 않아서 천만다행이었다. 사실 물은 조금씩 갈고는 있지만 배설물이 많지 않아 물이 탁해지는 일이 거의 없어서 전체를 버리고 새로 넣지는 않았던 것이다.

엄마는 반옌에게 당분간 이 일을 비밀에 부쳐 달라고 신신당부를 하고 나서야 보내주었다. 태양제가 끝난 후에 대대적으로 발표할 계획이니 미리 유출되지 않도록 해달라는 것이다. 반옌은 대신 언제든지 집에 놀러올 수 있게 해달라는 부탁을 했고 엄마는 흔쾌히 수락했다. 늘 친구도 없이 혼자 돌아다니는 딸이 나름 안쓰러웠단다. 당사자인 나는 아무렇지도 않은데 말이지.

* * *

"안녕? 오늘의 기분은 어떠니?"

태양제 전날, 오늘도 나는 학교에서 돌아온 즉시 수조에 몸을 담그고 나만의 비밀 친구와 밀회를 즐겼다.

「'오늘'은 어떤 의미? 지난번에도 너는 오늘이라고 했다. 항상 오늘이다? 의미 이해 불가.」

"아냐. 시간은 항상 흘러가. 사람이 임의로 나눈 지금이 오늘이야."

낱말의 정의는 너무 어려웠다. 뭉글이는 자꾸만 당연한 것을 물어봐서 나를 곤란하게 만들곤 했다.

「우리의 시간은 흐르지도 변하지도 않는다. 시간을 나누어 부르지 않는다.」

뭉글이는 타인과 자신의 구별이 없는 것과 마찬가지로 날짜의 구별도 없었다. 시간의 흐름을 느낄 수 없는 바다 속에서 살아와서 그런가.

「단 하나의 구분은 있다. 바다가 밝아지는 때, 해가 나타나는 날이 있다.」

"해? 너희들도 우리의 비슷하구나! 우리도 태양이 뜨는 걸 중요하게 생각하거든."

「그때 우리는 성체가 될 준비를 한다.」

뭉글이에 대한 지식이 떠올랐다. 뭉글이들은 해가 행성을 환히 비추면 바다 밑바닥으로 내려가 성체가 된다. 인간과는 달리 해를 싫어하나보다. 그럴 만도 했다. 이 행성은 거의 매일 흐리거나 비가 오는 암흑의 별이다. 태양은 낯설고 이질적인 존재로 여겨질 만했다. 뭉글이들은 어쩌면 재앙이 닥쳐왔다고 생각할지도 모른다. 실험을 위해 물 밖으로 꺼냈던 뭉글이는 모두 금방 죽었으니까, 햇볕을 쬔다면 더 빨리 죽을지도 모른다. 태양에 대한 이야기는 하지 않는 게 좋겠다 싶었다.

"미안해."

「너는 미안하다는 말을 많이 한다.」

"그랬나? 아무튼 약속은 꼭 지킬게 걱정하지 마."

「우리를 바다로 돌려보내준다고 말했다. 이것을 실현시킨다고 믿는 것이 약속이다?」

"맞아. 반드시 실현시킬게. 대신 엄마나 다른 사람에게는 비밀이야."

「비밀? 왜 비밀이란 것이 필요하다? 의미 이해 불가.」

"그래 참, 너한테는 무언가 숨기는 게 불가능하지……."

모든 기억과 감정을 물에다 풀어내는 뭉글이에게 감추고 숨긴다는 개념이 있을 리가 없다. 말을 한 내가 바보지. 하지만 다행히도, 아직 엄마나 연구원들은 나처럼 수조 안에 들어와 직접 대화하려고 하지 않는다. 아직 이곳은 나만의 영역이다. 대화를 나누는 것도 나 혼자 뿐이다.

얘기를 하면 할수록 뭉글이에게는 높은 지능과 풍부한 감정이 있음을 알았고, 나는 그런 존재를 여기에 가두는 것에 죄책감과 안쓰러움을 느꼈다. 조만간 풀어주겠다는 생각은 했지만, 어떻게 엄마와 연구원들 몰래 풀어줄 것이며, 물 밖으로 나가면 죽는 뭉글이를 어떻게 데리고 바다까지 갈 것이냐가 문제였다. 그나마 이 문제를 털어놓을 수 있는 사람이 하나 있다는 게 다행이었다. 바로 비밀을 공유한 내 친구 반옌이다.

"태양제 날이야." 방과 후에 함께 돌아가던 길에 반옌이 말했다. "너네 엄마랑 연구원이랑 마을 사람 모두가 정신이 빠져 있는 그때 옮기면 돼."

"정말 그렇구나! 그러면 되겠다! 하지만 어떻게 옮기지?"

"우선 수조를 통째로 옮기는 건 포기해야. 하지만 커다란 비닐

주머니에 뭉글이와 약간의 물을 담을 수는 있어. 바다까지 가는 동안만 버티면 되니까 그 정도면 충분할 거야."

"진짜 고마워!"

반옌은 내가 생각도 못한, 기대 이상의 조언을 해주었다.

"넌 공부도 잘하고 뭉글이와 대화하는 법도 알아내면서 이런 생각도 못하냐?"

놀리는 듯한 말을 듣자 나는 입술을 비죽 내밀며 대꾸했다.

"나라고 다 알겠어? 내가 천재도 아니고."

"그래? 난 네가 천재라고 생각했는데. 실은 그래서 너에게 관심을 갖고 있었고."

"정말?"

"옆에서 지켜본 결과, 역시 넌 천재는 아닌가봐."

"치, 실망시켜서 미안타!"

"대신 너에겐 무언가 반짝이는 게 있어. 그 날 노트에 열심히 무언가 적으며 골똘히 생각하는 옆모습을 보았는데, 너무 멋있었어."

"그건 내가 할 말이야. 체육대회 때 네 모습은 너무 멋졌어. 두 다리가 공중에 떠 있는 거 같았어. 반쯤은 하늘을 날아가는 듯 보였는걸."

"그렇게 날 보고 있었어? 지금 생각하면 좀 부끄러운데."

"너야말로 내 얼굴을 죽 보고 있었단 말이야?!"

"눈치 채지도 못했으면서 뭘 새삼스레."

"그건 내가 할 소리다 뭐!"

우린 까르르 웃었다.

"고마워. 뭉글이를 바다로 놓아주는 걸 도와준다고 해서."

"당연하지. 나라도 정말 답답할 거야. 난 시간나면 마을 주위를 한 바퀴 돌아. 그때 느낀 건데, 우리가 사는 세상은 너무나도 좁아. 지구는 그토록 넓다고 하잖아? 몇날며칠, 몇 달을 걸어도 한 바퀴를 돌지 못한다는 거야. 난 상상도 할 수 없어. 우리가 나고 자라고 죽는 이 세상은 몇 시간이면 한 바퀴를 돌 수 있지. 우린 이렇게 좁은 세상에서 살고 있는 거야."

난 말없이 고개를 끄덕이며 듣고만 있었다.

"하지만 뭉글이에겐 이 바다가 있어. 이 마을의 수백 수천 배가 넘는 거대하고 넓은 삶의 터전이 있어. 만약 누가 내 발목을 묶고 방 안에서 살라고 하면 미쳐버릴 거야."

그렇겠지. 우린 서로를 바라보며 의미심장한 미소를 지었다. 비록 작지만 소중한 비밀을 공유하고 있는 친구로서, 서로의 마음을 들여다보는 듯한 미소였다.

우리는 다른 사람들과는 다른, 그들은 상상도 못할 엉뚱한 이유로 태양제를 손꼽아 기다리고 있었다.

축제를 하루 앞둔 저녁, 사람들은 마지막 준비로 자신들의 몸을 치장하고 있었다. 알몸이 되어 형형색색의 물감으로 몸 곳곳에 무늬와 그림을 그렸다. 주로 태양을 상징하는 붉고 노란 동그라미가 많았고, 소를 사냥하는 원시인, 하늘을 날아가는 새, 힘차게 달리는 네 발 짐승과 같은 그림이 많았다. 우리가 쓰지 않는 지구의 다른 언어들을 쓰기도 했는데, 그게 모두 해를 의미하는 낱말이라고 한다. 내 눈엔 신기한 그림처럼 보였지만 말이다.

이제 막 성인이 된 나도 순순히 어른들에게 몸을 맡겼다. 염료에 적신 붓이 몸을 쓸고 다니는 차갑고 간지러운 감촉을 견디면서도 내 머릿속에는 뭉글이 생각으로 가득했다. 태양제가 시작되고, 천장을 활짝 연 가운데 모두 광장에 모여 커다란 화롯불을 밝힌 가운데 춤을 추고 노래를 부를 것이다. 짐승의 피를 바닥에 뿌려 동그란 무늬를 그리고 그 위에서 짝짓기에 열중할 것이다. 형형색색의 무늬를 그린 몸뚱이들이 닥치는 대로 뒤엉켜 꿈틀댈 것이다.

하지만 나는 그 모든 행위들에 관심이 없었다. 그 문화적이고 주술적인 의미를 폄하하고자 하는 생각은 없다. 전통 문화를 무시하는 것도 아니다. 난 그저 흥미가 없을 뿐이다. 남들 하는 대로 장단에 맞춰 고릴라 같은 남자애들에게 순순히 몸을 내밀고 싶지도 않다. 나도 곧 아이를 낳고 어머니가 되어 사회에 이바지하는 훌륭한 여성이 되고 싶다는 마음은 있다. 하지만 그건 내가 결정한다. 내 아이의 씨를 넣어줄 상대도, 아이를 낳을 시기도 내가 정하고 싶다. 축제를 구실로 짐승처럼 덤벼드는 남자애들의 노리개가 되는 것은 사양한다.

* * *

구름이 걷히며, 연한 풀빛 하늘이 그 모습을 드러내었다. 3년 만에 보는 파란 하늘과 수평선, 그리고 노랗게 빛나는 태양의 모습. 마을은 천장을 활짝 열고 하늘 아래 그 모습을 온전히 드러내었다.

실패한 지구화의 결과 공기에는 질소 성분이 많았지만 다행히 산소는 충분했다. 바람은 무척이나 강하고 눅눅했다. 사람들은 거대한 불

216

을 피우고 일렬로 늘어서 북과 꽹과리 같은 전통 악기를 두드리며 천천히 행진을 했다. 불 주위에 둥글게 모여서 어깨춤을 추고 큰소리로 태양을 찬미하는 노래를 불렀다.

그 시각 몰래 집으로 돌아온 나는 반옌만 기다리고 있었다. 채소를 저장할 때 쓰는 비닐봉투가 집에 있다며 그걸 갖고 온다고 했다. 구멍 하나 없는 두꺼운 재질에 허리까지 오는 크기까지 뭉글이를 옮기기에는 안성맞춤이란다. 온통 그 생각에만 몰두해서 나는 발자국 소리도 듣지 못하고 있었다. 달콤한 꿈을 흩뜨려 놓는 자명종이 울릴 때까지.

"왕눈이, 여기 있었구나! 크크크······."

변성기를 갓 지난 중저음의 웃음소리, 도앙두안이었다. 어떻게 녀석이 여기에 있는 걸까?

"너랑 맨 처음 짝지으려고 기다리고 있었는데 네가 없잖아. 한참을 찾았다고. 네 성격을 봐서 집에 숨어 있지 않을까 싶어 와봤는데 역시 나네."

그가 흐흐흐, 하고 웃었다. 닭살이 돋았다.

"처음엔 네가 꼴 보기 싫었어. 공부 좀 잘한다고 으스대고, 잘난 척 혼자 돌아다니고 말이야. 그런데 가만히 보니까 얼굴도 예쁘고 마음에 드는 거야. 그래서 널 찍었지. 너랑 짝지으려고 다른 애들 마다하고 여기까지 왔으니까, 그만한 값을 해줘야겠어!"

녀석의 고추가 곤두서 있었다. 아주 어릴 적 아동용 혼탕에서 본 것과는 딴판이었다. 아주 크고, 주위엔 털이 수북하고, 불쑥 일어나 있다. 그제야 나는 녀석과 마찬가지로 나 역시 알몸이란 걸 깨달았다.

물감으로 조금 가려지긴 했으나 벌거벗고 있기는 마찬가지인 것이다.

공포로 두뇌가 하얗게 탈색된 듯 아무 생각이 없어진 나는, 어리석게도 집 안으로 도망치고 말았다. 녀석은 당연히 회심의 미소를 지으며 천천히 쫓아왔다. 스스로 막다른 골목으로 향한 셈이니, 서두를 필요는 없으리라.

어쩔 줄 모르던 나는 엄마의 연구실로 들어왔다. 안에는 커다란 수조가 몇 개. 해초와 크고 작은 이 행성의 생물들이 나와 녀석을 물끄러미 바라보고 있었다. 그들은 이제 다른 행성에서 온 생물의 기이한 짝짓기 광경을 구경하게 될지도 모를 상황이었다.

너무 다급해서 나는 아무런 생각도 못하고 작은 수조 안으로 몸을 던졌다. 뭉글이 한 마리만이 외로이 들어 있던 바로 그 수조였다.

녀석은 투명한 벽에 몸을 던지며 이를 갈았지만 이내 히죽 웃으며 말했다.

"네가 그 물 속에서 얼마나 버티려고? 흐흐흐."

그 말 대로였다. 내가 잠수에 특출한 재능이 있는 것도 아니고, 길어야 1분이나 버틸 수 있을까. 그저 내가 가진 하나의 희망은 반엔이 오는 것뿐이었다. 지금 내가 한 덧없는 도망과 잠수는 모두 그때까지 시간을 버는 행동에 불과했다. 얼른 반엔이 와서 이 고릴라를 물리치고 나를 구해주기를, 오직 그 생각밖에 없었다.

그런데, 이상한 일이 벌어졌다. 수조 밖에 있는 녀석이 귀신이라도 본 듯한 표정을 짓고 있다. 그리고 나는 그 광경을 편안하게 지켜보고 있음을 알았다. 물속에서 말이다! 물 안에서 겪어야 마땅할 호흡곤란 증세가 생기지 않고 있었다. 한층 더 놀라운 것은, 아무 외부 변환 장치도 없이 뭉글이의 말이 들렸다. 아니 머리 혹은 마음으로 전달되었다고 표현하는 것이 더 정확할 것 같다.

「너에게 산소를 보내준다. 너는 산소가 있어야 물속에서 살 수 있다.」

내 얼굴 주위에 커다란 공기방울이 떠 있다. 어느새 물 안의 산소들이 내게로 몰려와 머리를 감싸고 있었다. 그리고 바로 옆에 뭉글이가 천천히 움직이고 있었다.

"저 괴물이 무슨 짓을 하고 있는 거야?!"

희미하게 놈의 외침이 들렸다. 뭉글이도 모르다니, 생물시간에 뭘한 거야? 하긴 저 녀석이 공부를 할 리가 없지. 그제야 열린 문으로 반옌의 모습이 보였다. 나처럼 축제 준비로 치장한 몸이긴 했지만, 헐렁한 반바지를 입고 있는 점이 달랐다. 한 손에는 약속했던 비닐봉투를 들고 있었다.

"야, 너 왜 여기 있어? 당장 나가!"

반옌이 고릴라를 보더니 새된 목소리로 외쳤다.

"너야 말로 태양제에 참가 안 하고 왜 여기로 온 건데? 아하, 이제 보니 너네 둘이서 작당을 하고 따로 만나려고 한 거구나?"

"너랑은 상관없잖아?"

"상관있지. 난 진타라랑 짝지을 건데 네가 왜 사사건건 방해를 놓냐고? 이거…… 너 혹시 진타라를 좋아하냐?"

반옌이 눈에 띄게 당황해했다. 당장이라도 밖으로 나가 저 고릴라의 목을 조르고 싶었다!

「너는 흥분하고 있다. 호흡이 멈추었다. 산소가 모자란다?」

"아, 아냐. 난 괜찮아. 도와줘서 고마워."

마음을 가라앉히고 심호흡을 했다. 하지만 거칠게 뛰는 심장은 진정할 줄을 몰랐다. 다행히 반옌은 침착을 되찾은 듯 보였다.

"그래, 진타라는 내 친구야. 친구 좋아하는 게 죄냐?"

"친구 좋아하시네. 태양제 날에 몰래 만나서 뭘 하려고? 너 혹시, 남자 아냐? 바지는 왜 입고 있는데?"

"무슨 헛소리야? 난 여자야!"

"그럼 벗어봐. 증거를 보이라고!"

고릴라가 반쯤 뛰듯이 하며 반옌에게 덤벼들었다. 난 참지 못하고 나가려고 손발을 휘저었다. 손을 뻗어 수조의 가장자리를 붙잡았다. 둘은 어느새 바닥을 구르며 실랑이를 벌이고 있었다.

"네가 여자면, 너라도 짝짓기를 해야겠어!"

고릴라가 헐떡이며 외쳤다. 바위처럼 단단한 주먹이 반옌의 배와 머리를 세차게 두드렸고, 옆에 있던 의자를 끌어안으며 넘어지는 모습을 본 순간 나는 이성의 끈이 끊어졌고 망설임 없이 수조를 빠져나와 도앙두안을 향해 달려갔다. 혼이 빠진 듯 머릿속은 혼미했건만 몸은 주술에 걸린 것처럼 거침이 없었다. 손에 잡히는 유리병을 들고 그대로 고릴라의 머리를 향해 휘둘렀다.

등 뒤에서 닥친 예상치 못한 공격에 고릴라는 억 소리를 내며 무릎을 꿇었다. 양손을 감싼 손가락 사이로 가느다란 핏줄기가 흘러나왔다. 붉은 피를 보고 오히려 더 흥분을 했던지, 나는 비명을 지르며 한 번 더 팔을 휘둘렀다. 내가 들고 있던 것은 깨지며 끝이 날카로워진 유리병. 그 끝이 녀석의 포동포동한 목살에 꽂혔다. 어걱, 컥, 하는 소리가 벌어진 녀석의 입에서 툭툭 끊어진 음성의 조각처럼 튀어나왔다. 떨리는 녀석의 손이 유리병을 쥐고 뽑아내려 했으나, 광기에 물든 나에게서 믿을 수 없는 힘이 솟아 병을 더 깊숙이 찔러 넣었다. 남아 있던 병이 깨지며 산산조각이 났고, 내 손에서 나온 핏방울이 유리조각과 함께 바닥으로 떨어졌다. 그리고 잠시 후, 녀석은 찢어진 고무호스처럼 목에서 피를 줄줄 흘리며 옆으로 엎어졌다. 살이 시멘트 바닥이 떨어지며 철썩 하는 소리를 냈고, 그게 신호인 듯 나도 기운이 빠져 그 자리에 주저앉았다. 어지럽고, 춥고, 속이 메슥거려 토하고 싶었다. 시야를 메운 선연한 붉은 피, 손가락에 전해지는 쓰라린 고통, 얼굴을 감싸던 공기방울의 감촉이 뒤섞여서 일렁였다.

수상도시에서 사는 누구도 겪어보지 못한, 멀미가 이런 것인가 싶었다. 속에 든 것을 토하며 눈물을 줄줄 흘리고 있을 때 등을 두드리는 따뜻한 손길을 느껴졌다. 돌아보지 않아도 반옌임을 느낄 수 있었다.

"어떡해…… 어쩜 좋아!"

한참 후에 간신히 한 말은 고작 그것뿐이었다. 몸에 묻은 물 때문인지 너무나 추웠다. 반옌은 말없이 고릴라에게 다가가 목에서 아직도 쿨럭쿨럭 솟아나는 핏물을 살펴보다가 콧구멍에 손가락을 대보고, 목 근처를 짚어보기도 했다. 그러더니 멍한 표정으로 말했다.

"죽었나봐."

"서, 설마, 그렇게 쉽게?"

"인간이란, 참 쉽게 죽어."

"조금만 더 살펴봐줘, 응?"

내 목소리는 마치 응석을 부리는 것처럼 들렸고, 실제로도 그랬다. 목이 찢어져 흘린 피가 바닥에 흥건했고, 어느새 연구실의 절반 정도를 뒤덮고 있었다.

누가 봐도 이 정도 출혈이라면 죽었다고 생각하겠지. 나는 두려움으로 인해 현실을 마주보지 못하고 있을 뿐이었다.

"어, 어떡해? 어떡해?"

나는 유약하고 멍청하게 어떡해 라는 말만 되풀이했다. 눈에선 눈물이 흘러 넘쳤고 심장이 터져 나올 듯 춤을 췄다.

반옌은 말없이 자리에서 일어나 나에게 다가왔다.

"우리, 비밀 하나 더 만들자."

비밀?

"지금부터 우린 바다로 갈 거야. 아무도 모르게."

나는 고개를 끄덕였다.

"바다로 보내는 게 하나 늘어났을 뿐이야. 그게 다야. 알았지?"

다시 고개를 끄덕였다. 아주 힘차게. 반옌은 가까이 오더니 옷소매로 내 얼굴의 눈물을 닦아주곤 피투성이가 된 내 손을 살짝 들어 올리며 말했다.

"자, 그럼 일어나. 일단 손부터 좀 보자. ……어차피 뭉글이를 빼돌릴 핑계가 필요하던 참이었어. 저 수조를 깨뜨려서, 그 물로 이 피를 닦아내자. 실수로 수조가 깨졌고, 뭉글이는 하수구로 흘러간 거야. 너네 엄마한테는 그렇게 말해, 알겠지? 서두르자, 시간이 많이 없거든."

* * *

　태양제는 바야흐로 무르익고 있었다. 거대한 물통을 실은 차가 속속 광장으로 도착했다. 사람들은 서로의 몸에 물을 뿌려주며 건강을 기원하는 축원을 건넨다. 그 후 불이 꺼지면 몸에 묻은 물을 햇볕으로 말리며 축제의 가장 중요한 의식인 짝짓기에 돌입했다. 도시의 모든 남녀들은 예전부터 약속한, 혹은 축제 과정에서 만나게 된 상대방과 하나로 엉겨 눈이 부실 만큼 밝은 빛 아래서 육체의 유흥에 몰두했다. 그것은 생명력의 상징인 태양을 찬미하는 성스러운 의식.

　같은 시간 반옌과 나는 바다로 보낼 두 개의 존재를 옮기고 있었다. 내가 뭉글이와 물이 담긴 비닐 주머니를 둘러메었고, 반옌이 도앙두안의 시신을 업고 걸었다. 막상 녀석을 죽인 장본인인 나는 그 몸에 손을 대는 것조차 진저리를 칠 정도로 겁을 냈기에 미안하게도 반옌이 이 고통스러운 일을 떠맡았다.

　우리는 태어나 처음으로 도시의 벽 바깥으로 나가, 검푸른 바다를 바라보고 있었다. 나에게 있어서는 태어나서 처음 겪는 충격적인 체험이었다.

　강렬한 바람과 물의 냄새, 그리고 파도가 불어내는 소리, 청회색 구름이 그려내는 현란한 무늬, 그리고 그 위에서 빛나는 하나의 둥근 불덩어리, 태양.

　반옌은 업었던 시신을 내려놓고는 바다를 향해 밀었다. 녀석은 비록 죽었지만, 외계의 바다를 경험한 최초의 인물이라는 과분한 영광을 얻은 셈이다. 이걸로 죽음에 대한 한이 조금은 풀리길 바란다.

"다음엔 바다에 빠뜨릴 거라고 말했는데, 그 말대로 되고 말았네."

반옌은 시무룩한 표정 위로 쓸쓸한 미소를 띠며 중얼거렸다. 무거운 짐을 덜었음에도, 이전보다 더 지친 표정이었다. 앞으로도 우리는 이 일을 어깨 위에 올려놓은 채로 살아야 하겠지.

이젠 뭉글이의 차례였다. 비닐주머니를 내려놓고 물 안에 손을 담갔다. 뭉글이의 말이 물을 지나 내 몸 속의 물을 거쳐 나에게로 스며들어왔다.

「다른 풍경이 보인다. 이것이 바다다?」

바다 속에서만 살던 뭉글이에게도 위에서 내려다본 바다는 신기하긴 마찬가지였던 모양이다.

"응. 나도 처음 보는 바다야. 여기가 네가 살던 바다란다."

「태양을 느낀다. 태양의 빛을 받았다. 이제 우리도 성체가 된다.」

"너희들은 태양이 나타나면 바다 밑으로 내려가잖아? 태양이 싫은 거 아니었어?"

「우리는 태양의 빛을 받아야 성체가 된다. 그 빛이 우리에게 영원한 힘을 준다.」

그랬구나. 너희들도 너희만의 태양제를 벌이고 있었구나. 우리와 마찬가지로 너희들도 태양을 그리워하며 죽 기다려왔던 거로구나. 우린 모두 언덕에 가득 핀 해바라기인가보다.

바다의 빛이 점차 희부예졌다. 수면 바로 아래에 무수히 많은 뭉글이들이 떠올랐다. 한순간에 검푸른 바다가 하얀 구름으로 탈바꿈한 듯 보였다. 입이 다물어지지 않는 장관이었다.

태양제에 정신이 쏠린 인간들이 짝짓기에 열중하고 있는 동안 뭉글이들은 이렇게 자기들만의 해맞이를 하고 있었던 것이다. 그러니 반평생을 뭉글이 연구에 바친 엄마도 까맣게 모르고 있을 수밖에. 할매탕구 선생이 이 광경을 본다면 뭉글이들도 태양숭배를 한다며 무척이나 기뻐했겠지. 나는 엄마나 선생님들도 모르는 멋진 사실을 먼저 발견하게 된 것이 무엇보다 흐뭇했다. 이건 아마도 오랫동안 반옌과 나만의 비밀로 남을 테니까.

"자, 이제 헤어질 시간이야. 잘 가렴."

나는 마지막 인사를 건네었다. 뭉글이가 나를 기억하고 있을까? 기억하지 못해도 하는 수 없었다. 수조의 물을 다 가지고 오는 건 불가능했으니까. 그 안에 담긴 기억이 너무나 아까웠지만, 당시의 상황도 급박했고 이 아이를 자유로이 풀어주는 것이 더 중요하니 어쩔 수 없다.

「헤어진다는 것은, 앞으로는 만나지 못한다?」

"그래. 아마도 앞으로 만나지 못할 거야."

「네가 준 먹을 것과 네가 한 말을 기억한다. 너는 미안함과 고마움을 전해주었다. 우리는 이해하기 시작한다.」

"정말? 정말로 기억해? 하지만 수조의 물은……"

「물은 여기에 있다. 물이 있는 한, 우리의 기억과 감정은 남는다.」

그랬구나. 물의 양은 크게 중요하지 않나보다. 다행이다. 이 아이는 이곳에서 겪었던 일, 나에 대한 기억을 모두 간직한 채로 별로 돌아간다. 외계인과 조우한, 귀중한 체험을 한 뭉글이다. 분명 돌아가면 모두들 놀라며 반갑게 맞아주겠지.

"그럼 우린 친구지?"

「의미 이해……, 이해하기 시작한다. 친구, 너와의 관계가 친구라면, 우리는 친구의 의미를 이해한다.」

"그래, 우린 친구야. 넌 나를 도와줬잖아. 친구 맞아."

「그렇다면 우리는 친구이다.」

"앞으로도 계속 친구지? 영원히 친구로 남아줄 거지?"

「이 별에 물이 존재하는 한, 우리의 기억은 영원하다.」

"고마워. 잘 가, 친구야."

「작별을 한다. 잘 지내라는 소망을 보낸다. 친구에게.」

나는 비닐봉지를 들어 거꾸로 뒤집었다. 그 안에 담긴 물과 함께 뭉글이는 바다로 돌아갔다.

반옌과 나는 그 자리에 주저앉아 서로의 어깨를 기대고 지친 몸을 쉬게 했다. 그리고 수면 바로 아래에서 햇볕을 온몸으로 받는 수많은 뭉글이들을 바라보았다. 내 친구 뭉글이는 어디쯤에 있을까. 찾아보려 했으나 이내 포기했다. 우리 인간들의 눈으로는 구별할 수 없을 정도로 똑같이 생겼으니까. 어디 그뿐인가, 이들의 모든 기억과 감정은 물을 통해서 다른 이들에게 전달된다. 그 말은 즉, 모두 하나의 지성체나 마찬가지라는 얘기다.

그렇다면 나와 함께 지냈던 뭉글이의 기억은 이제 곧 이 행성에 사는 뭉글이 전체에게 전해지겠지. 그렇게 되면 모든 뭉글이와 나는 친구가 되는 셈이니, 굳이 그 아이를 찾아낼 필요는 없다. 어떤 뭉글이와 만나더라도 그는 나를 기억해낼 것이고, 나의 친구로 돌아온다. 그렇게 두 행성의 생물은 친구가 된다. 언젠가는 지구에서 온 생물과 이 행성의 생물들이 서로를 이해할 날도 곧 다가오겠지. 나는 그 날이 멀지 않음을 안다.

너무나 피곤했지만 마음만은 편안했다. 전등의 빛과는 다른, 뜨거울 정도로 따뜻한 햇볕이 온몸을 쓰다듬었다. 너무나 포근하고 기분이 좋아, 나는 반옌을 꼭 끌어안고 사르르 잠이 든다.

귓가에 사람들의 노랫소리가 들린다. 꿈결인 듯 아스라이 들리는 그 노래는 이곳 사람들이 가본 적도 없는 지구의 추억을 되새기는 민요였다. 저 하늘 너머 멀고 먼 저편엔 늘 태양이 대지와 바다를 비추는 은혜로운 별이 있다. 그곳에도 여기와 꼭 닮은 해가 떠있겠지. 꿈속에서 나와 반옌과, 도시의 사람들과, 수많은 뭉글이들은 해바라기가 되어 맑은 하늘 아래 온몸으로 태양을 받아들이고 있었다. 그곳의 햇볕도 틀림없이 밝고, 따뜻하고, 부드럽겠지…….

코르사코프 증후군

정해복

현재 《거울》에서 필진이자 편집진으로 활동하고 있다.

1

남자는 서른세 살이다. 그는 오랫동안 그 사실을 까맣게 잊고 있었고 좀 전까진 그것을 의심했었다. 그의 기억은 열세 살쯤 어디선가에서 멈췄지만, 직감적으로 자신이 열세 살 어린아이가 아니라는 생각이 들었다. 거울 속 상대는 너무 낯설고 늙었다. 깡마른 편이였지만 키는 생각보다 훨씬 커서 몸집이 거대하게 느껴졌다. 그는 이 사실들이 믿기지 않았다. 갑자기 20년을 점프한 것 같았다.

"제가 20년간 잤나요? 남자는 머뭇거리며 물었다."

"아닙니다. 냉동수면 상태에선 나이를 먹지 않습니다." 의사는 서랍을 열어 서류를 하나 찾아냈다. "냉동수면에 동의하셨죠. 이걸 보시면 생각이……."

의사는 서류를 내밀다 말고 인상을 찌푸렸다. 남자가 서류에 사인

한 것을 기억하지 못할 터였다. 다시 서랍을 열어 다른 서류를 내밀었다. 그러고는 빨간 펜으로 서류의 하단 문장들에 밑줄을 그었다.

유두체 이상으로 심각한 기억장애. 건망증후군(코르사코프 증후군)으로 판단됨.
정신 착란, 흥분, 치매, 기억장애 증상이 보임.

의사는 남자가 지난 20년간의 일을 하나도 기억하지 못할 거라고 말했다. 종양을 제거하는 과정에서 생긴 기억 장애 증상이고 냉동수면에 들어가기 직전에는 단 몇 초 전 일도 기억을 못 할 정도로 심각한 상태였다고 했다. 다양한 치료법도 전부 통하지 않았고 증상이 점점 심해지자 완벽한 치료법이 나올 때까지 냉동수면 후에 치료하는 것을 결정했다. 남자가 사인을 했고 지난 8년간 그는 긴 잠을 잤다.

남자는 의사의 설명을 다 듣고 나서도 도무지 믿기지 않았다. 지난 20년간 자신은 어떤 존재였을까? 기억이 없어진 사람이라니, 그런 사람에게 삶이란 게 있었을까? 마치 녹음기능이 고장 난 음성리코더 같았다.

"제가 종양 제거 수술은 언제 했는지 모르겠습니다."

"기억하지 못하시군요."

의사는 다시 책상 서랍의 서류뭉치를 뒤졌다.

남자는 열세 살 때 뇌종양 판정을 받았고 그해에 종양 제거 수술을 했다. 남자가 어렴풋이 기억하는 것은 작은아버지와 병원에 왔던 일이다. 그는 유복한 가정에서 자랐지만 열 살 때 친부모와 두 살 어린

동생을 교통사고로 모두 잃었다. 그 후에 유일한 친족인 작은아버지에게 입양됐다.

의사는 그에게 어린 시절의 일들에 대해서 물어봤고 남자는 기억나는 대로 이야기했다. 평탄치 못한 어린 시절이었지만 부모님도 작은아버지도 그의 기억에 한없이 따뜻한 존재였다.

"지금은 제 병이 나은 건가요?"

"물론이죠, 수술은 성공적이었습니다."

의사는 확신에 찬 얼굴이었다. 그에 반해 남자는 어떤 확신도 없었다.

"그럼 제가 기억을 할 수 있다는 말씀이죠?"

"어제 뭘 하셨죠?"

"하루 종일이요?"

"네 온종일 하신 일을 얘기해 보세요."

"별다른 일은 안 했습니다. 피곤해서요. 종일 누워 있었죠. 저녁때쯤 화장실을 가려고 일어서서 복도를 걸었던 것 빼곤 계속 잤어요."

"어제 일을 기억하시는군요. 현기증, 구토, 빈혈 증상은 냉동수면 후에 일반적으로 겪는 후유증이니 크게 걱정할 필요가 없습니다. 일주일 정도 더 쉬시면 퇴원하셔도 될 것 같네요."

남자는 의사의 말이 무얼 뜻하는지 이해했다. 고장 난 음성리코더가 이제 정상적으로 작동하기 시작했다는 뜻이다. 그는 어제 일을 기억했다. 오늘 일도 잊지 않을 것이고 내일 일들도 모조리 기억할 것이다. 그러나 의사는 한번 지워진 기억은 소생이 안 된다고 했다. 치료는 기억을 기록하는 기능에 대한 것이지 사라진 기억을 찾아주는 게 아니었다.

남자는 병원에서 나온 직후 뭘 해야 할지 막막했다. 그가 가진 거라곤 입은 옷과 커다란 천가방이 전부였다. 가방 안의 것들도 하나같이 시시한 것들이다. 셔츠와 면바지 몇 벌과 새로 발급받은 시민카드, 몇 푼의 생활비, 서류 뭉치와 이제는 쓰지 못할 종이돈과 동전들, 말라비틀어진 캔디 두 개, 멈춰버린 손목시계와 낡은 수첩 하나가 전부다. 남자는 우선 의사가 추천해 준 시청의 복지 담당자를 찾아가서 상담을 받았다. 부모로부터 물려받은 재산이 상당했지만 냉동수면 관리비와 치료비로 대부분을 써버린 상태였다. 그는 몇 군데 일자리를 추천받았고 '시'로부터 집을 임대받았다.

집은 작고 아담한 단독 주택이었다. 집 앞에는 작은 마당이 있다. 잡풀만 무성한 마당에는 나무가 없다. 반쯤은 싸구려 잔디가 심겼고 나머지는 이름 모를 잡풀이 점점 더 영역을 넓혀가는 중이었다. 좁은 거실 겸 부엌과 욕실, 작은방 하나가 있는 집이었다.

도시는 매우 낯설었다. 남자는 이 도시에서 태어나서 30년을 살았지만, 어느 것 하나 낯익은 것이 없다. 도시가 매우 빨리 변했기 때문이기도 했고 남자가 도시를 기억하지 못했기 때문이기도 했다. 하지만, 고작 20년이다. 그리고 8년 동안 잠을 잤을 뿐이다. 어쩌면 어딘가에 어렴풋이 그가 기억하는 도시 일부분이 있을지도 몰랐다. 하지만, 도시는 기다려주질 않는다. 그가 기억을 잃고 잠들어 있을 동안 도시는 점점 모습이 거대해지며 새로운 것들이 생겨나고 오래된 것들은 퇴락해서 사라진다. 마치 거울 속에 20년이 지나버린 남자처럼…….

남자는 일주일에 닷새를 백화점의 주차장에서 일했다. 그는 온종일 서서 차들을 빈자리로 안내해 주는 일을 했다. 퇴근 무렵엔 한 평 남짓한 사무실에 앉아 하루 동안 몇 대의 차가 들어오고 나갔는지 기록했다. 그 일로 번 주급은 집 임대료로 쓰이고 조금의 생활비로 남았다.

일이 없는 주말 내내 그는 무료했다. 물끄러미 창밖의 텅 빈 마당을 쳐다보며 하루를 보냈다. 비가 오면 비를 봤고 해가 뜨면 빛들을 봤다. 일상은 따분하고 답답했다. 뭐든 하고 싶었지만 뭘 해야 할지 몰랐다. 한번은 잡지 가판대 앞에서 서성거렸지만 남자는 아무것도 사질 않았다. 잡지와 신문 속 이야기들은 꼭 다른 세상 이야기 같았다. 대신 그는 잡지 가판대에서 몇 걸음 떨어진 사탕가게를 지날 때면 기분이 좋아졌다. 갖가지 빛깔과 형태의 사탕들이 크고 작은 유리병에 가득 찬 광경은 매일 들여다봐도 질리지 않았다.

남자는 가게로 들어가 진열대에 놓인 수많은 유리병 중 하나를 가리켰다.

"아가씨, 이걸 통째로 사고 싶은데 얼마인가요?"

"이걸 통째로요. 그렇게 팔지 않고요. 대신 작은 유리병에 담아 드릴게요."

"사탕들이 주머니 속에서 녹지 않았으면 좋겠는데요."

"주머니 안이라면 괜찮아요." 점원은 사탕 하나를 꺼내서 남자에게 내밀었다. "손에 쥐어 보세요. 녹지 않죠? 입 안에서만 녹아요."

남자는 주급을 받는 금요일엔 빼먹지 않고 사탕을 샀다. 붉은색, 파란색, 검은색, 흰색, 회색, 노란색, 타원형, 완전히 둥근 모양, 별모양,

울퉁불퉁한 모양, 동전 모양 등등 다양한 형태의 사탕을 샀지만, 막대가 달린 사탕이나 주머니에 들어가지 않는 큰 사탕은 사질 않았다. 사탕이 든 유리병들은 남자의 집 창가에 진열됐다. 그중 일부는 주머니에 넣고 다녔다. 출퇴근할 때 일을 할 때 이따금 주머니에 손을 넣어서 그것을 만지곤 했다. 점원 말대로 녹지 않았다.

2

첫 환각은 남자가 퇴원하고 한 달 남짓 지났을 때 경험했다. 그는 그걸 환각이라고 생각하지 않았다. 그저 잘못 본 것으로 생각했다. 주차장에서 차들을 유도하다 보면 이따금 아이들이 차창 너머로 멀뚱히 남자를 쳐다보곤 한다. 종종 남자는 아이들의 머리를 보지 못했다. 흐릿한 창문 너머로 작은 아이의 몸이 보였다. 하지만, 목 위로 아이의 머리가 없다. 남자는 잘못 봤거나 착시였거나 그렇게 생각했다.

환각을 확실히 경험한 날은 어느 금요일 퇴근 무렵이었다. 남자는 더는 차가 들어오지 않는 걸 확인하고서 일지를 쓰려고 사무실로 향했는데 어디선가 작게 아이의 울음소리가 들렸다. 남자는 소리를 쫓았다. 그때마다 울음소리가 잦아들었다. 멈춰 서서 귀를 기울이자 다시 들렸다. 남자는 소리 나는 쪽으로 걸어갔다. 또 들리지 않았다. 발걸음을 돌리려 하면 또다시 들려왔다. 남자는 그렇게 텅 빈 주차장을 구석구석 헤매다가 한 아이를 발견했다.

네다섯 살 난 사내아이가 등을 돌리고 서 있었다. 얼굴은 보이지 않왔다. 그저 짧게 깎은 머리 모양이나, 입은 옷이 사내아이라고 짐작케 했다. 아이가 울 때마다 조그만 어깨가 샐룩거렸다. 남자가 다가갔다. 아이는 돌아보지 않았다.

"길을 잃었니?" 남자가 말했다.

여전히 아이는 돌아보지 않고 울기만 했다. 남자는 아이의 어깨에 살짝 손을 올리면서 다시 한 번 물어봤다. 그 순간 아이의 머리가 몸에서 깨끗이 잘려나간 것처럼 바닥에 툭 떨어졌다. 남자는 화들짝 놀라서 손을 거두고 뒷걸음쳤다. 곧 왼쪽 팔이, 뒤이어 오른쪽 팔이 깨끗하게 절단되어 바닥에 나뒹굴었다. 다리가 잘려나가자 아이의 몸이 와르르 무너졌다. 남자는 한 손으로 입을 막고 그 광경을 놀란 눈으로 지켜봤다. 그가 뒤도 안 돌아보고 도망쳐 나온 것은 그 아이의 머리가 남자를 보고 씨익 미소를 지었을 때다. 그는 미친 듯이 주차장 출구 쪽으로 달음박질쳤고 집까지 죽어라 뛰었다.

다음날, 쉬는 날인데도 남자는 주차장에 왔다. 아이를 만났던 장소로 가 보았다. 그는 그것이 환각인지 아닌지 알아야만 했다. 아이가 서 있던 장소에는 아무것도 없었다. 바닥에 핏자국이나 어떤 흔적도 없었다. 그는 집으로 돌아와 텔레비전을 크게 틀어놓고 온종일 지켜봤다. 아이가 죽었다면 뉴스에 나올 터였다. 며칠을 확인했지만 그런 뉴스는 없었다. 초조해진 남자는 의사에게 전화를 걸었다. 의사는 대수롭지 않다고 했다. 흔한 수술 후유증이라고 했다. 환각과 일시적인 치매 증상이 나타나기도 하지만 곧 괜찮아진다고 했다. 환각이 너무 심하면 처방전을 써줄 테니 받아가라고만 했다. 남자는 즉시 병원에 들러서 처방전을 받고 약을 탔다. 약은 그가 늘 지니고 다니는 사탕처럼 주머니 속에 넣고 다녔다.

　남자는 그 뒤로 종종 환각에 시달렸다. 어느 날은 유치원 버스를 봤
는데, 버스 안에 있던 아이들이 하나같이 목이 잘린 채였다. 점심때에
공원에서 뛰어노는 아이들의 사지가 절단되어 잔디밭에 나뒹구는 환
상을 보기도 했다. 또 어느 날은 퇴근길에 가로등마다 빠짐없이 밧줄
에 목이 멘 아이들의 시체가 시계추처럼 매달린 것을 보기도 했다. 그
때마다 그는 습관적으로 약을 먹었다. 때때로 너무 많이 먹어서 몇 알
을 먹었는지도 잊어버릴 지경이었다. 그 후로 남자는 되도록 아이를
피했다. 대부분의 환각이 아이들과 관련된 것이어서 남자는 아이들이
거북하고 두려웠다.

　3
　토요일 오후 1시였다. 남자는 늦게 일어났다. 그는 늦은 아침 겸 점
심을 먹었다. 그의 바지 주머니에는 여전히 사탕이 들어 있었다. 다
른 쪽 주머니엔 약을 넣었다. 약은 두어 알만 남았다. 약을 더 타와야
겠다고 남자는 생각했다. 그는 주머니에서 사탕을 꺼냈다. 한 주 동안
가지고 다닌 사탕들이다. 남자는 냄비에 물을 끓였다. 물이 끓자 사탕
을 모조리 냄비 속에 집어넣었다. 사탕이 물과 희석되면서 순식간에
녹아내렸다. 그는 욕실로 가서 변기에 냄비 속 내용물을 쏟아 붓고는
물을 내렸다.
　남자는 옷을 갈아입고 새 사탕을 유리병에서 꺼내 주머니를 채웠

다. 현관문을 열고 집을 나서려는데 마당에 누군가 있었다. 몸집이 작은 어린아이였다. 원피스를 입은 여자 아이가 마당에서 뭔가를 찾는지 웅크리고 앉아서 풀밭을 뒤적거리고 있었다.

아이의 몸이 남자 쪽으로 돌려졌다. 아이는 머리가 없다. 남자는 화들짝 놀라서 급하게 문을 닫았다. 남자는 덜덜 떨리는 손으로 몇 개 남지 않은 약을 꺼내서 입 안에 털어 넣고 물도 없이 꿀꺽 삼켰다. 한동안 문에 기대고 서 있던 남자는 창밖을 살폈다. 아이는 여전히 똑같은 자리에서 뭔가를 찾고 있었다. 목이 없다. 변하지 않았다. 약을 먹었는데도 환각이 사라지지 않았다.

남자는 초조하게 창밖을 쳐다봤다. 아이의 머리가 어디에 있을까? 분명히 어디에 있을 텐데. 남자는 겁먹은 표정으로 마당 구석구석을 살펴봤다. 아이의 머리는 어디에도 없었다. 찾아낼 수가 없었다. 그럴수록 남자는 더욱 초조해졌다. 언젠가 주차장에서 봤던 그 아이가 생각났다. 차가운 바닥에 떨어진 채로 웃는 그 머리. 남자는 몸서리를 쳤다.

약을 한 알 더 삼켰다. 이제 남은 약이 없었다. 어두워지기 전에 약이 더 필요했지만 남자는 현관문을 나설 수가 없었다. 저건 환각일 뿐이다. 환각일 뿐이다. 남자는 속으로 몇 번이고 말해 보았지만 소용없었다. 하는 수 없이 남자는 거실 바닥에 웅크리고 앉아 약기운이 퍼질 때까지 기다렸다.

한참을 기다리고 나서 남자는 조심스럽게 창가로 다가가서 아이를 쳐다봤다. 여전히 머리가 없었다. 그때 옆 창문에 뭔가가 남자를 쳐다봤다. 남자는 눈을 힐끔 돌렸다. 아이의 머리였다. 양 갈래로 땋은 아이의 머리, 씨익— 미소 짓는 아이의 머리, 공중에 뜬 아이의 머리, 목에서는 붉은 피가 뚝뚝 떨어졌다. 머리가 남자를 쳐다봤다. 남자는 놀라서 욕실로 도망쳤다. 환각에서 벗어날 수만 있다면……. 남자는 이를 악물었다.

한참 뒤 남자는 욕실 문틈 사이로 창가를 살폈다. 아무것도 없었다. 남자는 용기를 내어 재빨리 거실로 나가서 창가 커튼을 모조리 쳤다. 대낮인데도 남자는 등을 모두 켰다. 텔레비전도 켰고 라디오도 켰다. 켤 수 있는 건 모조리 켰다. 남자는 창가 맞은편에 웅크리고 앉아서 벌벌 떨었다.

남자는 이따금 창가로 살금살금 다가가 커튼을 살짝 젖히고 주변을 살폈다. 아이는 여전하다. 환각이 사라지지 않았다.

빌어먹을……. 남자는 욕지거리를 한바탕 했다.

그는 미친 듯이 거실을 빙글빙글 돌면서 왔다 갔다 했다. 전화 수화기를 몇 번 들었지만, 의사에게 전화해 봤자 소용이 없을 터였다. 의사는 그저 환각이라고 할 테고 후유증이니 조금 지나면 사라진다고 하겠지. 남자는 신경질적으로 수화기를 내팽개쳤다. 그는 창가가 보이는 구석으로 돌아가 몸을 웅크리고 환각이 사라질 때까지 기다렸다.

초인종 소리에 남자는 반사적으로 벌떡 일어났다. 남자는 그것이 환청이라고 생각했다. 자신의 귀를 의심할 동안 두 번째 초인종 소리가 더 선명하게 들렸다. 남자는 마음을 진정시키고 현관으로 몸을 이끌었다. 문에 달린 작은 구멍으로 밖을 쳐다봤지만, 아무것도 확인할 수 없었다.

"거기 누구요?"

남자는 목소리를 쥐어짜내서 말했다. 자신의 황량한 목소리에 놀라며 마음속의 공포를 꾹꾹 눌러 담고는 문 뒤에서 나는 소리에 귀를 기울여다. 어떤 소리도 들리지 않았다.

남자는 문을 살짝 열고 문틈으로 밖을 쳐다봤다. 문밖에 아이가 서 있었다. 여자 아이였다. 원피스를 입은 아이. 그를 괴롭혔던 그 아이였다. 아이는 자신의 잘린 머리를 양손으로 들고 있었다. 남자를 보고 미소 지었던 그 끔찍한 머리를……

남자는 문을 거칠게 닫았다. 문을 잠가야 하는데 온몸이 벌벌 떨리고 팔다리에 힘이 빠져 그럴 수가 없었다. 제대로 서기도 벅찼다. 그는 문 앞에 무릎 꿇고 앉아서 마지막 힘을 다 쥐어짜내 문고리를 잡고 이를 악물었다.

"날 내버려 둬. 저리 가!"

남자가 소리쳤다. 아무런 대꾸가 없었다. 남자는 미친 듯이 벌벌 떨었다.

얼마 동안 남자가 그렇게 문고리를 잡고 버텼을까? 그가 그렇게 지쳐갈 무렵 문밖에서 뜻밖의 소리가 들려왔다.

"이 착한풀 가져도 돼요?"

아이의 목소리가 들렸다. 남자는 귀를 의심했다. 하지만, 아이의 목소리였다. 또렷하게 들렸다. 다시 한 번 아이의 목소리가 들렸다.

"이 착한풀 가져도 돼요?"

분명히 문 밖에서 들리는 소리였다. 남자는 안도감 때문이었는지 맥이 풀려서 문고리를 쥐던 손을 놓쳤다. 현관문을 천천히 열었다. 문

밖에는 여전히 아이가 서 있었다. 하지만, 이번에는 잘린 머리를 들지 않았다. 온전한 아이로, 귀여운 아이로 문 밖에 서 있었다. 한 손에는 토끼풀을 쥐고 있었다. 아이는 그것을 남자 앞에 내밀었다. 네잎클로버였다.

"이 착한풀이요. 제가 가져도 돼요?"

아이의 얼굴에 겁먹은 표정과 호기심 어린 표정이 번갈아 나타났다. 남자는 무릎을 꿇고 두 손으로 얼굴을 감싸 쥐고 애처럼 울었다.

4

큰 방이 하나 있다. 한쪽 벽면에 큼직한 모니터가 걸려 있다. 모니터 앞에는 넓은 테이블이 놓였고 그 위에 여러 가지 기계 장치들이 어지럽게 연결돼 있다. 모니터에는 수십 개로 분할된 화면들이 도시의 구석구석을 보여주고 있었다.

젊은 남자 하나가 모니터를 유심히 쳐다보다가 문이 열리는 소리가 나자 출입구 쪽으로 고개를 돌렸다.

몸을 잔뜩 움츠린 노인이 문을 열고 들어왔다.

"날씨가 쌀쌀해졌어." 노인이 말했다.

"이제 곧 겨울이잖아요." 젊은 남자가 대꾸했다.

노인은 외투를 벗어서 구석 의자에 올려두고 가방 안에서 보온병을 꺼냈다.

"녹차 한잔할래?" 젊은 남자는 대꾸 없이 책상 구석에 놓인 컵을 들이밀었다. "어젠 별일 없었고?"

"늘 똑같죠. 퇴근길에 사탕을 사고 집으로 곧장 와서 늦게까지 텔레비전도 안 보고 착한 어린이처럼 잘도 자던데요. 덕분에 좀 따분했죠."

"그놈의 사탕은 매주 사는군."

"그러게요." 젊은 남자가 컵을 입으로 가져갔다. "그냥 두면 사탕으로 집 안을 가득 채울지도 모르겠네요."

노인은 그 말에 낄낄거리고 웃었다. 둘은 한동안 말없이 모니터만 쳐다봤다. 모니터 속 가장 큰 화면에 남자가 거실에 웅크리고 앉았는데 죽은 사람처럼 꼼짝도 하지 않았다. 그 옆에 작은 모니터에는 여자아이가 풀밭에 웅크리고 앉아서 뭔가를 열심히 찾았다.

"저 아이는 뭘 찾지?" 노인이 풀밭을 턱으로 가리키며 말했다.

"글쎄요." 젊은 남자는 한 손으로 제어판의 둥근 볼모양을 빙글빙글 돌리더니 화면을 크게 확대했다. 아이의 손이 풀들 사이로 분주히 움직였다.

"네잎클로버라도 찾는 것 같아요." 젊은 남자는 화면을 원상태로 축소해 놓았다. "영감님은 어디다 거셨어요?"

"뭘 어디다 걸어?"

"모르세요? 다들 저 남자가 치료될지 안 될지 내기를 했잖아요. 이번 판은 꽤 크다고요."

"자넨 어디에 걸었는데?"

"저야 물론, '치료된다'에 걸었죠."

"돈 날렸구먼. 그걸로 차라리 술을 한잔 사지."

젊은 남자가 노인을 뚫어지게 쳐다봤다.

"정말이요?"

"그런 건 내게 진작 물어봤어야지. 내가 저 남자를 한두 해 봐왔는지 알아? 저 남자가 냉동된 게 벌써 몇 번쨌데……." 노인은 웅크려 있는 남자를 올려다봤다. 남자는 여전히 움직이지 않았다. "자넨 저 남자가 치료될 거로 생각해?"

"글쎄요. 저런 게 치료인지는 잘 모르지만, 꼬맹이들만 보면 저렇게 기겁을 하고 꽁무니를 빼잖아요. 저 꼴로 무슨 짓을 하겠어요. 근데 애당초 저치가 장애라는 생각은 안 들던데."

모니터 속의 남자가 벌떡 일어나더니 초조히 거실을 왔다 갔다 했다. 전화 수화기를 몇 번 들었다 놨다 했지만, 전화를 걸지는 않았다. 그는 잔뜩 겁먹은 사람처럼 살금살금 두꺼운 커튼이 쳐진 창가 쪽으로 가서는 커튼을 살짝 들춰서 마당을 살폈다. 앞마당 잔디밭에는 여전히 아이가 앉아서 뭔가를 찾고 있었다.

젊은 남자는 차를 다 마시고는 자리에서 일어나 보온병을 가져와서 다시 컵에 따랐다.

"어떻게 생각하세요?"

"어떻게 라니?"

"저 남자, 장애라고 생각하세요?"

"장애? 글쎄, 난 의사가 아니라 잘 모르겠네. 뭐 의사들이 장애라면 장애겠지. 그래서 치료를 하겠다고 이 난리를 치는 거고."

"저는 이게 적당한 치료인지도 잘 모르겠어요."

"그거야 누가 알겠나. 의사들이 알아서 하는 거지."

"우린 그저 테스트만 하면 된다는 말씀이군요." 젊은 남자가 한참 말이 없다가 대꾸했다.

노인도 젊은 남자만큼이나 골똘히 뭔가를 생각하고 있었다. 담배 생각이 간절했지만 쌀쌀한 날씨에 밖으로 나가기가 싫었다.

"그럼 만약에 치료가 된다면?" 노인이 갑자기 질문을 던졌다.

"뭐가요?"

"치료가 된다면 어찌하겠느냐는 거지. 치료하고서 사형이라도 시켜야 하는 건지. 장애였으니 그냥 넘어가야 하는 건지."

"글쎄요." 젊은 남자는 머리를 긁적거렸다. "솔직히 잘 모르겠어요. 저 남자가 어떤 사람인지 모르잖아요."

"자네에겐 그저 과거에서 튀어나온 인물 같다. 뭐 이런 말이군."

"그거예요. 제가 아는 건 숫자뿐이에요. 저 남자가 20명의 아이를 죽였다는 것 빼곤 아는 게 없어요. 여기선 자료에 접근을 못 하게 막아뒀더라고요. 어린 시절에 대해서 박사에게 하는 말 들었죠? 정상적인 가정에서 자랐다는 말, 도대체 기억이 어디까지 조작된 거예요?"

노인은 모니터 속 남자가 웅크리고 앉아 벌벌 떠는 모습을 지켜봤다.

"22명이지. 저 남자가 공식적으로 인정한 희생자는 22명이야. 그리고 그에 대한 자료는 의사들 아니면 열람이 안 될걸. 저 남자의 어린 시절? 그게 정상적이라고 할 수 없지. 암. 절대……."

"어떻게 아세요? 기록을 보셨어요?" 젊은 남자의 눈이 반짝였다.

"볼 필요도 없지. 내가 어렸을 때 저 남자의 인기는 대단했으니깐. 쉬는 날에 도서관에서 옛날 신문이나 잡지를 검색해 보게. 저 남자 이야기는 얼마든지 찾을걸."

젊은 남자는 호기심이 가득한 얼굴로 아예 노인 쪽으로 몸을 틀어서 앉았다.

"유명했었지. 희생자가 생길 때마다 언론이 얼마나 신이 나서 떠들었는지. 남자의 과거가 어쩌고저쩌고 아주 한 편의 장편소설을 쓰더군. 그 뒤엔 각종 전문가가 줄지어 출연해서 열심히 분석하기에 바빴지."

"과거가 어땠는데요?"

"뭐 뻔하지. 아비는 술주정뱅이의 변태성욕자였고 어머니는 마약중독자고 남동생이 하나 있었는데 형제는 매일 아버지란 작자에게 얻어맞으면서 자랐겠지. 남자가 열 살 때 남동생은 산채로 불태워졌다더군."

"왜요?"

"아비가 어느 날 술에 잔뜩 취해서 몇 시간을 매질하더니 형제에게 비역질을 시켰지. 어머니가 그걸 보고 미쳤는지 동생의 몸에 기름을 붓더니 불을 질렀다고 하더군."

"세상에……."

"근데 신문이나 잡지에서 떠벌리는 말들이니 다 믿진 말게. 그게 사실인지는 저 남자와 신만 알 일이지."

젊은 남자가 동의한다는 듯 고개를 끄덕였다.

"명백한 사실은 첫 번째 희생자는 다섯 살 난 남자아이였는데, 다리 밑에서 발견됐지. 교살됐고 옷이 벗겨진 채로 남자가 남긴 유일한 온전한 시신이었지. 그 뒤로 아이들이 유괴되고 납치됐지. 남자가 체포됐을 때 집 안 구석구석에 뼈가 발견됐다더군. 잘린 아이들의 몸들이 냉장고에서 나왔지. 미처 다 먹질 못했던 거야. 뒷마당에는 죽은 아이들의 머리가 묻혀 있었다더군. 그는 22명을 교살했다고 자백했 네. 그의 진술은 실로 끔찍했지. 그 어린아이들을 고문하고 능욕하고 죽인 후에 그걸 두고두고 먹었다더군. 어렸을 때 우리는 그를 괴물이 라고 불렀네. 달리 그를 부를 만한 단어가 없었으니깐."

젊은 남자는 입을 벌리고 놀란 눈으로 노인을 쳐다봤다.

노인은 그를 힐끔 쳐다보고는 시선을 피했다.

"그렇게 보지 말게. 여차하면 어떻게 살아남았나 물어볼 태세군."

"어떻게 살아남으셨어요?" 젊은 남자가 진지하게 물었다.

노인은 웃었다.

"자넨 내가 흑사병이 창궐하던 중세시대에서 튀어나온 사람 같 나?"

젊은 남자는 대답 없이 고개를 주억거렸다.

"잠재적인 위험은 있었지. 하지만, 어릴 땐 그런 걸 잘 못 느끼지. 아마도 돌아가신 양친이 더 많이 느꼈을 테지. 막연하게 무섭긴 했지 만 다들 아무 일 없었네. 오히려 친구 중에 몹쓸 병에 걸리거나 교통 사고로 죽은 친구는 더러 있긴 했지만, 다행히 희생자는 없었어. 죽은 희생자와 가족들만 불쌍한 거지……."

젊은 남자는 노인의 말을 묵묵히 들었다.

오후 3시가 다 될 무렵 인터폰 불이 들어왔다.

"인형 제어실입니다. 5분 뒤에 미끼를 투입할 예정입니다. 준비해 주세요."

노인은 의자를 당겨 인터폰 버튼을 눌렀다.

"중계팀이네. 의사들에게도 통보했나?"

"통보했습니다." 인터폰이 대꾸했다.

"알았네." 노인이 응수했다.

젊은 남자는 분주하게 제어판을 조작했다. 모니터 화면에 무수히 많았던 화면 중 상당수가 꺼지고 십여 개의 화면만 확대되어 나타났다. 남자의 집주변과 집안 구석구석을 보여주는 화면이었다.

"꽤 서두르는군."

노인의 말에 젊은 남자는 대꾸하지 않았다.

모니터 화면은 아이를 주시한다. 아이가 일어난다. 화면이 클로즈업된다. 아이는 한 손에 네잎클로버를 쥐고 남자의 집 쪽으로 걸어간다. 카메라가 이동한다. 아이의 시선을 보여주는 화면이 하나 추가된다. 아이는 현관문 앞에 선다. 초인종을 누른다. 거실의 사내는 그 소리에 화들짝 놀란다. 남자는 벌떡 일어서더니 뒷걸음친다. 다시 한 번 초인종 소리, 남자는 이번엔 환청이 아니라는 걸 안다. 그는 문을 열지 않는다. 문에 달린 작은 유리 구멍으로 문밖을 쳐다본다.

"아무것도 보이지 않을걸."

노인이 모니터에 눈을 떼지 않고 말한다.

아이의 키가 작아서 남자는 아무것도 보지 못한다.

"거기 누구요?" 남자는 작은 목소리를 쥐어짜내서 문에게 말한다.

"소리 좀 키우게."

노인의 말에 젊은 남자가 제어판을 조작한다.

"착한풀이에요."

아이의 목소리가 남자에게 들렸는지 알 수 없다. 남자는 용기를 내서 문을 비스듬히 열어본다. 아이가 네잎클로버를 쥐고 서 있다.

"착한풀이에요."

아이가 똑같은 말을 반복한다.

남자는 뭘 봤는지 놀란 눈을 하고 거칠게 문을 닫아버린다. 그러곤 힘이 빠졌는지 털썩 무릎을 꿇고 문고리를 잡는다.

"아저씨 거예요."

"날 내버려 둬. 저리 가!"

남자가 소릴 지르고는 문고리를 더욱 세게 잡는다.

한참 동안 아이는 토끼풀을 손에 쥐고 현관문 앞에 서서 꼼짝을 하지 않는다.

"이 착한풀 가져도 돼요?"

아무런 대꾸가 없자. 아이는 다시 한번 말한다.

"이 착한풀 가져도 돼요?"

남자는 그 말에 고개를 갸우뚱하더니 문고리에서 손을 뗀다. 문이 천천히 열린다.

"이 착한풀이요. 제가 가져도 돼요?"

아이는 무릎을 꿇은 남자의 눈을 쳐다보며 말한다.

아이가 네잎클로버를 남자에게 내민다. 남자는 두 손으로 얼굴을 감싸 쥐고 울기 시작한다.

"느낌이 좋지 않은데요."

젊은 남자가 혼잣말처럼 중얼거린다.

남자가 눈물을 훔치며 일어선다.

"그럼, 가져도 되지. 되고말고."

남자의 얼굴에 여태껏 한 번도 본 적이 없는 야릇한 미소가 지어진다. 노인이 말없이 모니터를 손으로 가리키자 젊은 남자는 재빠르게 남자의 표정을 화면 가득 클로즈업한다. 남자의 표정이 소름 끼친다.

"이게 왜 착한풀이니?"

남자의 목소리가 다정하다.

"엄마가 이 풀이 좋데요. 제가 이걸 드리면 언제나 웃어요."

남자는 주머니 속에 손을 집어넣는다.

"그렇구나. 착한 아이구나. 아저씨가 사탕 줄까?"

아이는 양손을 모아서 사탕을 받는다. 갖가지 색과 모양의 사탕들. 아이는 환하게 웃는다.

"아저씨네 집에 놀러 올래?"

남자는 아이의 어깨를 양손으로 감싸 쥔다.

아이는 순순히 현관문을 통과한다.

"아저씨 집에 강아지 있어요?"

"그럼 있고말고. 이리로 오렴."

남자는 아이를 욕실로 데려간다.

남자의 손이 부르르 떨더니 아이의 얼굴과 어깨와 등, 엉덩이를 훑고 다시 목으로 올라온다. 난폭한 양손이 아이의 목을 조른다. 아이는 바동거린다. 양손으로 모아들었던 사탕들이 욕실 바닥에 우르르 떨어져서 사방으로 튄다. 남자는 온몸을 부르르 떤다. 그의 얼굴은 온갖 사악하고 역겨운 표정으로 가득하다. 아이의 몸은 몇 차례 짧은 경련을 일으키더니 비명 한번 못 질러보고 꼼짝없이 남자의 두 손에 매달려 축 처진다. 아이를 바닥에 눕힌다. 남자는 히죽히죽 웃는다. 남자는 아이의 옷을 아주 천천히 벗겨낸다.

남자는 아이를 욕실에 두고 거실로 나왔다. 현관문이 열린 것을 보고 태연하게 문을 닫았다. 창문 커튼들도 모두 활짝 열어뒀다. 남자는 아무 일도 없다는 듯 자연스럽게 행동했다. 한동안 창문에서 멀찌감치 떨어져 집주변을 주의 깊게 관찰했다. 집 주변에는 아무도 없었다. 남자는 텔레비전 맞은편 소파에 앉았다. 텔레비전의 음향을 키웠지만, 그는 그것에 관심을 두지 않았다. 남자는 한동안 소파에 앉아 오랜만에 느껴보는 행복감과 짜릿함을 만끽했다.

'철물점에서 톱이나 손도끼를 사올까?' 남자는 생각했다. "아니야. 그랬다간 흔적이 남게 될 거야. 부엌에 칼이 있지. 그걸로 충분할 거야. 남자는 이상하게 이 모든 일이 너무 능숙하게 느껴졌다. 아주 오래된 친구처럼……. 칼로 충분히 자를 수 있어." 텔레비전에서 눈을 떼지 않고 남자는 혼자 중얼거렸다.

남자는 부엌에서 칼을 쥐고 다시 욕실로 돌아왔다. 아이는 더는 바닥에 누워 있지 않고 벌거벗은 채로 서 있었다. 남자는 놀라서 아이를 멍하게 쳐다봤다. 아이가 손을 들어 올리자 뭔가 번쩍하고 스파크가 튀었다. 그 즉시 남자는 팔에 힘이 빠져 쥐었던 칼을 놓쳤다. 칼이 바닥에 떨어지는 소리가 요란했다.

아이는 남자를 똑바로 바라봤다. 아이의 표정에는 아무것도 없었다. 남자는 힘이 빠져서 털썩 주저앉았다.

"흉기는 압수합니다. 연쇄살인 관련 법률에 의거해서 당신은 현 시간부로 냉동 수면 상태로 돌아갑니다. 이 조항은 강제 조항입니다. 당신의 기억은 필요에 따라 제거되거나 조작될 수 있습니다. 이 조항 역시 강제 조항입니다."

아이의 목소리에 감정이 없었다.

아이의 입과 귀에서 엄청난 냉기가 뿜어져 나왔다. 모든 창문과 문에서 견고한 철문이 내려왔다.

남자의 삶은 그렇게 단단히 봉인되어졌다. 마치 수십 미터에서 떨어져도 부서지지 않는 통조림 같았다. 내용물은 한 세기가 지나도 상하지 않을 것이다. 도시 사람들은 그를 즉시 잊었다. 새롭고 효과적인 치료법이 발견될 때까지 그는 잊힌 채로 남을 것이다.

5

남자는 서른세 살이다. 남자는 말쑥한 정장을 입고 얇은 가죽 가방을 무릎 위에 올려두고 대기실 의자에 가만히 앉아 있었다. 맞은편 벽 큰 거울 속 사내는 언젠가부터 악몽 때문에 잠을 제대로 자질 못하는 날이 계속 이어졌다. 그가 병원을 찾은 것도 그 악몽 때문이었다. 그는 한참을 멍하니 거울 속을 드려다 보았다. 눈 그늘이 드려진 그의 퀭한 눈이 그를 더 초췌하게 보이게 했다.

같은 시간 또 한 남자가 을씨년스러운 도로 위를 달렸다. 그의 차는 중앙선을 반쯤 넘어선 상태로 속력을 내고 있었다. 도로 위의 차들은 줄을 맞춰서 일정한 간격으로 정차돼 있었다. 차마다 사람들이 타고 있었지만, 꼼짝도 안 하고 앞만 쳐다보고 있다. 그들은 중앙선을 넘나들며 지나가는 차에 눈길 한번 주지 않았다.

죽은 도시에서 혼자 살아남은 그 차는 미끄러지듯 병원으로 들어왔다. 주차는 하지 않았다. 차를 아무렇게나 내팽개쳐도 누구도 불평하지 않을 터였다. 남자는 차에서 내려 거침없이 백색건물 안으로 들어갔다.

대기실의 사내는 손목시계를 쳐다봤다. 10시 11분. 그는 의사와 열시 반에 진료를 받기로 했지만, 약속시간보다 30분 먼저 나오는 게 습관처럼 굳어져버렸다. 그런 성실함이 그의 영업방법 중 하나였다. 그는 절대 손님을 기다리게 하는 법이 없었다.

사내는 흰 가운을 입고 있었다. 접수대에 유니폼을 입은 젊은 아가씨 두 명이 앉아 있었다.

"원장을 만나야겠습니다." 남자가 말했다.

"예약하시겠습니까?" 누군가 대답했다.

"당장 만나야겠어요." 남자는 마치 마이크에 소리치듯 또렷한 음성으로 말했다. 아무런 대답이 없었다. 남자는 진득이 기다렸다.

갈색 조끼를 입은 사나이가 어디선가 기다렸다는 듯 나타났다. 그는 밤을 새웠는지 피곤한 얼굴이었다.

"이러면 안 됩니다. 지금은 들어가실 수 없어요."

갈색 조끼가 말했다.

"아니요, 지금 봐야겠습니다."

"지금이요?"

갈색 조끼를 입은 사내는 손목시계를 내려다봤다. 10시 18분이었다.

"좋습니다. 10분밖에 못 드립니다."

"좋아요." 남자가 동의했다.

갈색 조끼의 사내는 남자의 흰 가운을 벗겼다. 그리곤 무전기에 대고 지시 사항을 떠들 동안 남자는 계단을 올라 2층으로 올라갔다.

남자는 10시 19분에 거울 속 자신을 흘끔 쳐다보는 것이 지루했는지 주변을 둘러보았다. 오전 시간에 사람들은 그다지 많지 않았다. 대기실엔 중년의 부인 한 명과 아이를 데리고 온 젊은 여인 한 명이 앉아 있다.

3분 전에 의사 가운을 입은 젊은 여자가 대기실을 지나갔었다. 젊은 남자가 대기실에 나타난 것은 그때였다. 계단을 뛰어 올라왔는지 얼굴이 상기되어 있었다. 사내는 남자를 흘끔 쳐다보고는 빈자리에 앉지 않고 우두커니 서 있었다. 곧이어 진찰실 문이 열리면서 간호사가 머리를 내밀고 누군가의 이름을 부르자 그 젊은 남자는 성큼성큼 진찰실로 들어갔다. 남자는 손목시계를 봤다. 10시 20분이었다.

주어진 시간은 10분밖에 없었다. 무슨 얘기를 하려고 이렇게 서둘러 달려온 걸까? 남자는 자신의 행동이 좀처럼 이해가 되질 않았다.

이 치료를 중단시키겠다는 생각은 해본 적이 없었다. 그건 그의 권한 밖이었다. 적어도 도망칠 수는 있었다. 그는 그렇게 자기 자신을 위로 했다. 하지만, 남자는 마지막으로 그 사내를 보고 싶었다. 직접 눈으로 확인하고 싶었다. 그렇지만, 무엇을……? 그는 마치 로봇 같았다. 입력해 놓은 프로그램대로 행동하는 차가운 로봇을 닮았다. 하지만, 그의 얼굴을 보자마자 생각이 달라졌다. 아주 짧은 순간이었지만 그는 욕망이라는 실로 꽁꽁 감긴 털실 같았다. 그는 즉시 시선을 돌렸다. 무릎 위에 놓인 남자의 손으로 시선이 옮겨가자, 아이의 목을 조르던 두 손이 생각났다. 쾌락을 즐기는 미소도 떠올랐다. 그의 손에 들린 칼이 떠오르자 남자는 그 기억을 머릿속에서 밀쳐냈다.

진료실의 의사는 자리에서 일어나 있었다. 놀란 얼굴은 아니었지만 배신을 예감한 사람의 표정처럼 약간은 언짢은 표정이었다. 그들은 아주 긴 시간 동안 아무 말도 없이 서로 노려보았다.

"그만두겠습니다." 이윽고 젊은 남자가 말했다.

체념한 듯한 말투는 아니었다. 조금은 지친 것처럼 보였다. 남자는 밤새도록 자신의 일과 그 사내에 대해서 고민했었다. 하지만, 다 허사였다. 남자는 지쳤고 겁이 났다. 그를 밤새도록 괴롭혔던 의문이 머릿속을 떠나지 않았다. 그 병균 같은 사내가 정말로 자유의사에 의해서 살인을 저지른다면 어떻게 되는 걸까? 그것이 질병이 아니라면 우리에게 남는 건 도대체 뭘까? 남자는 자기보다 두 배는 더 많이 살았을 것 같은 중년의 의사를 쳐다볼 뿐 아무런 말도 하지 않았다. 젊은 남자는 신분증을 꺼내서 책상 위에 가만히 올려두었다. 의사도 아무 말

없었다.

젊은 남자는 서둘러 진료실을 빠져나왔다. 나올 때는 애써 시선을 외면했다. 대기실에 앉아 있는 사내를 보고 싶지 않았다.

남자가 들어왔을 때 의사는 자리에 앉아 차트를 보는 시늉을 했다. 그가 들어오자 환하게 웃으면서 자리에 앉을 것을 권했다. 남자는 곧 떠날 사람처럼 의자 끝 부분에 살짝 걸터앉았다. 차트를 서랍 속에 집 어넣고 의사는 씨익 웃어 보였다.

젊은 남자는 화가 난 사람처럼 터벅터벅 병원 밖으로 걸어 나왔다. 가지런히 주차된 차들 사이에 아무렇게나 세워둔 차에 올라탔다. 차 를 돌려 병원을 빠져나가려고 도로로 들어서는 순간 잠시 멈칫했다. 남자는 도로에 합류하기 전에 습관처럼 지나가는 차가 없는지 확인 했다. 하지만, 여기선 그럴 필요가 없었다. 도로는 쥐죽은 듯 조용했 다. 마치 이제 더는 사용하지 않는 영화 세트 같았다. 차는 올 때처럼 다시 도로의 중앙선을 밟고 천천히 앞으로 나갔다. 갓길에 대기한 차 들은 마치 가로수 같았다. 하지만, 언제든 신호가 떨어지면 앞으로 나 갈 준비를 하고 있었다. 남자는 차창으로 우두커니 서 있는 행인과 늘 어서 있는 자동차를 지켜봤다. 몸서리가 쳐졌다. 이 무섭고 끔찍한 도 시를 빨리 빠져나가고 싶었다. 그의 오른발에 힘이 실리기 시작했다.

의사의 진료는 조금 뻔했다. 남자는 그가 유능한 의사로 보이진 않 았다. 의사는 그의 악몽이 그저 가중한 업무 탓이라고 했다.

"꿈 얘기를 좀 해주세요."

의사가 말했다. 그는 의자에 등을 기대고 앉아서 편안한 자세로 남자의 얘기에 귀를 기울였다.

언젠가부터 남자를 괴롭혔던 악몽은 아주 선명한 꿈은 아니었다. 남자는 어디까지 이야기해야 할지 판단이 서질 않았다. 다 큰 사내 둘이서 시시콜콜한 꿈 얘기를 하자니 조금 웃기기까지 했다. 남자는 꿈 속의 형상 중 몇 개를 얘기했다. 흔히 꾸는 그의 악몽은 대체로 어린 아이의 꿈이었다. 고통 받는 아이의 얼굴이 끊임없이 그를 괴롭혔다.

그들의 대화는 조금씩 어긋났다. 마지못해 맞선 자리에 나온 상대와 대화를 시도하는 듯한 지루함과 의무감에 서로에게 질문을 던졌다.

"꿈속의 아이 중에 아는 얼굴이 있던가요?"

"아니오. 처음 본 아이들이었습니다."

"애들을 싫어하시나요?"

"전혀요. 좋아합니다."

"아이 있으신가요?"

"네, 딸이죠."

"몇 살인가요?"

"곧 생일인데 그럼 여섯 살이죠."

의사는 지나치게 말쑥하게 차려입은 남자의 직업을 짐작해 보며 물었다.

"하시는 일이 꽤 바쁘신 것 같네요."

남자는 진료실 안에서도 가죽 가방을 무릎 위에 올려두었다.

"네, 요즘 조금 바쁘네요."

남자는 의사가 이제 과중한 업무 얘기를 하려나 짐작했다. 불규칙한 식사, 운동부족, 세일즈맨이 느끼는 무의식적인 대인공포, 실적에 대한 부담감 등등……. 그런 이야기를 쭉 늘어놓으면서 마치 자신도 그런 걸 잘 안다는 듯 떠벌리며 동질감을 얻으려는 수작을 부릴 것만 같았다. 하지만, 남자가 조경업을 한다고 하자 의사는 그가 예상했던 말들을 단 한마디도 하지 않았다. 뜻밖에 의사는 자신이 얼마나 정원을 엉망으로 꾸미고 있는지를 장황하게 설명하기 시작했다.

남자는 흥미를 느꼈다. 그가 고객을 만날 때 처음 하는 행동이 정원을 둘러보고 온갖 인상을 다 쓰는 거였다. 마치 밀림 속을 헤쳐나가야 할 여행객처럼 찬찬히 정원을 둘러보는 것이다. 그러고는 하나하나 나무들의 이름을 얘기하면서 조목조목 설명을 해주는 거다. 그럼 그때부터 영업하기 수월해진다.

남자는 의사가 묘사한 밀림 같은 정원을 머릿속에 그려보고 나서 나무들을 다시 쓸 만한 자리로 재배치하기 시작했다. 그는 종이 위에 그림이라도 그려서 설명하고 싶은 충동을 느꼈다. 남자는 얼른 가방 안에서 팸플릿 몇 개를 꺼냈다. 의사는 꽤 관심 있는 눈치였다. 남자가 그걸 놓칠 리 없었다.

"이건 뭐죠?"

의사가 팸플릿 속 상수리나무를 가리켰다.

"이게 우리 회사 히트 상품이죠."

남자는 신이 났다. 그는 팸플릿을 완전히 펼쳐보였다.

2미터에서 2미터 50센티쯤 되어 보이는 나무들이 눈에 들어왔다. 나무의 수형은 매우 곧고 매끈했다. 나무 밑에 성인 남자가 웃으며 서 있었는데 그 남자의 머리 위로 한 뼘쯤에서 곧고 튼튼한 가지들이 다섯 개에서 여섯 개씩 사방으로 뻗어 있다. 수피는 세로로 거칠게 갈라졌지만, 잔가지들은 대체로 매끈했고 잎은 짙은 푸른색의 타원형으로 길쭉했고 적당히 커서 나무 밑으로 시원한 그늘을 만들었다. 언뜻 보기엔 인조나무 같았다.

"선생님, 근사하지 않습니까? 등산 좋아하시나요?"

"이따금 갑니다."

의사는 마지막 질문에 대답했다.

"이게 무슨 나무라고 생각하십니까?"

"글쎄요."

의사는 마치 범인의 몽타주라도 보듯이 눈을 가늘게 뜨고 사진을 들여다봤다.

"잎을 보면 꼭 상수리나무 같군요."

"알아보시는군요." 남자는 만족스러운 대답을 들었는지 씨익 웃어 보였다. "이 녀석은 신갈나무의 변종입니다. 정식 명칭은 '직신갈나무'라고 하는데 '다람쥐나무'로 더 많이 알려졌죠."

남자의 말처럼 팸플릿에는 '다람쥐나무'라는 문구가 쓰여 있었다. 한구석에는 두 마리 다람쥐가 도토리를 쥔 채 나뭇가지 위에 앉아 있었다.

"정원수로 가장 인기 품종이죠. 나무를 다섯 그루 이상 사시면 다람쥐 한 쌍을 서비스로 드리고 있습니다."

"진짜 다람쥐를 준다고요?"

"진짜는 아닙니다. 하지만, 아주 정교하게 만든 모델이죠. 진짜라고 해도 믿으실 겁니다."

남자는 잠시 뜸을 들이더니, 제 딸은 진짜 다람쥐로 믿는다며 속삭이듯 말했다. 누가 듣기라고 한다는 듯 그가 능숙하게 연기를 펼쳐보였다. 남자는 의사의 표정을 살폈다. 반쯤은 넘어온 것 같았다. 하지만, 서두를 건 없었다. 정당한 때에 그의 집으로 쳐들어가 밀림 같은 처참한 정원을 한번 둘러보고 나서 계약서를 쓰면 될 터였다.

남자가 병원 로비를 나서자 멈췄던 세상은 다시 활기를 찾기 시작했다. 거리의 행인들은 분주히 발을 놀리기 시작했고 갓길에 주차된 차들은 하나둘씩 줄을 맞춰 앞으로 나갔다. 남자는 주차된 차를 빼고 도로 위에 올라탔다. 그는 회사에 잠시 들렀다가 집으로 갈 생각이었지만 생각을 바꿨다. 예상치 못한 계약을 하나 따낸 것 같아서 기분이 좋았다. 불면증 때문에 걱정하는 아내에게 병원에 갔다 왔다는 이야기도 하고 잠시 쉬면서 점심도 먹을 겸 집으로 차를 돌렸다.

그 남자의 집 정원은 집보다 더 넓었다. 집 앞쪽으론 직신갈나무가 작은 숲을 이룬 것처럼 보였다. 언뜻 보기엔 크고 작은 나무들이 아무렇게나 심어진 것처럼 보였지만 남자가 전부 치밀하게 계산해서 직접 심었다. 멀리서 보기에 각 나무의 키와 수폭, 가지의 방향들이 자연스럽게 조성된 숲을 연상하도록 계산된 것이다.

차 엔진 소리가 들리자 전자다람쥐는 후다닥 자신들의 은신처로 숨어들었다. 전자다람쥐는 진짜 다람쥐를 쏙 빼닮았다. 특히나 떨어진 도토리를 줍는 데 있어서는 진짜보다 훨씬 능숙했다. 남자의 세일즈에는 이 모든 것이 포함돼 있었다. 인공 숲 같은 정원, 애완용 전자 동물, 무공해 임산물 채집, 도토리나무는 가정집 정원에 알맞게 시각적인 면과 기능적인 면이 완벽히 조화롭게 조작되었고 전자다람쥐는 목적 없이 도토리를 지정된 장소로 주워 모았다.

남자는 자신의 판매물을 잠시 감상하고는 만족스러운 표정을 지어 보였다. 지갑 안엔 의사의 명함이 있다. 그는 조만간 자신의 정원을 통째로 맡길 것이다. 꽤 큰 계약이다. 운이 좋으면 의사의 친구들도 줄줄이 엮일 것 같았다.

남자가 현관문을 열기까지 아내는 부엌에서 몇 시간이고 대기 중이다. 아이는 거실 소파에 앉았는데 현관문이 열리면 바로 뛰쳐나가게 입력되었다. 남자가 현관문을 열면 그것은 신호이자 스위치였다. 아내는 준비해 준 요리를 시작할 터였고 아이는 남자에게 달려가 안길 것이다. 그와 동시에 도시는 다음 지시가 떨어지기까지 잠시 쉴 수 있었다. 길 위의 행인은 그 자리에 우뚝 멈춰 서고 도로 위의 자동차는 갓길에 차를 세우고 시동을 끌 것이다. 쓰레기통을 뒤지던 고양이도 얌전해질 것이고 울던 새도 날개를 접고 나뭇가지에 조용히 내려앉을 것이다.

그녀를 만나다

곽재식

2005년 8월부터 거울에서 필진으로 활동하고 있다. MBC 베스트극장 「토끼의 아리아」편의 원작자이며, 공동단편집 『한국 환상 문학 단편선』, 『유, 로봇』을 출간하였다. 2009년에는 『곽재식 단편선』을 발간하였다.

1.

내 목 뒷덜미에는 전자식 조절 장치가 박혀 있었다. 나는 그 장치에 손을 뻗었다. 좌우가 잘 보이지 않는 것 같아서 장치를 이리저리 조금 움직였다. 살짝 고쳐 놓고 보니, 그제야 눈앞이 깨끗하고 시력이 제대로 돌아온 느낌이 들었다. 커피며 차를 파는 실내의 모습과 서로 마주앉은 남녀들의 모습이 선명하게 더 잘 보였다. 「The Good Life」를 화려하게 꾸며서 연주하고 있는 피아노 연주자의 모습도 또렷하게 눈에 상이 맺혔다.

이 시청 앞 호텔에서 이렇게 일요일 오후에 앉아 있는 다른 여러 사람들처럼, 나도 그 자리에 나가기 전에 참 고민 많이 한 사람이라고 할 수 있었다. 거기서 길 하나를 건넌 도넛 가게 즈음에는, 사람을 만나고 같이 시간을 보낸다는 자체가 즐거운 시간이 되는 편안한 사람들도 얼마든지 있었다. 하지만 이곳 호텔에서, 기적과 같은 가격의 커피를 마셔야 하는 사람들은 또 다른 목적을 갖고 있다. 같이 있다는 것 자체보다는, 그 동안 서로를 탐색하고 서로간의 가치가 자신의 가치 평가 기준에 맞는지 측정하는 것이 목적이 되는 것이다.

나도 그 자리에 앉아서 그녀를 기다릴 때, 옆자리에 있는 다른 어떤 사람 못지않게 온갖 생각이 뒤죽박죽이었다. 특히 지금 나는 사람을 만난다거나, 이렇게 많은 이들이 오가는 도시 가운데에서 누군가와 약속을 하고 접촉을 한다는 행동부터도 무척이나 낯설게 느끼고 있었다.

하지만 옆자리에 앉은 사람들에 비하면, 어떻게 보면 내 상황이 그렇게 나쁜 것은 아니라고 할 수도 있었다. 일단 나는 생전 처음 보는 사람을 만나는 것은 아니었다. 오히려 나는 누구보다 익숙한. 익숙했던. 내가 사랑하는 그녀를 만나는 것이었다. 비록 1년 반 동안 얼굴을 못 보기는 했다. 하지만, 그래도 이래저래 어떻게 살아왔는지 대충은 전해 듣고 알고 있었다. 게다가 그 1년 반 동안 떨어져 있던 시간도 다른 어지간한 연인들이 1년 반 동안 떨어져 있던 것 보다는 상황이 나았다. 그녀와 내가 서로 떨어지게 된 것은, 크게 다투었다든가 하는 것 때문도 아니었고, 결혼을 앞두고 갑자기 '현실적'이 되어서도 아니었다. 그렇다고 일일연속극처럼 어머니께서 그녀를 만나자고 해서는, "단도직입적으로 말할게요. 우리 아들 만나지 마세요." 이런 대사를 한 것 때문도 아니었다.

내가 그녀와 헤어지게 된 까닭을 비교해 보자면, 위에서 언급한 여러 가지 경우들은 물론이거니와, 전학으로 헤어지는 중고등학생들의 애틋함이라든가, 지방 연구소에 근무하게 되어 헤어지게 되는 연구원의 사연 등등보다도 훨씬 화끈했다. 내가 간다고 했던 곳은 훨씬 더 먼 곳이었다. 얼마나 먼가하면 한 번 가면 언제 올 수 있을지 모를 정도로 먼 곳이었다.

왜, 전통 민요 중에 널리 알려진 곡 하나 있지 않은가? 「쾌지나칭칭 나네」나 「옹헤야」처럼 방정맞은 것 말고. 「아리랑」이나 「도라지 타령」처럼 너무 식상한 것 말고. 상여 매고 장사지낼 때 부르는 노래. 말하자면, 「장송행진곡」이라고 할 수 있는 그 노래. 메기는 부분과 받는 부분의 선명한 분화와 조화로 널리 애창되는 그 노래 말이다. 그 노래에서, 아마 다른 가사는 잘 알려지지 않았을 지라도, 이 대목 하나만은 어린이들부터 노인들까지 잘 알 것이다. "이제 가면 언제 오나-". 지역에 따라서, "어어야— 데에야—"하고 따라 받는 곳도 있고, "어어어— 어어— 어어어—" 하고 따라 받는 곳도 있다. 그리고 앞뒤의 현란한 사설들에 해당하는 가사들은 부를 때마다 부르는 사람마다 가지각색이다. 그러나 이 노래에서 가장 널리 알려진 핵심이자, 상여 매고 나갈 때 부르는 노래에서 최고 인기를 누리는 가사는 단연, "이제 가면 언제 오나"가 아니냔 말이다.

그러니까, 바로 그 널리 알려진 전통 민요의 가장 유명한 노래 가사처럼, 바로 내가 그녀와 헤어진 이유인즉, 내가 바로 그 '이제 가면 언제 오는지' 알 수 없는 곳 근처까지 거의 갈 뻔했기 때문이었던 것이다. 바로 나는 저승에 갈 뻔했던 것이다.

나를 그곳까지 안내했던 양반은 인플루엔자 바이러스라는 다시 생각하기도 지긋지긋한 것이었다. 나는 처음에 그냥 감기에 걸린 줄 알았다. 그렇지만 워낙에 힘들기에 동네 의원에서 종합병원으로, 대학병원으로 전전하다가 요즘 갑자기 유행한다는 이상한 종류의 바이러라는 것을 알게 되었다. 그나마 한 2, 3주 앓고 나면 털고 일어날 줄 알았는데, 별별 터무니없는 합병증이 하나둘 겹치게 되었고, 결국 한 반년을 병상에서만 지긋지긋하게 골골거리게 되었다. 그러고 나니 이 인플루엔자 바이러스와는 작별하게 되었건만 대신에 그 즈음, 내 폐와 심장이 아주 팍 삭아 버린 것이었다. 그 밖에도 반년 동안 병원을 헤매는 사이에 내 몸 곳곳 어느 하나 성한 구석이 없게 되었고, 결국 나는 폐와 심장이 제 기능을 못해서, 만약 세상이 어떤 할 일 없는 신이 돌리는 가상현실 게임이라면 'GAME OVER' 가 커다랗게 하늘에 나타나는 순간을 맞이할 지경에 이르렀다.

그렇지만 역시 사람이란 저승구경은 하고 싶지 않기 마련이지 않은가? 사방에 얼음밖에 없는 알래스카나 보이는 것이라고는 모래뿐인 사하라 사막 구경을 해 보고 싶다는 생각도 해 본 적이 있었지만 저승을 보고 싶지는 않았다. 머리 셋 달린 개가 문을 지키고 있다든가 날개 달고 날아다니는 유치원생 같은 것이 찬송가를 부르면서 기쁘게 해 준다는 소문이 있기는 했지만, 어쨌거나 거기를 직접 가보고 싶은 마음은 전혀 없었다.

나는 극히 쇠약한 몸 상태였지만 정신은 대충대충 멀쩡하게 박혀 있었기 때문에, 곧 여러모로 (문자 그대로) 살아날 궁리를 하면서 이런저런 치료법의 대가라느니, 특수한 치료사라느니 하는 작자들을 만나고 다니게 되었다. 그러다 보니, 별별 잡스런 인간들을 다 만나보기도 했다.

개중에는 이 새로운 병으로 가망 없이 죽어가는 사람을 낫게 하는 굿을 전문으로 한다는 무당도 있었다. 무당은 이런 이야기를 나에게 해 주었다.

"왜, 옛날부터 영어로 나쁜 것을 배드라고 하고, 좋은 것을 굿이라고 하지 않습니까. 그게 다, 바벨탑 쌓다가 인류의 말이 달라지기 전에 서로 말이 같았던 흔적입니다. 굿이 좋다고 굿이라는 겁니다. 굿이 비과학적이라고는 하지만, 현대과학이 설명할 수 없는 우주의 기와 만물의 에너지 이론이 응축된 것이 바로 굿이라는 것입니다. 배드한 것을 쫓아내는 굿한 것이 바로 굿입니다!"

이 따위의 한심하기 짝이 없는 이야기를 늘어놓는 놈들만 죽어라 만나다가 (내 경우에는 '죽어라 만나다'라는 말 역시 과장법이 아니라 문자 그대로의 뜻이었다.) 마지막으로 택한 것이 그나마 말이 되는 실험적인 치료법으로서, '뇌 이식법'이었다.

2.

내 몸은 심하게 망가져 있었다. 걸을 수도 없고, 삼각 김밥 포장을 해체할 정도의 손가락을 놀릴 만한 체력도 없었다. 아무 짝에도 쓸모 없는 몸이었다. 굳이 내 몸의 용도를 생각해 보자면, 체중계의 튼튼함을 측정할 때 사용해 보는 시험용 추 정도? 그 정도 외에는 아무 기능을 하지 못하는 신체였다. 하지만 다행히 아직 두뇌는 멀쩡하지 않은가? 그러니까 나의 뇌를 이 꼴꼴하는 꺼져가는 몸통에서 빼내서 새로 만들어낸 새 몸통에다 이식수술을 하자는 것이다. 그것이 바로 뇌이식법이었다.

물론 완벽하지는 않다. 새로 만든 몸은 원래 내 몸과 최대한 비슷하게 이런저런 방법으로 제조해 낸 것이기는 하지만 아주 똑같지는 않았다. 거기다가 어머니께서 일체형 완제품으로 낳아주신 몸보다 완성도와 호환성도 좀 부족하다. 보통 만성 관절염이나 지나치게 이른 탈모 같은 것으로 고생하는 경우가 많다고 했다.

"소니 랩톱 컴퓨터 액정 화면을 뜯어서 도시바 랩톱 컴퓨터에 붙인다고 생각해 보세요. 컴퓨터에 푹 빠져 있는 사람이 잘 조절해서 세밀하게 연결하면 어쨌거나 화면은 나오겠지만, 그래도 아무래도 불안정하지 않겠습니까? 뭐 그런 겁니다."

의사는 그런 비유로 나에게 설명했다. 이 자식 참 기분 좋게 설명하네. 나는 중환자실에서 호흡장치를 달고 오늘 죽나 내일 죽나 하는 처지였으므로 뭐라고 욕 한 마디 할 기운도 없었다. 하지만, 의사 녀석이 그렇게 설명하는 말을 듣자니 갑자기 욱하면서 확 엎어버리고 싶다는 마음이 간절했다. 이 놈의 의사는 나의 새 몸을 용산에서 용팔이랑 흥정해서 살 놈 같지 않은가?

그런 시술이었던 까닭으로, 뇌이식법은 새 몸에 뇌를 이식한 뒤에는 부작용이 너무 심해지지 않도록 조절하기 위해서는 목덜미 즈음에 기계로 된 조절장치를 하나 박아 놓고 평생 살아야 한다는 문제가 있었다. 더군다나 이식과정에서 뇌도 온전하게 이식되는 것도 아니었다. 원래 뇌를 통째로 그대로 다 옮기기에는 공간이 부족한 것이다. 그 결과 상당한 기억과 지식을 잃게 되기도 한다. 그렇게 원래 뇌가 없어지니 새롭게 인공적으로 처음부터 키워낸 뇌 조직으로 대체하는 부분도 많다고 했다.

하지만, 어쨌거나. 어쨌거나. 죽지는 않는다. 저승사자는 안 만난다는 것이다. 손해 보는 구석이 있고, 돈은 꽤 많이 들지만, 그래도 수술 성공률도 낮은 편은 아니었다. 실패할 가능성도 있었지만, 성공할 가능성도 걸어 볼만한 도박 정도는 되었다. 만약 그 도박에서 이기기만 한다면, 땡일지 따라지일지는 모르겠지만, 잘만 풀려서 제대로 뇌이식법을 시술하고 나면, 나는 더 살 수 있다. 잘 살 수 있다. 멀쩡하게 한 사람 구실을 할 만한 상태로 새로운 몸에서 다시 깨어날 수 있는 것이었다.

결과부터 말하자면, 뇌이식법은 성공했고, 새 몸에 뇌를 옮기고 나서 20개월 동안 나는 회복 프로그램을 따라 회복 훈련을 받았다. 새롭게 이식되는 몸은 모든 면에서 쉽게 적응될 수 있는 일종의 아기 몸이었으므로, 나는 20개월 동안 성장 프로그램에 따라 단시간 내에 성장할 수 있도록 날마다 수십 개의 약품을 투여 받았고, 웬 갖가지 영양액을 주입 받았다. 처음에는 머리가 엄청나게 아픈 두통에 시달릴 때도 많았고, 가끔 숨이 쉬어지지 않거나, 눈이 보이지 않는 증상에 시달릴 때도 꽤 많았다. 하지만, 뇌이식법 이전에 병상에서 괴로워하던 시간에 비하면 그렇게 견디기 어려운 것은 아니었다. 더군다나 시간이 갈수록 점점 그런 점은 좋아졌다. 특히 목 뒤에 붙여 놓은 조절장치를 적절히 이용할 수 있게 되자, 그런 문제로 갑자기 어려움을 겪는 일은 거의 없어지게 되었다.

내 '스스로도' 몸에 점점 익숙해졌다. 처음에는 꼭 어린애 같은 몸에 머리를 만져보면 커다란 흉터가 있는 꼴이 꼭 징그러운 괴물 같이 느껴졌다. (실제로 회복프로그램 9개월까지는 거울을 주지도 않고 최대한 몸을 스스로 보는 것을 권하지 않는다.) 하지만 시간이 지날수록 점차 몸은 원래의 몸과 비슷해졌다. 속눈썹이 조금 더 길어 보이고 턱이 약간 더 넙적해 보이기는 했지만, 얼굴 모습도 원래 내 모습과 아주 많이 닮아 보였다. 언젠가 의사에게 한 번 물은 적이 있었다.

"저, 이제 몸 움직이고 먹고 자고 하는 데는 큰 이상은 없는데요. 그래서 말인데, 그러다보니까 궁금한 게 하나 있습니다. 제 원래 몸은 어디 있습니까? 어떻게 된 건가요? 뇌를 빼내고 남은 몸은, 그냥 폐기해서 어디 버린 건가요?"

의사는 말없이 나를 잠시 뚫어지게 쳐다보았다. 나는 무안해서 말없이 고개를 떨어뜨렸다. 아무 말 없이 시선을 아래로 하고 있자니, 괜스레 30대 초반의 이 여 의사가 스타킹을 신은 자기 다리에 자신감을 갖고 있다는 생각이 들었다. 곧 그제야 내 말을 이해했다는 듯 의사가 말했다.

"아아, 그 부분이 결손부위시구나. 오퍼레이션 때 브레인에서 절제된 부분 때문에 그 부분을 설명드렸던 게 지금 메모리에 안 남아 계시는 모양이네요. 그거 원래 오퍼레이션 전에 설명 드렸었는데. 그 부분은 컷 아웃 되는 바람에 기억을 못하시네. 그게…… 올드 바디가, 지금 환자분 지금 바디세요."

"예? 이 몸은 새 몸 아니에요? 원래 몸은 폐랑 심장이 곯아서 못 쓰는 병든 몸이었는데……"

"그게, 시술법이 나온 초기에는 올드 바디는 따로 묻어두고 완전히 뉴 바디를 따로 드렸던 때도 있었어요. 그런데 그러니까 꼭 남의 바디에 영혼만 들어온 것 같다고 생각하게 되는 환자분들이 많아서 적응이 잘 안되고 회복 프로그램이 잘 프로시딩 되지 않더라고요.

그래서 요즘에는 그렇게 안 하죠. 지금은 지금 환자분 바디가 정말 자신의 바디가 맞다는 느낌이 들도록, 올드 바디를 다시 다 갈고 녹여서 분해처리해서 영양액으로 재처리하고 있어요. 그리고 그 영양액을 지금 환자분 바디로 성장할 수 이루도록 다 공급해 드렸고요."

"그러니까, 제가 지금까지 몸에 맞았던 영양제 같은 것들이 다 제 시체 갈아서 만든 주스라는 건가요?"

의사는 입을 가리고 즐겁게 호호 하면서 웃었다.

"에이, 환자분 말씀 되게 웃기세요. 그렇게 말하기 보다는, 예전 환자분 바디를 이루고 있던 단백질 아미노산 중에 대략 65퍼센트 정도는 지금 환자분 바디를 이루고 있다고 말하면 더 듣기 좋죠."

닥터가 잉글리시로 스피크하거나 말거나 간에, 그때 다시 한 번 절실하게 깨달았던 것은 확실히 뇌이식법을 쓰는 동안 날아간 기억이나 지식이 정말로 많았다는 것이었다. 예를 들어서 나는 영어를 썩 잘하는 편이었고, 고등학교 때와 대학교 때 스페인어를 재미있게 배운 기억이 있었다. 그런데, 뇌이식법 이후에는 영어실력은 별 차이가 없었지만, 스페인어는 도무지 하나도 생각나지 않았다. 수영이나 어릴 적 좋아했던 컴퓨터 게임 같은 것은 다시 접해도 문제가 없었지만, 원래 좋아했던 프로야구에 대해서는 도무지 아무것도 떠올릴 수 없었다.

하지만, 뇌이식법이 성공할 수 있는 핵심은, 뇌가 35퍼센트 정도만 잘 보존되어 있으면, 새로운 뇌조직으로 금세 다시 학습을 통해 보충하고 적응시킬 수 있다는 점이었다. 이것을 뇌이식법의 기본 이론이라고 부른다. 분명히 수술에서 깨어난 직후에 나는 프로야구에 관한 기억을 모두 잃어버린 상황이었다. 하지만, 내가 프로야구를 좋아했다는 사실을 알고, 다시 스포츠 신문들과 한국 프로야구 연감을 살펴보기 시작하자 나는 다시 프로야구에 흥미를 갖고 빠져들 수 있었다. 그래서 결국에는 얼마 지나지 않아 프로야구를 다시 좋아하게 되었다. 물론, 이것은 완전히 없어진 상태에서 새로 보충된 뇌 조직으로 새로 익힌 것이었기 때문에, 예전과 똑같지는 않다. 예를 들어서, 예전의 일기를 보면 나는 손민한 선수를 좋아했다. 하지만, 지금의 나는 이대호 선수를 더 좋아한다. 그런 세세한 차이는 있지만, 그래도 다른 여러 내 성격과 지식은 예전과 다름이 없다보니까 서로 영향을 끼치고 조화를 이루어 전체적으로는 예전과 비슷해진다. 즉, 나는 세세한 상황은 좀 달라졌지만, 어쨌거나 여전히 프로야구를 좋아하고, 자이언츠를 좋아하는 사람이다.

회복 프로그램의 뒷부분 10개월 동안, 나는 주로 이렇게 예전 기억이나 지식 중에 잃어버린 것들을 다시 배우는 일들을 했다. 가족들이나 친구들에 관한 기본적인 지식을 다시 한 번 훑어보았고, 학교 다니면서, 직장에서 일하면서 배우고 익혔던 일들을 다시 한 번 돌이켜 보았다. 어릴 때 겪었던 일들과 그 동안 재미나게 읽었던 책들, 기억에 남는 영화들을 돌이켜 보았다. 「전쟁과 평화」의 줄거리는 하나도 기억이 나지 않았지만, 뤼팽이 나오는 『수정마개』의 등장인물들은 어렴풋하게 기억이 났고, 친구와 함께 「괴물」을 보러갔다가 앞자리에 앉왔던 어린이들이 괴물이 나올 때마다 눈을 가리고 무서워서 눈물을 흘렸던 것은 기억이 났는데, 정작 영화 내용은 기억이 나지 않았다. 그런 내용들을 확인하고, 부족한 부분들을 새로 익히면서, 다시 예전 생활에 적응할 수 있도록 훈련하는 일들을 했다.

이런 일들은 차근차근 일정에 맞게 진행 되었고, 특히 학습과 적응 작업이 너무 과해지지 않도록, 억제 교육과 안정성 훈련도 착착 함께 펼쳐졌다.

의사는 날마다 서로 다른 스타킹을 신고 나타나, "환자분 리커버리 스피드가 어패어런트 하시네요. 병원에서 수술기술자들끼리 하는 말 중에 그런 말이 있어요. 묵 국수 먹을 때 젓가락질을 잘해서 젓가락으로 묵 국수 먹어도 묵 잘 안 부서지게 잘 잡는 사람이 수술할 때 대뇌 만질 때도 잘한다고 그러거든요. 왜 묵 먹으려고 젓가락으로 잡았는데 젓가락 잡는 힘 때문에 묵 쪼개져서 자꾸 놓치면 되게 짜증나잖아요. 대뇌 집을 때도 느낌 똑같거든요. 잘 안 집히면 진짜 짜증나요. 제가 묵 국수 되게 잘 먹는데, 역시 제 환자라서 다르시네." 라고 말했다. 그 모습은 못미덥기 그지없었고, 이 사람은 뇌이식법으로 죽기 직전의 사람을 건강하게 살려 놓는 것보다는 오히려 스타킹 자랑하는 것이 인생의 즐거움인 중생 아닌가 싶기도 했다.

하지만 그 부실한 의사의 말처럼 분명히 시간이 가면 갈수록 나는 예전 상태를 빠르게 회복해 가고 있었다. 그러니까 회복 프로그램은 처삼촌 벌초하듯 건성으로 진행되는 수준이었음에도 불구하고 나에게 주는 효과는 충분했던 것이다. 이를테면 처삼촌이 아니라 처팔촌 벌초라도 장비만 전기톱과 분묘용 잔디깎이 기계를 갖추어 벌초했면 대충해도 꽤 말끔하게 된다는 느낌이었다.

역시 뇌이식법의 기본 이론은 맞는 것인지, 내 스스로도 수술 와중에 손실 된 것들을 회복하고 새로 익히는 일들의 속도가 빠르다는 느낌이 들 때도 많았다. 종종 그 증명이 극적인 경우까지 있었다. 예를 들어서, 내가 맡았던 일 중에는 회사에서 회사가 운영하고 소유하는 대학원을 관리하는 업무가 있었다. 그런데, 이 대학원은 교육 프로그램도 형편없고, 교수진이나 연구 성과도 미미한 없는 것이나 다름없는 그야말로 쓰레기 같고 조악하기 짝이 없는 대학원이었다. 그런데도 회사가 소유한 이 대학원은 많은 입학자와 졸업자를 배출하면서 잘 돌아가고 있었다. 왜? 어떻게? 그 이유를 나는 분명히 알고 있었는데, 지금의 나는 기억해 낼 수가 없었다.

내가 기억해 내고 있는 것은, 예전의 내가 이따위 쓰레기 같은 대학원을 관리하는 일을 할 때는, 일을 잠시 미뤄두고 한참 동안 인터넷에서 서핑보드에 대한 것들을 검색하면서 서핑에 대한 상상을 이리저리 하며 시간을 보낼 때가 많았다는 것 정도였다. 한심한 대학원 운영 서류들. 부서지는 파도와 따뜻한 공기. 아무 의미 없이 종이만 채우고 있는 연구 실적 평가 보고서. 탁 트인 바다의 빛깔. 부질없이 시간만 채우는 이사회. 백사장을 달리는 사람들.

하지만 나는 곧 나의 다른 지식으로 비추어 곧 문제의 대학원이 무엇인지 확실하게 추측할 수 있었다. 그 대학원의 목표는 무슨 연구를 하는 것이거나, 교육 사업으로 가치를 창출하는 것이 아니었다. 그 대학원은 회사 직원들을 반강제로 등록시켜서 대충 박사학위를 아무것이나 나눠주는 것이 목표였던 것이다. 어차피 제대로 된 교수진도 없고 연구 프로그램도 없어서 대학원생들이 할 일도 없다. 그냥 적당히 자리를 채우고 시간을 때워서 박사학위를 얻게 하는 것이 목표였다. 자, 이렇게 하고 나면, 회사에서 정부에서 추진하는 사업을 수주했을 때, 이렇게 따낸 의미 없는 학위를 가진 직원들의 이름을 제출하고 '박사급의 인력을 활용해서 업무를 진행'한다고 보고할 수 있게 된다. 그렇게 하면 정부에서 '전문 인력을 전문적으로 활용한 전문성 업무'라는 명목으로 추가 지급되는 '전문 인력 활용비' 규정을 이용해서 헛돈을 잔뜩 타낼 수 있는 것이다.

3.

새로 얻은 몸과 새롭게 뛰는 생명에 익숙해져갈 수록, 뭐니뭐니해도 선명하게 떠오른 것은 그녀였다. 처음부터 선명했고 또 회복 프로그램이 진행될수록 점점 더 뚜렷해져서 나를 사로잡았던 것이 바로 그녀에 관한 것들이었다.

수술이 끝나고, 회복 훈련기지 건물에서 눈을 뜨는 바로 그 날부터, 내 머릿속에는 그녀와 헤어지던 그 날의 모습이 떠올랐다. 내가 뇌이식법을 택하기로 결심하고부터 그녀는 두려워하는 모습을 많이 보였다. 일단 1년 반 동안 떨어져 있다는 사실만으로도 쓸쓸하기 마련이었는데, 뇌이식법이 실패할 수도 있는 노릇이었고, 성공한다고 해도, 내가 예전의 몸과는 좀 다른 몸을 갖게 되거나 성격이 확 바뀌어 버리거나, 최악의 경우에 내가 그녀를 거의 알아보지 못할 가능성도 있지 않았는가. 의사는 그럴 가능성이 높지는 않다고 했지만, 그녀는 어

쩐지 나와 영영 이별하게 될 위험이 있지 않을까 자꾸만 고민하는 눈
치였다.

그래서인지, 그녀와 나는 뇌이식법 자체나, 뇌이식법 이후에 깨어나
고 나서 어떻게 지낼지에 대해서는 별로 이야기를 나누지 않았다. 우
리는 결혼하기에 이미 조금 늦었다 싶을 만한 나이였다. 그래서 20개
월의 회복기간이 끝나고 만나면 언제 상견례를 정식으로 하고, 언제
어떻게 해서 결혼을 하고, 어찌 저찌 살자는 이야기를 하는 것이 안
전하게 미래를 준비해야 할 만한 처지였다. 그렇지만, 우리는 내가 수
술을 받는 날이나 내가 다시 깨어난 후의 상황에 대해서는 짐짓 이야
기를 피하곤 했다. 그녀는 두려워하고 있었다. 영영 나를 다시 만나지
못하게 될까봐. 내 머리에서 빼낸 뇌를 새로운 어린 몸에 넣고 다시
적응 시키는 과정이 실패해서 내가 텅 빈 시체 껍데기만 남기고 사라
지게 될까봐 무서워했다.

가끔 그녀는, 문득 용기를 내어서 수술에 대한 이야기를 꺼낼 때가
있기는 있었다.

"너, 있잖아. 내가 부탁 있는데."

"뭔데?"

"들어줄 거야?"

"귀는 들리니까 들어 주는 건 안 어렵지."

"장난하지 말고. 이거 잘 들어보고 내가 하라는 대로 해야 돼."

"뭔데?"

"수술해서 마취하면 점점 졸리잖아. 그때, 나 까먹지 않게. 꼭꼭 계
속 기억해. 내 얼굴 계속 머릿속으로 생각하고. 마음속으로 계속해서

내 이름을 말해. 아무래도 그러면 좀 더 효과가 좋지 않겠어. 그렇게 계속해서 집중하고 있어야 나 안 까먹지."

그녀는 그런 이야기를 하면서, 유난히 말을 단어 마다 띄어 말했다. 그녀는 좀 울 것 같아 보여서, 그리고 나는 뭐라고 말해야 될지 몰라서, 또 호흡장치며 목에 끼워 놓은 관 같은 것 때문에 말할 때 마다 많이 힘들었기 때문에 그냥 아무 말 안하고 있었다.

"왜 너 아무 말 안 해? 너 나 잊어도 좋아? 응? 너 수술할 때 내 생각 계속 할 거라고 해. 그렇게 이야기 해줘."

그때부터 그녀의 눈에서는 눈물이 비치기 시작했다.

"나는 너랑 결혼도 하고. 아기도 낳고 계속 재밌게 오래오래 사이 좋게 같이 살려고 생각하는데. 그런데, 그런데 너는 막…… 막 이상하게 되면……"

나는 갑자기 이 덩치 큰 아가씨가 고요한 중환자실에서 목 놓아 꺼이꺼이 울기라도 할 것 같아, 허둥대면서 대답했다.

"내가 어렸을 때 별명이 불량 육포 목숨이었거든. 그러니까 그만큼 목숨이 질기다는 거야. 그러니까 절대 쉽게 죽지는 않을 거야. 걱정 마. 걱정 마."

"어릴 때, 어릴 때, 별명이 불량 육포…… 육포 목숨이 어디 있어. 거짓말 하지 마……"

그녀는 점차 울음이 터져 나와서 말을 제대로 하지 못하고 흐느끼는 소리가 섞였다. 그녀는 어린애가 울 때처럼 눈썹 끝이 처지면서 곧 크게 울 것만 같았다. 나는 웃어 보이면서 말했다.

"괜찮아. 그런 걱정 안 해도 돼. 내 머릿속에는 너 생각밖에 없거든.

그래서 그냥 살아남기만 하면, 너 잊고 그러는 일은 없어. 나 너 생각 너무 많이 하고 살아서 뇌에서 아무 부분이나 뽑아도 다 너 생각이 다량 함유되어 있어요. 그러니까 우는 거 그쳐. 응? 그리고 오늘 뭐하고 지냈는지, 요즘 무슨 뉴스가 재밌는지 그런 거 재미난 거 나한테 이야기 해주라."

그녀는 억지로 울음을 그치면서, 내 손을 꼭 붙잡았다.

"너, 거짓말…… 진짜…… 잘한다."

그리고 그녀는 겨우겨우 우는 것을 참으면서 왼손과 오른손을 우스꽝스럽게 꼬아 보였다.

"네 말이 너무 닭살스러워 손발이 이렇게 오그라들었어."

눈물을 흘리다가 그렇게 생으로 갓 만든 순두부 같은 느낌의 몸동작으로(이게 무슨 뜻으로 받아들여야 하는 비유인지 지금은 잘 모르겠지만, 그렇게 그때 생각했다는 기억은 분명하다.) 한번 웃겨 보이려고 하는 그녀의 모습이 어찌나 가슴에 남는지.

답답한 회복 프로그램을 진행하는 도중에, 그때 그녀의 그 울먹이던 목소리며, 30대 여자가 지어내는 그 착한 아이 같은 표정이 얼마나 아름다운지, 몇 번이나 떠올렸는지 모른다.

물론 기억나지 않는 부분도 있었다. 하지만, 기억나는 것이 기억나지 않는 것보다는 더 많다는 느낌이었다. 그녀와 처음으로 입을 맞춘 것이 언제였는지는 정확하게 기억할 수 없었지만, 그 느낌만은 그대로 떠올릴 수 있었다. 항상 마지막으로 아쉬운 듯 가볍게 아랫입술에 혀를 갖다 대는 그 버릇이라든가, 길가다 말고 갑자기 멈춰 서서 한참 아무 말 없이 쳐다보다가는 문득 볼이 발그레해져서는 작은 목소리로 기어들어가듯이 입 맞춰 달라고 하는 모습은 그대로 기억났다.

수술을 하던 그 날. 그 날 그녀의 모습도 언제나 보다 생생하게 기억난다.

우리는 병세라든가, 수술이라든가, 혹은 이제부터 내 머리를 쪼개서 그 안에 있는 뇌를 떼어낸 다음에 이리저리 가공해서 새로운 몸에 심는다든가 하는 이야기를 하지 않았다. 우리는 마지막으로 간호사들과 의사들이 나타나서 나를 수술실로 옮겨가는 그 순간까지도 그런 이야기는 한마디도 하지 않았다. 대신에 우리는 그저 요즘 텔레비전 코미디 프로그램 중에 무엇이 제일 재미있다든가, 한강에서 낚시를 하기에 좋은 장소라든가, 밤경치를 보기 좋은 장소나, 하다못해 오대산 깊은 곳에 반달곰이 아직 살아 있는가 하는 등등의 이야기를 했다. 우리는 오늘도 어제와 똑같은 하루인 것처럼, 내일도 오늘과 같은 하루가 그저 이어지기만 할 것처럼 그런 저런 평범한 이야기들만을 계속했다. 그렇게 평범한 이야기들이었지만, 그녀와 함께 나누는 이야기들은 어떤 누구와 같이 나누는 말보다 재미있고, 한 마디 한 마디 편안하고 느긋한 휴식처럼 자연스러웠다.

그녀는 계속 내 옆에 머물면서 이런 저런 이야기들을 하면서, 내 한 손을 꼭 붙잡고 있었다. 많은 이야기들을 하다가 잠시 할 말이 없어지면, 그녀는 누워 있는 나를 한참 바라보다가 갑자기 문득 눈초리가 쳐지더니 눈물을 흘릴 때도 있었다. 그럴 때 우는 얼굴이 되는 그녀의 모습은 우울 속에서 서글픈 것이라고 하기보다는, 어째 불쌍한 아이 같은 모습이었다. 그래서 나는 같이 슬퍼지기 보다는 그저 애처롭고 안타까운 마음이 되어, 어떻게든 다시 그녀에게 행복한 마음을 갖도록 해주고 싶기만 했다. 그렇게 눈물을 흘리고 있는 그녀를 보고 있으면 뭐라고 말을 해야 할지, 어떨지도 좀 막막하기도 했다. 결국에는 "울지 마, 왜 울어." 같은 말을 굳이 답답하고 재미없게 꺼내는 것마저도 좀 한심스러워지는 묘한 기분이 되었다.

그녀와 보내는 마지막 날이다. 그녀와 함께하는 마지막 아침이다. 그녀와 함께 보는 마지막 낮이다. 그런 시간들이 차츰차츰 흘러가고, 그렇게 시간이 흘러가는 마다 차츰 차츰 마음이 가라앉는다. 나는 언제 어떻게 그녀와 떨어져야 하고, 뭐라고 마지막으로 그녀에게 말해야 할지 잠깐씩 생각해 보았다.

괜히 멋있는 말, 멋있는 장면 만들려고 하는 것은 옳게 느껴지지 않았다. 무슨 영화 찍는 것도 아니고, 누구에게 자랑하려고 들려줄 이야기 거리 만드는 것도 아니고, 먼 훗날 내가 무용담으로 돌이켜 보면서 만족하려는 추억을 억지로 만드는 일도 아니지 않은가. 시간이 다가올수록 내가 느끼는 것은 내가 이 세상에서 마지막으로 그녀를 볼지도 모를 그 순간이 코 앞으로, 눈 앞으로 가까워진다는 것이었다. 항상 같이 했던, 재미난 일부터 귀찮은 일까지, 골치 아픈 문제부터 유쾌한 농담까지. 언제나 같이 나누었던, 내 가장 소중한 친구이자, 지금 세상사람 중에 그 누구보다 사랑하는 그녀를 이제는 곧 영원히 만날 수 없게 될지 모른다. 그런 그 마당에 이별을 멋지게 꾸미는 일 따위에 내 진심과 정성을 조금이라도 소모하고 싶지 않았던 것이다.

돌아서서 해설하는 이야기야, 무슨 70년대 영화 주인공의 긴긴 문어체 독백처럼 이렇게 둘러댄다만, 사실 정말 수술 직전까지의 심경은 말이 아니었다. 뭐가 어떻게 돌아가는 건지 갑자기 엄청나게 혼란스럽기도 했다. 그러고 있는데 담담하고 일상적인 굳은 모습을 보여주려는 그녀가 가끔씩 자기도 모르게 자꾸 눈시울이 붉어지는 모습을 보자니 가슴이 철렁하는 기분이란, 심장 한복판으로 소행성 같은 것이 퍽퍽 떨어지는 느낌이었다.

게다가 막상 두개골을 부수어 내고 뇌를 꺼내어 메스로 자르고 바늘로 꿰어 내는 일이 닥치고 보니까 이거 이렇게 덜컥 죽는 거 아닌가 하는 겁도 갑자기 마구 몰려 왔다. 만약에. 만약에 지금 마취에 빠진 뒤에 죽는다면. 떨어진 뇌 토막과 부수어진 머리통을 남긴 채로 그냥 수술이 끝난다면. 그러면, 나는? 나는 어디에 가는가.

없어진다. 더 이상 아무것도 느끼지도 생각하지도 못하고. 그냥 없는 것이 된다. 더 이상의 시간도 기회도 없다. 나는 사라진다. '내가 사라진다'라는 것조차 생각도 못하도록 내 모든 것이 날아가는 것이다. 지금까지 내가 주변에 어느 정도의 인정을 받고 살아온 인간이든지, 혹은 내가 얼마나 도덕적으로 살아온 인간이든지, 얼마나 고상한 철학과 사상을 갖고 살아온 인간이든지. 그게 뭐 어떻든 아무 소용없고 아무 상관없이 나는 어떤 조건, 어떤 형태로건, 이 세상 어디에서건 더 이상은 없는 것이다.

더 이상 어떤 것도 느끼지도 깨닫지도 못한다는 이 무서움. 그리고 그 무서움을 느낄 그 주인공 자체가 사라진다는 무서움이 나를 휘감았다. 그 때 죽음의 순간을 절절하게 눈앞에서 느끼는 두려움은 컸다. 서서히 의식을 잃어가는 마취의 순간과, 다시는 정신을 차리고 내 자신을 느낄 시간이 돌아오지 못할 것이라는 두려움과, 앞으로 영영 눈을 뜨지 못하고 귀로 듣지 못하고 말하지 못하고 조그마한 온기와 작은 꿈마저 꾸지 못하게 될 것이라는 것. 그것을 바로 앞에 둔 기분은 족히 누구라도 겁에 질리게 할 만한 것이었다.

그렇게 이상한 갖가지 기분에 뒤섞인 나를 찾아 드디어 의료진들이 도착했다. 사람들의 손에 내가 침대 째로 옮겨지기 시작할 때, 나는 내 눈앞에 보이는 장면들을 천천히 선명하게 머릿속에 담는다. 어쩌면 내가 마지막으로 보고 듣고 생각하는 것이 될지 모르기 때문에, 나는 사소하게 내 주변을 스쳐 지나가는 사람이나 이유 없이 들리는 소음마저도 하나하나 마음속에 새겨 본다. 분주히 움직이는 간호사들과 마지막으로 신체 반응의 측정치를 살피는 의사들이 내 눈 앞에 움직인다. 바쁜 동작 때문에 감정 없이 보이는 이 의료진들의 표정은 살가운 이 세상의 감정과는 거리가 있어 보이기 때문에 더 무섭게 느껴진다. 이 사람들이 마지막으로 나타나 내 눈앞에 마스크로 가린 얼굴들을 보여주자, 그 얼굴들이 무표정하고 살벌한 피사체로 눈에 담긴다. 나는 그 사람들이 무슨 저승의 사자처럼 느껴지기도 했다.

그리고 그 가운데에, 마지막으로 끝까지 내 손을 꼭 쥐고 있던 그녀의 얼굴이 눈에 들어온다. 나는 그녀의 모습을 따라서 시선을 옮긴다. 그녀의 표정과 마지막 목소리들은 놓쳐서는 안 된다. 내가 잡고 있는 그녀의 손에는 더욱 힘이 들어간다. 그녀는 눈을 질끈 감고는 바보 같은 입모양이 되어 소리를 내어 울기 시작한다. 우는 목소리의 그녀는 몇 번 숨을 쉬고 떨리는 목소리로 말을 잘 잇지 못한다.

또 어린애처럼 우는 그녀를 보고 있자니, 나는 나도 모르게 이런 생각 저런 생각 다 잊고 그녀에게 말하기 시작한다.

"에이, 너무 그렇게 울고 걱정하지 마. 괜찮아. 살아 돌아오면 땡잡는 거고, 실패해도 너랑 이렇게 재미나게 지냈으니까 이 정도면 누구한테라도 뽐낼 만큼 잘 산 거잖아. 너 만날 '나 같은 복덩이가 너 애인 해주는 걸 영광으로 알아야지' 그랬잖아. 영광 맞아. 아니아니. 이런 소리 해 봤자 재수 없겠다. 어지간하면 수술 잘 되어서 살아 돌아올 거야. 오늘 머리도 잘 굴러가고, 뼈와 살이 좀 잘 분리될 것 같은 느낌도 나고 말이야."

뭐 이런 걸로 사람을 달래는 농담이 될 수 있겠나 싶은 회의감이 혼란한 와중에도 잠깐 든다. 심지어 별로 웃기지도 않다. 그녀는 울음을 잠깐 그치고, 마지막으로 목소리를 정돈하여 나에게 당부한다.

"수술 잘 해…… 잘…… 깨어나서 나 맨 먼저 보러 오고."

마지막 단어를 발음할 때쯤, 그녀는 다시 참고 참았던 눈물을 쏟는다. 언제까지나 내 손을 붙잡고 있을 수 없다는 것을 알기 때문에, 그녀는 그렇게 말을 하고 내 손을 놓는다. 괜히 정말로 죽어서 못 볼 것처럼 울고불고 하면 재수 없게 영영 다시 못 볼 수 있다는 생각에 그녀는, 당연히 수술은 성공할 것이라는 자신만만한 태도를 보이려 한다. 이런 것도 따지고 보면, 지푸라기라도 잡으려고 버둥대는 이의 불쌍한 헛된 미신이다. 잡을 지푸라기조차 없는 사람들이 움켜잡으려고 하는 마지막 미신이 '수술 잘못 될 거 걱정하면 말이 씨가 된다.'는 따위 아닌가. 그리고 그녀는 내 곁에서 빠르게 멀어진다. 어쩌면 다시는 마주하지 못할 그 마지막 모습이 점차 눈앞에서 사라진다. 안녕. 안녕.

수술실을 향해 침대가 옮겨진다. 내 눈에는 병원 복도의 형광등이 들어온다. 침대의 바퀴가 구르는 소리와 복도를 지나는 사람들의 인기척이 느껴진다. 나는 그녀와 약속했던 것을 떠올린다. 반드시 마지막까지 그녀를 잊지 않도록 나는 계속 그녀를 떠올린다. 그녀의 하얀 손과 조용하고도 분명한 그 목소리를 떠올린다. 길지 않게 잘라 경쾌해 보이는 까만 머리칼과 천사 같은 웃는 모습을 떠올린다. 처음 그 얼굴을 보았을 때 내 어딘가에 남아 있는 사춘기 첫사랑 같은 열정으로 빠져 들었던 그 맑은 검은 눈동자를 떠올린다. 발갛게 부끄러워진 얼굴로 내 품속에 안겨서 정말 좋아해서 계속 같이 있고 싶다고 조그맣게 말하던 그 모습을 떠올린다. 언젠가 억수같이 비가 쏟아지던 여름 오후에 지하철역으로 같이 비를 피했다가 지하철역 안에 있는 작은 가게에서 따뜻한 라면을 같이 사먹고 이야기하며 시간을 보냈던 것을 떠올린다. 그리고 다시 바깥으로 나왔을 때, 어느새 갠 하늘의 하얀 구름 사이 다시 드는 햇볕과 물에 젖은 밝은 거리의 물기가 햇살을 반사하며 반짝거리는 것, 그리고 파란 하늘 사이로 청량한 바람이 가볍게 한 줄기 부는 것을 보면서, 같이 보는 세상의 아름다움을 알던 그날을 떠올린다.

그렇게 수술한 날 정신을 잃고, 나는. 그러고 나서 더 이상 아무것도 없을 수도 있었는데, 나는. 나는 그게 아니라, 깨어났다. 수술을 이겨 내고 나는 깨어난 것이다. 정신을 잃고, 그러고 나서 더 이상 없는 것이 아니라, 정신을 잃은 뒤에 깨어나서 다시 생각하고 느끼는 일을 한 것이다. 나는 수술 때 죽지 않은 것이다!

처음으로 내가 느낀 것은 머리가 엄청나게 아프다는 것이었다. 진짜 무지막지하게 마구잡이로 끝도 없이 아팠다. 죽도록 아팠다. 죽는 것을 그렇게 두려워하다가 깨어나서 느낀 것치고 비유가 이상하긴 하다만, 와아. 정말 그때는 머리가 죽도록 아팠다. 머리가 깨어질 듯 아프다는 표현이 있는데, 나는 실제로 머리를 깨부순 상황이었기 때문에, 머리가 깨어진 아픔 그 자체였다. 글쎄. 나는 아직까지도 어지간한 두통에는 '머리가 깨어질 듯 아프다'라는 표현은 쓰지 않고, 가끔 책이나 인터넷의 글에서 '머리가 깨어질 듯 아프다'라는 글을 보면, 슬며시 비웃으면서 '어딜. 머리가 한 번 깨어져 보면 거품처럼 깨어질 직유법'이라고 생각하곤 한다.

고통의 강도로만 따지면 도무지 다시 돌이키기 싫을 만한 그때 그 두통을 이렇게 잘 기억하는 것은 엄청나게 말도 안 될 정도로 머리가 아팠기 때문이기도 하지만, 또 한편으로는 그 아픔을 느끼고 있다는 자체가 그때는 기쁘고 좋았기 때문이다. 수술을 하고 나면 피학적 변태가 된다는 것은 아니다. 그게 아니라 아프다는 것조차도 어쨌거나 계속 느낌과 고통을 이어나갈 수 있는 '살아 있는 상태'로 이어지게 되었다는 증명이었으므로, 그만큼 즐거웠다. "감사합니다, 하느님! 고맙다, 의료진!" 나는 새 몸을 찾아서 새롭게 깨어나는 데 성공한 것이었고, 그 후로 줄기차게 쏟아진 회복치료, 성장치료와, 수없이 이어진 적응평가, 회복평가를 받으면서 드디어 점차 다시 멀쩡한 한 사람으로, 건강한 몸으로 차근차근 돌아왔다. 나는 죽음의 문턱, 지옥에서 다시 돌아온 것이다.

20개월. 따지고 보면 별로 긴 시간도 아니었다. 그러나 길게 느껴질 때가 많았다. 막 입대한 신병이 외로운 피곤함으로 막사에 누워서 말

똥말똥 눈을 뜨고 있는 저녁에 하루하루 꼽아 보는 시간처럼 지긋지
긋하게 천천히 지나간 시간이었다. 금세 지나간다고 하는 의사와 기
술진들의 말 한마디 한마디가 얄미워서, 악마의 꼬리 길이처럼 긴 듯
짧은 듯하던 시간이었다. 그 시간이 드디어 다 지나갔다. 그리고 나는
그 긴긴 회복기간과 치료기간의 마지막 단계로, 시험 삼아 회복 기관
밖으로 외출해서 예전부터 알고 지내던 사람과 만나게 된다

그렇게 해서 나는, 뇌이식법 적응기간의 마지막 단계, '면접 반응
심사' 과정으로, 드디어 오늘 마침내 그녀를 만나기 위해 시청 앞 호
텔로 나서게 된 것이었다.

4.

수술에서 깨어나서 20개월 동안 나는 회복시설 안에서 살았다. 그
회복시설의 분위기라는 것은 분명히 편안하고 따뜻한 느낌은 있었지
만 그만큼 구연동화 선생의 간드러지는 목소리 같기도 했다. 평소에
게을러터진 월급 도둑 공무원일 뿐이었던 초등학교 담임선생님께서,
장학사들 앞에서 수업을 할 때는 요란한 알록달록한 발표 자료를 웃
기지도 않게 이리저리 늘어놓고 호사스러운 웃음과 함께 '수업목표',
'학습내용' 따위를 짚어가는 그런 느낌. 그런 느낌이 이 회복시설에는
가득 했다.

오늘 나는 처음으로 그런 회복시설에서 나와 지하철을 타고 시청
으로 가게 되었다. 간호사를 따라 출입증을 받고, 서류에 서명을 한두
가지 하고, 오늘은 허벅지에서 끝나는 스타킹을 신고 있는 의사와 함

께 회복시설 정문까지 나섰다. 자동문으로 되어 있는 중앙 정문은 예전에도 드나들려면 얼마든지 왔다 갔다 할 수 있었다. 하지만, 나돌아 다니면 충격이라든가 위험요소가 있다고 해서 나는 그 동안 이 문 근처에도 오지 않았다. 그 난리를 치고 지긋지긋한 시간 동안 여기에서 버티면서 다시 찾은 건강한 몸인데 혹시나 삐끗해서 다시 병석에 누워서 골골하는 처지가 되기는 싫었다. 그래서 나는 의사들이 하라는 것들은 다하고 하지 말라는 것은 절대로 아무것도 안했다.

그리고 문득 문득 그녀의 그 마지막 모습이 자꾸만 생각났다. 눈물을 흘리면서 꼭 건강해 져서 다시 만나자고 말하고는, 다시 볼 수 있을지 없을지 두려워하는 낯을 애써 감추면서 내 손을 꼭 잡던 그녀. 그리고 별것 아니라는 듯이 다시 건강해져서 돌아올 거라고 대담하게 돌아서서 멀어지던 그 얼굴을 나는 몇 번이고 떠올렸다. 언제나 같은 곳에서 같은 시간을 보내고, 매 끼니 밥을 먹고 매일 저녁 자는 자리에서 꾼 꿈을 같이 이야기했던 그녀였다. 그랬던 그녀였기에, 수술 이후 갑자기 그녀를 보지 못할 땐 정말 이상한 기분이었다. 각오는 하고 있었음에도 또 달랐다. 꼭 그냥 아무것도 아닌 것처럼 쉽게 다시 만나고 내일 점심 약속을 간단히 해서 곧 볼 수 있을 것만 같았다. 하지만 아니었다. 나는 아직까지 어떻게 새 몸에 적응해서 살 수 있을지 알 수 없는 아슬아슬한 처지였고, 그녀는 머나먼 나라의 잊혀버린 전설 속으로 들어가 버린 것처럼, 분명히 어딘가 있는 것은 분명 했겠지만 만날 수는 없는 처지였다.

그래서, 그래서 내가 얼마나 그녀를 보고 싶어 했는지 모른다. 나는 꼭 다시 그녀를 보겠노라고 결심했고, 반드시 여기에서 건강한 몸으로 다시 걸어 나가겠다고 끝도 없이 다짐했다. 나는 목 뒤에 척수에 별별 전자 장비를 달았다 떼어냈다 하는 짓거리들을 아무 불만 없이 감내했고, 커피를 마시지 말라는 것에서부터 한 발로 서는 것이 뇌가 몸에 적응하는 데 좋다는 이야기까지 잘 회복하는 일을 위해서라면 무슨 일이건 시키는 대로 다 했다. 그래서 나는 오늘 이 문 앞에 서 있는 것이었고, 곧 그녀를 만나기 위해 횡단보도를 건너고, 지하철을 타고, 계단을 오르고, 호텔 회전문을 통과하고, 내 자리를 정해 앉아서 점원에게 차를 한 잔 주문한 채 기다릴 것이다.

마침내 회복 시설 중앙 정문이 열렸고, 나는 그 문 밖으로 발을 내딛었다. 회복 시설 밖으로 나서서 바깥세상을 보는 그 순간의 느낌은 어떨 것인가. 그것도 지내는 동안 많이 상상하던 것이었다. 서서히 문이 열리면서 바깥세상의 자유로운 햇살이 축복처럼 내 눈 위로 가득 쏟아지는 화려한 장면을 상상할 만도 했다. 하지만, 그렇지는 않았다. 오히려, 마지막으로 나를 보내던 그녀처럼, 마지막 순간은 단호하게, 아무것도 아닌 듯 잘 해낼 수 있다는 듯이 성큼성큼 문 밖으로 걸어 나갔다. 걸음걸이는 평소보다 자연스러웠고, 약간 현기증이 생기는 듯했지만 그래도 개운한 편이었다. '잘 하고 오라'는 의사의 목소리가 귀에 들려오고, 정장을 차려 입고 걸음을 내 딛는 나의 구두 발자국 소리와 옷자락이 사각거리는 소리들이 느껴졌다.

그렇게 거리로 나서자, 콧속으로 세상의 온갖 냄새들이 몰아 닥쳤다. 완전히 새로운 몸을 얻어 시설 안에서만 갇혀 있다 보니, 내 코로 도시의 냄새를 받아들이는 이 일이 이렇게 풍부한 진한 감각일 줄은 그때까지 상상 하지 못했다. 아침에 조금 내린 비 때문에 땅이 젖은 그 촉촉한 감촉과 함께, 거리를 따라 심어 놓은 가로수의 나무 냄새도 있었고, 자동차가 내뿜는 냄새와 길가는 수없이 많은 사람들의 향수 냄새, 화장품 냄새, 음식 냄새, 땀 냄새도 어지럽게 섞여 있었다. 희미하게 아직도 내 몸에 배인 회복시설의 방향제 냄새도 섞여 있었다. 곧이어 소리가 온통 귀를 가득 채웠다. 자동차들은 차 크기나 엔진의 형태마다 서로 다른 박자와 높이로 소리를 내며 내 앞으로 다가왔다가 멀어지곤 했다. 거리를 지나는 그 많은 사람들은 저마다 발자국 소리를 냈고, 가끔 재잘거리면서 전화기에 대고 말소리를 내는 사람도 있었다. 시위대들이 더 이상 이식용 몸을 만들어내지 말아야 한다고 외치는 소리들 까지도 하나하나 들을 수 있었다.

도시의 거리가 내뿜는 이 넉넉하고 푸짐한 감각의 성찬은 한참 넋을 잃고 마음껏 누려보고 싶을 만큼 신기했다. 내 눈에 끝없이 많은 물체들이 보이고 있었고, 갖가지 사람들의 소리와 온갖 사물들의 냄새는 끝없이 모양을 바꾸어가며 계속 밀려들었다. 나는 어떤 냄새가 어디에서 나고 있는지 찾아보았고, 어떤 소리를 내는 물체는 어떻게 생겼는지 보았다. 그러는 한편으로 나는 이런 것들이 모두 놀랍고 아름답지만 너무 시간 보내지 말고 어서 지하철을 타고 그녀에게 가야 한다는 생각도 동시에 했다. 느끼고 생각하는 것, 다시 살아가게 되었다는 것을 나는 온몸으로 알 수 있었다.

지하철을 타고 호텔까지 가는 것도 순조로웠다. 나는 수술 부작용으로 지하철에 대한 기억은 잃은 상태였다. 지하철 노선은커녕 서울 지하철을 어떤 식으로 이용해야 하는지조차 기억해 내지 못했다. 하지만, 지하철 타는 것이 그렇게 어려울 리는 없었다. 회복 시설에서 신문이며 책, TV로 보고 금세 다시 친숙해질 수 있었다. 물론 막상 지하철을 타자니 승차권을 어떻게 사서 어떤 식으로 문을 통과해야 하는지 약간 알 수 없는 것도 있었다. 하지만, 나는 다른 사람에게 말로 물어 볼 수 있었고, 그러면 그 사람이 말해준 정보를 나는 다시 익힐 수 있다.

나는 지하철을 타고 내리는 그 많은 사람들의 갖가지 옷차림들과 저마다 다른 행색의 수많은 얼굴들을 하나하나 살펴보았다. 수천, 수만 개의 초상화들이 펼쳐져 있는 거대한 미술관을 떠올렸다. 한동안 화가들은 실제와 똑같은 모양의 그림을 그리기 위해 노력했는데, 그렇다면 이렇게 살아 있는 몸의 눈으로 계속 스쳐지나가는 사람들의 얼굴을 볼 수 있다는 것을 알고 있다면, 세상은 어느 그림 보다 생생한 영상을 계속해서 지켜 볼 수 있는 화랑과 같다.

호텔에 도착해서 그녀를 기다리는 짧은 시간은 좀 더 길게 느껴졌다. 그리고 그녀가 올 때 까지 시간은 그만큼 더 초조하게 생각되기도 했다. 나는 아무래도 새로운 몸을 얻었기 때문에 얼굴과 몸은 달라진 구석이 꽤 있었고, 그것을 그녀가 어떻게 생각할지, 혹은 목 뒤에 달려 있는 기계 장치를 혹 무서워하거나 징그럽게 여기지는 않을지 하는 것도 좀 궁금하기도 했다.

당장 처음 만나면 뭘 어떻게 해야 할지, 뭐라고 첫 마디를 건네야 할지 하는 것도 고민거리였다. 와락 껴안으면서 보고 싶었다고 해야할까. 아니면 역시 그저 평범하게 어제 만난 그녀를 다시 또 만나는 것처럼 아무 일도 없었다는 듯이 가볍게 웃으면서 오느라 힘들지 않왔냐고 물어보면 좋을지. 이런저런 고민은 계속해서 머릿속을 들락거렸다.

무엇보다도 그녀가 나를 사랑하는지. 아직까지도 나를 예전처럼 그대로 좋아하고 있는지. 그것도 정말로 걱정이었다. 20개월. 새로운 몸을 얻고 엄청난 수술비를 날린 끝에 척수에 기계장치를 박고 나타난 낯선 구석도 많은 사람이 나였다. 애초에 나는 백마 탄 왕자도 아니고 춘향이를 구하러 마패를 꺼내 드는 이몽룡도 아니었다. 그녀가 한 20개월 혼자 지내는 동안 내가 별 볼일 없는 세상의 많은 남자 중에 하나라고 생각하게 되었을 가능성도 얼마든지 있었다. 결혼이야 돈 내고 결혼정보회사를 이용해서 사랑할 사람을 찾아내면 그녀는 얼마든지 더 번듯한 배우자를 찾아낼 수 있을 것이다. 그런 게 아니라도 그녀는 소소하게 같이 세상을 사는 재미가 더 잘 맞는 녀석이나 여자 마음을 사로잡는 매력이 놀라운 놈을 어딘가에서 만났을지도 모르는 것 아닌가.

고민은 하나 둘 떠오르면서 점차 정신을 혼란하게 하였고, 홍차 한 잔을 앞에 놓고 앉아 있는 시간 동안 그런 생각들은 계속 더 빠른 속도로 머릿속에 가득 찼다. 시간은 더 천천히 흘러갔다. 나는 하나하나 실내 여기저기에 앉은 사람들을 살펴보기도 했고, 차분히 메뉴의 글자를 또박또박 읽어 보기도 했다. 그래도 시간은 답답하게만 꾸물거려서, 20개월 만에 만나는 그녀를 어떻게 대하고 무슨 이야기를 하면서 보내야 하는지, 어떤 모습으로 그녀가 나타나고, 금세 알아보지 못하면 어떻게 할 지, 머릿속은 더 복잡해져만 갔다. 목덜미 뒤에 달린 장치로 한 번 어떻게 뇌가 싸악 정리되는 전압을 걸어 버릴 수는 없을까. 그런 생각을 다 해볼 정도였다.

어쩌나 어쩌나 하고 있는데, 멍하니 보고 있던 내 눈앞에, 바로 그녀가 걸어 나왔다.

"어!"

그녀는 나를 발견하고 그렇게 소리를 냈다.

그녀는 내가 생각했던 모습과 똑같지는 않았다. 내가 꿈속에서 매일 만났던 그 모습과는 좀 달랐다. 하지만, 그녀라는 것은 바로 알 수 있었다. 엉뚱하게도 처음 떠오른 생각은 좀 괴상한 것이었다. 오랜만에 연인을 만난 감격이 아니었고, 이제야 정말로 내가 다시 건강해진 것 같다는 뭉클함도 아니었다.

이상하게도 나는 맨 먼저 그녀의 얼굴이 생각보다 작다는 생각을 했다. 그 이유는 내가 그녀와 마주보는 그 얼굴 모습 하나하나를 그동안 자꾸만 몇 백 번이고 몇 천 번이고 떠올렸기 때문이었다. 그래서 그녀의 얼굴에 대한 생각을 많이 하다보니까, 항상 시야에 가득 찰 정도로 그녀의 얼굴 모습을 상상하는 때가 많았다. 그러자니, 자연히 괜히 그녀의 얼굴을 크게 생각했던 것이다. 항상 눈앞에 가득 그녀의 얼굴이 있는 것처럼만 생각하다가 정말로 그녀의 전신을 보게 되자, 그 몸에서 차지하는 얼굴 크기는 그 과장된 내 상상보다는 좀 작게 느껴진 것이 당연했던 것이다.

짧게 요약해서 말하자면, 나는 그녀를 다시 만나서 그냥 어리벙벙했다는 것이다. 그 많은 고민거리 중에 하나 제대로 결론을 내고 결심을 한 것은 아무것도 없는 상태였다. 그런데, 그녀가 나타났다. 나는 괜히 한 번 자리에서 일어섰다가, 이상한 웃는 표정 비슷한 것을 얼굴에 한 번 나타냈다. 그리고 정신 나간 놈 같은 이상한 손동작으로 인사라도 하는 듯 움직여 보였다. 정신 나간 놈이라. 뇌를 꺼내서 빼낸 사람이니 어찌 보면 정신이 나가기는 아주 확실히 나간 놈이라고 할 수도 있었다.

"정말, 진짜. 진짜 오랜만이다."

"정말"까지 말했을 때, 나는 내 목소리가 이렇게 떨리나 싶어서 속이 울렁울렁하는 느낌이 들었다. 왜 이렇게 떨어. 바보 같아 보이잖아. 그리고 나니까, "진짜 오랜만이다."를 말할 때는 목소리가 더 심하게 떨렸다.

하지만, 한 마디 그렇게 말을 하고 나니까, 좀 진정할 수 있었다. 이상하게 붕 뜬 기분이 되긴 했지만, 나쁘지는 않았다. 그녀는 웃는 얼굴로 다시 내 얼굴을 한 번 들여다보고는 자리에 앉았다.

"잘 지냈어?"

"응. 골을 바쉬버렸다는 것만 빼면. 뭐. 평화로운 데서 잘 지냈지. 넌?"

작년에 수술하고 깨어나서 한창 머리 아플 때, 그녀를 다시 만나면 써먹어야 할 웃긴 대사라고 생각해 낸 것이었다. 그녀는 다시 한 번 웃고는 (그 웃는 눈에는 분명 촉촉한 눈물이 보였다.) 답했다.

"나도 잘 지냈어."

"다니던 회사 계속 다니고 있고?"

"응."

"부모님도 다 잘 계시고?"

"응."

"너도 건강하지?"

"너하고 비교하겠니."

그때 느끼기에는 차츰 우리는 예전에 같이 이야기하고, 말하던 습관대로 다시 찾아가는 듯했다. 조금씩 아무 말 없이 시간을 보내는 때도 있었지만 대화는 잘 이어졌다. 그녀는 그동안 그녀가 직장에서 겪었던 일들을 이것저것 하나씩 이야기했다. 나는 차분하게 듣고 있다가 한마디씩 중간에 끼어들어서,

"우리 팀 팀장님이 그 쪽으로는 또 좀 빽이 있으시더라고."

"빽이라니. 그 팀장님은 남자분이신대도 빽 같은데 또 관심이 많네. 크리스마스 때 악어가죽 빽 하나 사다 드려."

따위의 말로 헛웃음을 한 번 끌어내 보려고 하다가 실패하곤 했다.

점차 그녀가 말 할 거리가 없어질 때쯤 해서는, 내가 나서기 시작했다. 그때는 워낙 마음이 떨려서 무슨 이야기를 하는지 내가 뭘 어떻게 하고 있는지 스스로도 잘 알 수 없었다. 하지만, 나는 오랜만에 만난 그녀가 나와 같이 있는 시간은 즐겁고, 또 길게 대화가 끝없이 이어지는 날이어야 할 거라고 생각했던 것 같다. 그래서 억지로 화제를 엮어가며 계속 대화를 빠르게 이어가려고 했다. 그래서 차츰 나는 이것저것 그녀가 흥미를 가질만해 하는 것들을 떠들기 시작했다.

"몸의 다른 부분은 보존하고 되살리고 다시 적응시키고 이런 게 정말 어렵거든. 그런데, 희한하게 뇌만 보존하고 다시 되살려서 적응시키는 기술은 발달해 있다. 이상하지? 왜 백혈병 걸린 애들. 불쌍한 애들 많잖아. 그런데 그런 애들 피를 정상적으로 보존하고 망가진 골수를 다시 되살리고 그런 건 방법이 없거든. 그런데 뇌는 된다고. 다 죽

어가던 뇌도 그대로 보존할 수도 있고, 뇌세포가 많이 망가지고 모자라던 게 많아도 다시 정비해서 되살릴 수 있어. 신기하지. 이상하지?"

"그러네."

"그게 왜 그러냐면. 세상이란 것이 대부분 다 노인들이 돈이 많고, 젊은 사람들은 상대적으로 돈이 별로 없잖아. 그러니까 의학 연구를 해도 노인들 대상으로 하는 게 돈이 되고, 실제로 부자 노인들도 노인들을 위한 연구에다가 기부도 많이 한단 말이야. 그래서 그런 쪽으로 의학이 훨씬 빨리 발전한다고.

옛날에 부자 노인들이 제일 겁내는 게 알츠하이머였거든. 뇌세포가 막 망가지는 알츠하이머 말이야. 그래서 갑부들 치고 알츠하이머 연구하는 기금, 재단에 돈 안 퍼부은 사람이 없어요. 그러다보니까 그쪽으로만 어마어마하게 기술이 발전해서, 알츠하이머로 망가진 뇌세포 되살리고 보존하고 하는 기술은 기막히게 말도 안 될 정도로 정교해졌다고. 그러다보니까 그 기술로 뇌를 떼어내서 새 몸에 옮겨 넣는 뇌 이식법도 다 가능해진거지.

어린애들은 돈도 없고, 어린 아이들 부모도 다 젊은 사람들이니까 돈 많은 경우는 많지 않단 말이야. 그래서 아기들 병은 아직도 치료하기 어려운 게 많은데, 노인들 뇌세포 망가지는 건 벌써 다 해결됐어.

내가 이거 해보니까 알겠던데, 정말로 돈 많아서 최고 기술진으로 뇌이식법 잘 성공시킬 수 있는 사람 있으면, 이 사람들은 진짜 불사조처럼 사는 것도 가능하겠더라. 살다가 큰 병 걸리면 뇌만 빼내서 또 새 몸으로 옮기고, 살다가 큰 병 걸리면 또 뇌만 빼내서 다시 새 몸으로 옮기고 이렇게 계속 살 수 있을 것 같더라고."

한참 주절주절 두개골 쪼개는 이야기만 떠들다 보니, 재미없고 한심스러워 보이겠다는 생각도 확 들었다. 그렇지만은 새 몸을 얻고 갓난아기나 다를 바 없이 천천히 몸에 적응해서 20개월 동안 격리생활한 내가 평범한 사람처럼 대인관계를 잘 풀어나간다는 것은 워낙에 무모한 도전이었다. 그렇게 보면, 오늘처럼 그저 '맞선에서 만나서 갑자기 뜬금없이 재미없는 일 이야기만 하는 남자' 정도의 수준만 해내는 것만으로도 충분한 일이었다. 그렇게 선보이는 자리에서 따분한 맞선남은 세상에 많다. 그렇다는 것은 '흔한 사람'이라는 것이었고, 그렇다면 어쨌거나 '정상'이라는 것 아닌가.

　나는 처음으로 혼자 외부에 나와서 새 몸으로 대화를 하고, 또 사람을 만나고 있다. 그렇다면 어딘가 잘못되어서 갑자기 머리에서 통증이 폭발해서 머리통을 붙잡고 데굴데굴 구르게 될 위험도 있었다. 혹은 갑자기 감각과 행동 중추가 이상하게 꼬이면서 문득 내가 물속에 빠졌다고 착각해서 홍차를 마시다 말고 헤엄을 치려고 해도 큰 부작용은 아니라고 할 만한 처지였다. 그러니, 지금 이 정도만 해도, 그러니까 선보는 자리에 나가서 망한 맞선 본 남자의 수준만 해 내어도 나는 아직까지 크게 망하고 있는 것은 아니라고 그렇게 생각했다.

　무엇보다도 이렇게 별 재미도 없을 만한 이야기를 떠들어대고 있는데도, 그녀는 흥미롭게 들어 주고 있었다. 그리고 그녀의 눈 속에는 분명히 내가 있었다. 나는 그녀의 그 표정에, 그 바라보는 얼굴에, 어디가 어떻게인지는 잘 모르겠지만, 예전에 그녀가 예전부터 나에게 주던 그 마음이 그대로 남아 있는 것 같았다. 회복시설 컴퓨터에 설치되어 있는 '신체 적응용 컴퓨터 게임' 따위에 대해서 내가 떠들고 있는데, 지금 그걸 듣고 있는 그녀의 표정은 좋았다. 그녀의 얼굴은 사랑하는 사람의 이야기를 듣고 있는, 아직도 여전히 나를 사랑하고 있는 듯한 모습이 분명하다고, 그렇다는 생각이 자꾸만 들었다.

다시 생각해 보면, 내가 입원하기 전까지만 해도 나는 그녀에 대해 이런저런 아쉬운 것들을 떠올릴 때가 있었다. 아니. 아니. 그렇다고 내가 감히 그녀를 구박했던 것은 전혀 아니다. 나는 분명히 그녀를 사랑했고, 그녀를 소중하고도 귀한 행운으로 여기고 있었다. 하지만, 그러면서도 문득문득 이런 생각이 드는 것이었다. 키가 조금만 더 컸으면. 그녀가 조금만 더 차분하고 너그러운 사람이었다면. 누가 봐도 대단하다는 생각이 들만큼 확 눈에 띄게 예쁜 사람이라면. 어쩌다 잘못해서 자기 고등학교 때 첫사랑을 떠올리고 혼자 잠깐 괴로워하는 그 짓거리 좀 안 했으면.

그런데, 새 몸을 찾아서 겨우 병을 떨쳐 버리고 그녀를 만났을 때, 그런 생각이 얼마나 소용없는 생각이었는지 나는 알 수 있었다. 20개월 만에 다시 건강한 새 심장이 그녀를 보고 다시 빠르게 뛰기 시작하는 지금, 나는 그녀에게 우리 서로 사랑하고 있다는 것을 내가 더 자랑스럽게 해 주고 싶다는 생각을 했다. 좀 더 그녀에게 다정하게 말해 줄 걸. 내가 좀 더 멋있어 보이도록 뱃살이라도 좀 뺄 걸. 좀 더 좋은 직장에서 좀 더 돈을 잘 벌어서 가끔은 좋은 남자를 만나 편안하게 사는 귀부인이 된 것 같은 기분도 느끼게 해 줄 수 있었으면 좋았을 걸. 저녁에 귀찮고 피곤해서 좀 일찍 집에 들어가 자고 싶더라도 그래도 뭐 죽는 것도 아닌데 조금 더 기운내서 그녀 집까지 바래다줘도 되었을 걸. 네가 너만 나를 많이 좋아하고 있다고 알 수 있도록, 혹시라도 서운해 하지 않도록, 나도 너 없으면 못 살만큼 너를 좋아하고 있다고 언제나 느낄 수 있도록 해 줄 걸.

압도적인 미인은 아니었지만 누가 봐도 귀엽고 호감 갈만한 인상이었고, 그 차근차근 이야기하는 그 목소리와 여자다운 매력으로 가득한 걸음걸이는 멋졌다. 그러면서도 어디 하나 부족할 것 없는 좋은 직장에서 일하면서 세상 어떤 일에라도 성실하고 착실한 식견을 갖고 있는, 요즘 세상에서 그 찾아보기 어렵다는 '정신 똑바로 박힌 사람'이었다.

콩깍지가 눈에 한 번 씌면 죽었다 깨어나도 사람을 냉정하게 보지 못 한다는데. 나는 한 번 죽었다 깨어나고 나서야 그녀가 얼마나 대단한 사람이고, 내가 지금 붙잡아야 하는 기회인지 알게 되었다. 무슨 긴 말이 더 필요한가. 나는 그녀를 사랑한다.

이 세상을 몇 번 다시 고쳐 살고, 지옥의 문을 부수고 다니는 모험을 겪든, 영혼을 철수세미로 문질러 세척하는 듯한 그 끔찍한 수술을 몇 번 더 하든지 간에. 나는 그녀를 사랑한다. 그녀의 모습과 애틋한 내 마음 속사랑은. 그 사랑의 마음은, 고달픈 메스와 가위의 날붙이에 모양이 이지러지고 색이 바래졌을지언정, 분명히 거기에 있었던 것이다.

감상에 젖어서 무슨 이야기를 하는지도 모르는 채로 혼자 한참 떠들다보니 시간은 훌쩍 지나가 버렸다. 내 눈앞에 온통 가득 차 있는 그녀의 모습과, 내 귀에 계속해서 들려오는 그녀의 목소리와, 내 몸을 감싸고 퍼져 나오는 그녀의 옷과 피부와 숨결의 냄새를 계속해서 느끼다보니 시간이 지나가는 것을 알기란 쉽지 않았는지도 모른다. 한참 말하던 것을 멈추고, 잠깐 침묵하게 되는 순간이 왔고, 그제야 나는 두 시간째 그녀와 이야기하고 있음을 깨달았다. 원래 한 시간 동안 그녀를 만나기로 되어 있었는데, 어느새 그 시간이 훌쩍 지나가 넘어버렸던 것이다.

어색한 것인지, 아니면 수줍어서인지, 혹은 또 다른 이유인지는 모르겠지만, 그녀는 약간은 침통한 듯 보이기도 했고, 이유는 알 수 없지만 조금은 서글퍼 보이기도 했다. 말 수는 적었고, 그녀가 말을 하기 보다는 의미 없이 떠드는 내 말을 들으며 계속 고개를 끄덕이는 일만 많았다. 지금은 고개를 숙이고 무슨 생각을 하는지 약간은 어두운 얼굴이다. 그렇지만, 그 태도에서, 목소리에서 나는 아직 그녀와 나 사이에 선명하게 남아 있는 그 끈끈한 느낌을 알 수 있었다.

시간은 이미 많이 지났다. 곧 다시 헤어져야 할 텐데, 그 전에 그녀를 안심시키고 나도 확실히 해두자. 나 너 많이 사랑한다고. 우리 예전처럼 다시 매일 만나서 오래오래 사이좋게 재미나게 지내자. 그렇게 이야기 하자. 지금 두 손을 잡고, 저 그리웠던 눈을 보면서 똑똑히 이야기 하자. 나는 그렇게 마음을 먹었다. 가슴이 두근거리는 느낌이 온 몸에 또렷하게 전해졌다. 이제 나는 이러한 긴장감조차 살아 있는 몸으로 느낄 수 있는 귀중하고 좋은 멋진 느낌이라는 것을 안다. 나는 그녀에게 말한다.

"응…… 저……"

그녀가 고개를 들어 다시 나를 쳐다보았다. 무슨 말을 할 것인지 궁금해 한다.

그런데, 바로 그 때, 내 전화가 울렸다. 회복 시설에서 들려준 전화였다.

전화를 받았다. 흘러나오는 것은, 컴퓨터로 합성된 아나운서의 목소리였다.

"안녕하세요? 뇌이식 재단 운영공사입니다.

면접 반응 심사를 치르시느라 수고가 많으셨습니다. 이제 모든 평가가 완료되었으므로 결과를 말씀드리겠습니다.

다시 한 번 설명드립니다만, 뇌이식법은 뇌이식법의 기본 원리에 따라 35퍼센트의 뇌만 이식에 성공해도 건강한 사람으로 회복시킬 수 있습니다.

그런데, 새로운 몸은 아직 미성숙한 신체이므로 그 두개골의 크기가 작고 또한 적응을 위해서는 새로운 몸의 조직을 일부 살려 두어야하기 때문에 원래의 뇌를 그대로 새로운 몸에 옮기기에는 너무 큽니다. 그렇기 때문에 원래의 뇌 중에 일부만을 새로운 몸에 옮길 수밖에 없습니다.

따라서 뇌이식법을 시행할 때에는 보통 원래의 뇌를 두 조각에서 세 조각 정도로 나누어 두 개 이상의 몸에 따로 따로 이식하고 있습니다. 그리고 그 중에서 하나라도 성공적으로 이식해서 성공하면 새로운 몸에서 뇌가 적응해 살아갈 수 있게 됩니다. 이렇게 하면 하나의 몸에서 뇌이식 시술에 실수가 생긴다고 해도 전체적인 성공률은 높일 수도 있습니다.

이번 경우에는 원래의 뇌를 상층부와 하층부 둘로 나누어 두 개의 새로운 몸에 이식했습니다. 따라서 원래의 뇌로 두 명의 몸을 깨우게 되었습니다. 그런데, 상층부의 뇌와 하층부의 뇌, 둘 다 이식수술에 성공하게 되었습니다.

그 결과 두 사람 모두 성공적으로 회복을 진행하게 되었습니다. 당신은 하층부에서 회복하신 분입니다. 당신의 원래 뇌의 다른 반쪽인 상층부를 이식하여 깨어나신 분은 회복시설 '가426' 구역에서 현재 생활 중이십니다.

두 분 모두 정상적으로 활동할 수 있을 정도로 회복하는데 성공하셨기 때문에, 뇌이식법 11조에 따라, 상층부와 하층부 중에 어느 분이 원래의 뇌 주인인지 판정하는 검사를 진행하게 되었습니다. 판정 검사에서 우세 판정을 받으신 분이, 원래 환자의 이름, 기록, 권리를 모두 승계 받게 되며, 공식적으로 원래 뇌의 주인으로서 삶을 살아가실 수 있게 됩니다.

현재 면접 반응 심사 결과가 전송되지 않았으므로, 총점은 알 수 없습니다. 그러나 그 동안의 타 검사 결과에서 이미 압도적인 결과가 도출되어 나왔으므로 판정을 내릴 수 있게 되었습니다.

당신은 상층부 뇌에서 회복하신 분에 비해, 직무 기억 검사가 35대 65로 열세 합니다. 직무 기억 분야에서 당신은 원래의 뇌를 온전하게 계승하지 못했습니다.

당신은 상층부 뇌에서 회복하신 분에 비해, 생활 적응 검사가 18대 82로 열세 합니다. 생활 적응 분야에서 당신은 원래의 뇌를 온전하게 계승하지 못했습니다.

당신은 상층부 뇌에서 회복하신 분에 비해, 일반 기억 검사가 40대 60으로 열세 합니다. 일반 기억 분야에서 당신은 원래의 뇌를 온전하게 계승하지 못했습니다.

당신은 상층부 뇌에서 회복하신 분에 비해, 대인 관계 능력이 11대 89로 열세 합니다. 대인 관계 분야에서 당신은 원래의 뇌를 온전하게 계승하지 못했습니다.

당신은 상층부 뇌에서 회복하신 분에 비해, 배우자 인식 능력이 53대 47로 우세합니다. 배우자 인식 분야에서 당신은 원래의 뇌를 온전하게 계승하였습니다.

당신은 상층부 뇌에서 회복하신 분에 비해, 신체 적응 반응이 39대 61로 열세 합니다. 신체 적응 분야에서 당신은 원래의 뇌를 온전하게 계승하지 못했습니다.

당신은 배우자 인식 능력에서 근소하게 우세할 뿐, 모든 분야에서 상층부 뇌에서 회복하신 분에 비해 원래의 뇌를 제대로 계승하지 못한 것으로 평가 되었습니다. 따라서 원래 뇌 주인은 법적, 과학적으로, 당신이 아닌 상층부 뇌에서 회복하신 분으로 결정되었습니다. 그러므로 아쉽게도 당신은 새로운 이름과 주민등록번호를 발급 받고 가상 생년월일을 배정 받아 새로운 사람으로 생활하셔야 합니다.
당신이 갖고 있는 원래의 뇌 주인에 대한 기억과 감정은 법적, 과학적으로 모두 당신의 것이 아닙니다. 그러한 의식들은 모두 출생 과정에서 겪은 사고로 인해 잘못 전달 된 것으로 판정 됩니다. 회복 시설에서 그동안 교육 받고 훈련 받으신 대로, 이제부터 당신은 당신이 예전의 뇌의 주인이라는 생각을 버리시고, 새로운 다른 사람임을 자각하시기 바랍니다.

뇌이식 시술 계약에 따라, 당신은 원래 뇌의 주인이 기탁한 재산의 30퍼센트를 정착금으로 배분 받게 됩니다. 또한 당신은 뇌이식 재단에서 교육과 취업에 대하여 향후 5년간 후원을 받게 됩니다."

전화기에서는 뭐라고 계속해서 장황한 설명이 계속되었다. 그녀는 계속해서 나를 쳐다보고 있었지만, 나는 아무 말도 할 수 없었다.

5.

뇌를 반으로 쪼개서 두 명의 사람으로 만들었다. 그 중에 한 명이 '나'이다. 검사결과, 둘 중에 원래 뇌에 더 가까운 사람은 내가 아니라 다른 한 쪽이었다. 그러므로 상층부의 뇌로 만든 그 사람이 원래의 사람이고, 나는 뇌수술 과정에서 우연히 새롭게 생긴 다른 한 사람일 뿐인 것으로 판정된 것이다.

나는 마음 한 부분에는 내가 바로 '원래 그 사람'이라는 강한 마음이 울컥울컥 치솟는다. 회복 기간 동안 이런 결과를 받게 되어도 당황하지 않고 침착하게 인정해야 한다고 계속 교육 받았다. 내가 예전에 그 사람이었다는 사실을 부정하고, 20개월 전에 나는 새로 생겨난 전혀 다른 사람이라고 다시 결심하는 법을 훈련 받았다. 서로 다른 두 사람 간에는 서로 생각이 다르고 느끼는 것이 다르고, 어느 한 쪽이 다른 한 쪽과 다른 사람임을 스스로 안다. 상층부의 그 자와 하층부의 내가 그런 것처럼, 우리는 서로 다른 사람이다.

하지만 우리 둘 다 바로 예전에는 원래 그 사람이었다. 20개월 전 수술 받기 전의 그 때 내 삶을 나는 선명하게 알고 있다. 예전 그 사람이 나라는 느낌을 지우기는 어렵다. 유치원을 다니고 초등학교를 다니고 중고등학교를 다니며 살아온 그 '내'가 지금 나라는 것은 선명하게 이어지는 느낌이다. 하지만 그것은 상층부의 그 자도 마찬가지일 것이다. 그 자는 내 뇌의 일부다. 뇌의 상층부를 이식해서 회복시킨 사람이다. 그러나 말하자면, 그 자는 내 뇌의 잘려나간 한 부분일 뿐이다. 마치 내가 손톱을 잘라서 버린 것처럼. 그 자는 내 잘려나간 손톱과 같은 존재일 뿐이다. 그 손톱이 우연히 놀라운 기술에 의해 걷고 말하고 생각하게 된 것일 뿐이다. 그런데, 그 자는 정반대로 자신이 원래의 나를 이어간 것이고, 나야 말로 잘려나간 손톱 같은 것에 불과하다고 생각하고 있는 거다. 그리고 검사 결과는 그 자의 편인 것이다. 나는 원래의 뇌에서 잘려나가 생긴 좀 기능이 떨어지는 뇌의 아래쪽 반 토막일 뿐인 것으로, 걸어다니고 말하는 잘려나간 손톱인 것이다.

나는 뇌가 반으로 쪼개어져서 한 사람이 두 사람으로 나뉘는 이 상황을 제대로 이해하지 못한 적도 있어서, 꼭 상층부의 그 자와 나 사이에 텔레파시 같은 의식의 연결이 있을 것 같다는 이상한 생각도 했다. 원래 한 사람, 하나의 의식으로 되어 있던 것이 나뉘어졌는데, 지

306

금은 다른 쪽이 어디에 있는지도 모르고 뭘 보고 듣는 지도 모른다니. 내가 한 번 마취에 빠졌다가 깨어난 것일 뿐인데, 깨어난 후의 나보다 더 나다운 진짜 원래 나는 어딘가에 따로 떨어져 있다는 사실은 받아들이기 쉽지 않았다.

그래서 회복 시설에 있던 때에 이런 것들 때문에 혼란을 겪지 않도록 계속 교육 받았다. 듣자하니 세상 사람들 중에는 인생과 영혼이 무엇인지 '깨달음'을 얻으려고 마취를 하지 않고 똑똑히 깨어 있는 상태에서 뇌를 두 개로 나누어 두 명의 분리된 사람으로 변해가는 상태를 느끼고 싶어 하는 이들이 있었다. 나는 그런 따위가 얼마나 부질없는 미친 짓인지 똑똑히 배웠던 것이다.

"이렇게 생각하십시오. 당신은 뇌를 반으로 자르는 그 순간, 한 덩어리 뇌가 나타내던 과거의 그 사람은 죽은 것입니다. 뇌가 반토막으로 잘렸는데, 아무리 세포들이 살아 있다고는 하지만, 안 죽었다고 하는 게 더 이상한 것 아닙니까? 그리고 지금의 당신은 그 과거의 사람의 뇌를 재료로 만들어낸 전혀 다른 새로운 사람인 것입니다. 아기가 걷고 말하는 것을 배우고 학교를 다녀서 사람이 되려면 너무 많은 시간이 걸리니까, 당신은 이미 많은 지식과 기억이 들어 있는 뇌를 알약처럼 삼켜서 금세 많은 경험을 갖고 있게 된 것 뿐입니다. 그렇게 당신이 새로 태어난 사람이라고 생각하십시오."

그런 식으로 생각하는 것이 속 편하다고 매일 몇 번씩 회복 시설에서 반복 학습을 했다.

생각하기에 따라서는, 이렇게 수술 전의 나와 지금의 나가 뻔히 똑같은 사람이라는 느낌이 있는데도 그것을 부정하고 새로 태어난 사람이라고 받아들인다는 것은 굉장한 정신적 도약일 수도 있었다. 무슨 삶과 죽음의 경계를 대수롭지 않게 여기는 득도라고 할 수도 있을 것이고, 반대로 서로 다른 두 사람의 마음을 한 사람의 마음처럼 여길 수 있는 숭고한 지혜의 단초가 될 수도 있었다.

하지만, 그날, 나는 그런저런 많은 생각보다 그저 당황할 뿐이었다. 오늘 처음 그녀를 만났을 때만 해도, 나는 그녀가 나를 다시 예전처럼 사랑하게 될지 조마조마하게 고민했고, 내가 뭐라고 말해야 그녀에게 내 마음을 전할 수 있을지 궁리했다. 그렇지만 이미 그녀와 뭘 어떻게 하는가와 관계없이 나의 뇌는 워낙에 다른 부분의 점수가 낮아서 이미 원래의 뇌가 아닌 것으로 결정되어 있었던 것이다. 애초에 나는 그녀가 사랑했던 그 사람이 아닌 것으로 판정되어 있었고, 나에게도 역시 내가 사랑했던 사람의 추억은 내 것이 아니었던 것이다. 그녀는 이미 뻔히 그런 사실을 알고 이 자리에 나왔을 것이다. 내가 그녀를 지루하지 않게 해준답시고, 긴긴 이야기를 하고, 그녀에게 뭐라고 말할까 고민하면서 초조하게 용기를 내던 그 순간에, 이미 그녀는 내가 그녀가 사랑한 그 사람이 아님을 알고 있었던 것이다.

얼굴이 붉게 달아올랐다. 혼자 그녀의 운명적인 사랑이 나라고 생각하지 않았는가? 멍청하게. 멍청하게.

그 자는 따로 있는데. 어쩌면, 그 자라면 나보다 훨씬 더 나았을지도 모른다. 그 자라면, 오늘 나처럼 지루하지 않아야 한다면서 멍청하게 의료 기술과 기부에 관한 이야기만 주절주절 늘어놓아 긴장한 마음으로 나 자신을 선보이는 자리를 망치지는 않았을 것이다. 훨씬 상태가 좋았다는 상층부 뇌에서 회복한 그 자라면. 그녀가 사랑하는 그 사람이었던 것으로 판정을 받은 그 자라면. 그녀의 짝인 그 자라면. 훨씬 더 멋있게, 침착하게, 여유롭게 더 즐거운 대화를 이끌었을지도 모른다.

그렇게 내가 완전히 바보짓을 했다는 것을 뻔히 깨닫고 나서도, 막상 그 때 그 자리에서 나는 놀라지 않은 '척'을 했다. 그녀에게 나약해 보이기 싫었는지 뭔지 당황하지 않은 것처럼 태연한 척하고 싶은 마음이 생겼던 것이다. 그래서 억지로 미소를 짓고 그냥 아무렇지도 않은 것 같은 목소리로 말을 하려고 했다. 그런데, 그러자니 한 마디 한 마디 입에서 나가는 단어 하나하나가 반대로 더 부자연스러워지기 시작했다. 나의 손동작 고갯짓 하나하나까지 어찌나 그렇게 부자연스러운지. 어찌나 부끄러워서 숨고 싶은 못난 사람 같기만 한지.

고작 5분 전에 그녀의 눈빛이 여전히 나를 사랑하는 듯했다는 신뢰를 느꼈다 어쨌다 하고 생각했던 것도, 순전한 나의 헛된 망상이었던 것이었다. 그렇게 생각하니 또 몸을 웅크려서 굴러가는 바퀴가 되어서 산기슭 저 아래 편으로 데굴데굴 도망치고 싶을 만큼 부끄러워졌다. 아니 그냥 착각만은 아닐 수도 있기는 했다. 착각이 아니라, 이런저런 기억과 지식은 다 날려 버린 뇌의 열세한 한 덩어리에, 그녀에 대한 미약한 생각이 남아 있었는데 그것이 지난 20개월 동안 내 머릿속을 이리저리 휘저어서 생각을 이상하게 꼬아 놓은 어쩔 수 없는 회복 작용의 결과였을 수도 있다. 그 때문에 나는 그런 그녀의 평범하게 쓸쓸한 눈빛조차도 내 가장 소중한 사랑의 증거라고 보는 그런 마음을 갖게 되었을 것이다. 어쩌면 옛 기억의 많은 덩어리를 잃고 약한 몸과 깜깜한 미래를 앞에 둔 내가 그나마 확실한 그녀의 기억에 집착한 것일 뿐이었는지도 모른다. 전혀 다른 삶을 얻어, 직업을 갖고 똑바로 가정을 꾸릴 수 있을지도 모르는 초라한 내가, 그나마 아름답고 멋지게 남아 있는 것이 그녀의 환영이었으니까, 그렇게 사랑하고 있다고, 그렇게 그리워하고 있다고 괜히 혼자 매달린 것은 아니었을까.

결국 그날 나는 그녀에게 아무 말도 제대로 하지 못하고 헤어졌다. 나는 판정 결과도 듣고, 그녀도 떠나보낸 후였지만, 한참 동안이나 우두커니 그 자리에 앉아 있었다. 무슨 생각을 했는지 말았는지 어땠는지 잘 기억도 나지 않는다. 그냥 한숨이나 몇 번 푹푹 쉬면서 계속 앉아만 있었던 것 같다. 무슨 다른 행동을 할 것도 없었다. 하지만 그렇다고 그냥 일어나서 회복시설로 돌아가 버리면 모든 것이 부서져 없어져 버릴 것만 같았다. 그녀가 나와 함께 이야기했고 아직 내가 판정 결과도 듣기 전에 있었던 이곳에 아직도 무엇인가 남아 있는 듯한 이상한 느낌이 있었다. 나는 호텔에서 나와서도 시청에서 한참을 서서 분수대 주변에서 노는 어린이며 여학생들을 오랫동안 쳐다보았다. 밤이 다 되어서야 나는 겨우 돌아오게 되었다.

그 후, 나는 곧 회복시설을 나와서 새 이름을 등록하고, 새 주민등록번호를 받고, 새 집을 골라서 살게 되었다. 나는 예전부터 (이제 정확하게 말하자면, 뇌 주인의 전해진 기억의 옛부분에서부터) 생각했던 대로, 다시 대학원을 다녀 보기로 하고 '수상스포츠공학과'라는 곳에 진학했다. 내 몸은 아직은 제트 스키나 서핑을 하기에는 심하게 무리였다. 하지만, 내 재능은 서핑 보드의 설계나 휴양시설의 배경 음악을 효과적으로 배치하는 연구를 하는 데는 분명히 쓸모가 많았다. 그렇게 해서 나는 음악과 서핑의 관계에 대한 논문을 쓰고 있게 되었고,

그야말로 다시 태어난 사람처럼 열심히 살아 보려고 노력하고 있다. 간혹 모차르트 음악이 좌뇌를 좋게 한다느니 바그너 음악은 우뇌를 좋게 한다느니 하는 소리를 들으면 "어디 한 번 쪼개서 실험해 보지 그러냐"하고 농담 아닌 농담으로 비웃어 보이곤 한다.

부모형제라고 생각하던 사람들과도 최대한 떨어져서 살게 되었으니, 나에게 가장 아쉬운 것은 역시 아는 사람, 친구가 없어서 외롭고 심심하다는 것이었다. 어쩌면 멀리 타국으로 유학 온 유학생들이나 해외 파견 근무를 나온 직원들이 느끼는 마음과 비슷한 면이 있었다. 내 경우에는 저승에서부터 유학 왔다고 할 수 있었으므로 정도가 극심한 정도이기는 했다. 하지만, 여느 유학생과 주재원들처럼 나는 새로 친구들을 사귀어 나가면서 적당히 관계를 만들어 나가면서 안착해 나갈 수 있었다. 특히 그 스타킹 의사는 자기 경험 중에서 분할 된 두 개의 뇌가 둘 다 이렇게 잘 회복하고 적응한 사례가 전무했기 때문에 계속해서 나에게 관심을 보여 주었고, 요즘까지도 꽤 친한 친구로 자주 만나고 있다.

그녀와는 그리고 나서 얼마 전에 한 번 우연히 마주친 적이 있다. 금요일이었는데, 저녁을 안 먹은 나는 지하철 역 안에 있는 작은 라면 가게에서 혼자 앉아서 가게 주인과 잡담을 하면서 따뜻한 라면을 간단하게 사 먹었다. 그러고 나서 집에 들어가자니, 금요일 저녁인데 만날 사람도, 반겨줄 사람도 아무도 없는 것이 좀 아쉬워서 영화나 한 편 보고 들어갈까 생각했다. 요즘 「펜타곤」이라는 블록버스터 액션 영화가 인기를 끌고 있었는데, 그걸 한 번 보나 어쩌나 하고 한 몇 분 라면 가게에서 고민했다. 결국 그러겠다고 생각하고, 내가 회복 시설에 있던 동안에 새로 생긴 신한강 인도교를 걸어 건너가서는 극장에 가기로 하였다.

하루 종일 비가 오고 오후가 되어서야 개이기 시작했기 때문에, 길은 젖어 있었다. 아직 초가을이었지만, 비가 한 번 지나간 저녁이라서 바람은 서늘하였다. 귀에 이어폰을 꽂고 요즘 논문을 쓰고 있는 곡들을 듣느라 이리저리 조정을 하면서 인도교를 걸었다. 이쪽편의 빌딩들 사이에 뻗은 도로가 하늘로 다리가 되어 뻗고, 저녁 하늘을 가로지르는 다리는 다시 저 편의 빌딩들 사이로 사라지고 있었다. 인도교를 걷는 사람들은 저마다, 길의 높이가 걸어볼수록 무척 높게 느껴지는지, 혹은 그래서 공기가 다르게 느껴지는지, 한 번씩 멀리 강물과 도시 정경을 바라다보곤 했다. 그리고 그 때, 나는 다리 저편에서 걸어오던 그녀와 다시 마주치게 되었다.

나는 그녀가 추위를 많이 탄다는 것을 알고 있었다. 역시 그녀는 약간 떨고 있었다. 그녀는 좀 놀라기도 했고 어떻게 나를 대해야 할지 잘 모르기도 해서 머뭇거리고 있었다. 우리는 좀 떨어진 채로 멈춰 서서 한동안 그렇게 말없이 있었다.

"안녕하세요?"

내가 먼저 말했다. 그냥 말하기가 뭣해서, 나는 말을 하고 나서 가볍게 웃음을 한 번 지어 보였다. 굳은 표정이었던 그녀는 그제야 같이 미소를 지어 보였다.

"안녕하세요."

원래 그런 목소리였지만, 목소리는 더 낮고 가라앉게 들렸다. 그렇지만 얼굴의 웃음은 무척 보기 좋았다. 다시 한참 서로 말이 없었다.

그러자 이번에는 그녀가 내게 말을 붙였다.

"잘, 잘…… 지내요?"

그녀는 눈물을 보이는 것 같았다. 나는 그녀를 달래는 듯한 말투가 되어 말한다.

"학교 다니는 것도 재밌고. 생각보다 친구들도 생기고. 잘 지내고 있어요. 이제는 머리에 통증이나 현기증도 거의 없고. 알아야 될 거 기억해야 될 것들도 웬만한 것들은 다 익혔고요."

다시 우리는 말이 없다. 머뭇머뭇 하다가 또 내가 먼저 말한다.

"요즘에 논문 쓰느라 정신없어요."

"무슨 논문……"

"서평과 음악의 상호 작용사…… 뭐 그런 거요."

"아……"

그녀는 고개를 숙이고 가만히 있었다. 그녀는 작은 목소리로 중얼 거린다.

"잘 됐네요."

그녀는 목소리를 좀 잘 추스르지 못했는지, 고개를 잠시 돌려서 얼굴을 감춘다. 그 모습을 보고 있다가, 이내 내가 물었다.

"어디, 약속 있어서 가시나 보네요?"

그녀는 아이처럼 고개를 끄덕끄덕 했다. 나는 계속 그녀를 다리 위에 붙잡아 둘 수도 없겠다 싶어서 다시 한 번 웃어 보이고는 인사했다.

"그럼, 조심해서 잘 가세요."

그녀는 손을 들어서 인사한다.

"안녕, 안녕……"

그녀와 나는 다시 등을 돌린다. 우리는 서로 반대편으로 걸어 서로 지나친다. 나는 앞을 보고 걷는다. 앞을 보고 걷는다.

다리를 걸으면서 보니, 해가 진 직후의 하늘이 온통 붉게 변하여 막 어두워져가는 세상을 붉은 빛으로 가득 비추고 있었다. 강물 위로 비에 씻긴 하늘이 그 붉은 빛을 담고 있어서, 거대한 까만 융단 같은 강물에는 그 잔물결들 마다 반짝반짝 온통 빛을 내었다. 한강 주변에 늘어선 빌딩과 가로등들은 이제 막 불을 밝혀서 드문드문 영롱한 불빛들을 비추는데, 초저녁 어둠에 검게 서 있는 건물 너머 사이사이로 노을이 들어찼다. 하늘 끝으로 번져 나가며 저물어가는 노을과 강물과 불빛들이 서늘한 젖은 공기 속에서 조용하게 펼쳐지는 그 모습은, 꼭 지금 이 광경이 내가 서 있는 이곳이 아닌, 머나먼 은하계 저편의 외딴 행성에서 펼쳐지는 경이인 것만 같았다.

그 풍경을 바라보면서 좀 천천히 발걸음을 옮겼다. 그러다 나는 문득 강 이편 기슭 강둑에 그녀와 그녀가 사랑하는 사람이 같이 나란히 앉아 있는 듯한 모습이 보이는 것 같았다.

나는 이제 영원히 오늘 그녀와 함께 이 풍경을 같이 볼 기회를 놓쳐버렸지만. 이제 몇 백 번을 다시 태어나 몇 천 년을 산다고 해도 오늘 보낸 그녀와 내가 흘러간 꿈을 꾸던 것처럼 다시 마주할 날은 찾아올 수 없겠지만. 나는 가슴 깊이 느끼고 있다. 아직 가끔 문제를 일으키는 시력이 정말로 본 것이었는지 확신할 수는 없다고 해도, 어쨌거나, 그녀와 그녀를 사랑하는 사람이라면 이런 아름다운 저녁의 강 풍

314

경을 두고 느긋하게 한 두 시간 같이 보고 있을 것임을 나는 알고 있는 것이다. 그것은 잊지 않겠다고 했던 그녀의 기억이 아직 머릿속에 그대로 똑똑히 남아 있기 때문이다. 내 추억이건, 다른 사람으로부터 전해진 옛 흔적이건, 또는 세상의 수많은 사람들 중에 어느 누구의 사랑이었건, 그것은 꺼져가는 생명 앞에서도 마지막까지 잊지 않겠다고 맹세했던 그녀의 기억이기 때문이었다.

아빠의
우주여행

1판 1쇄 찍음 2010년 5월 31일
1판 1쇄 펴냄 2010년 6월 7일

지은이 | 양원영,김현중,류형석,정소연,정보라,김두흠,정희자,정해복,임태운,곽재식
펴낸이 | 김준혁
발행인 | 김세희
펴낸곳 | 황금가지

출판등록 | 1996. 5. 3. (제16-1305호)
주소 | 135-887 서울 강남구 신사동 506 강남출판문화센터 5층
전화 | 영업부 515-2000 / 편집부 3446-8773 / 팩시밀리 515-2007
홈페이지 | www.goldenbough.co.kr

ISBN 978-89-94210-27-8 03810

* 황금가지는 (주)민음인의 픽션 전문 출간 브랜드입니다.